迷宮遡行《めいきゅうそこう》

貫井徳郎

朝日文庫

本書は二〇〇〇年十一月、新潮文庫より刊行されたものです。

目次

1

失業する、女房に逃げられる、酔っぱらいに絡《から》まれる。この三つの中で何が一番いやかと訊《き》かれたら、今のおれなら酔っぱらいが一番いやだと答えるだろう。三つをひととおり経験してみて、はっきりと確信した。世の中で一番始末に困るのは、本人はちっとも酔っていないつもりの酔っぱらいである。

「迫水《さこみず》、おれはお前の情けなさにはほとほと愛想が尽きたよ」

同じ台詞《せりふ》を後東《ごとう》が口にするのは、これで四十七回目だ。五十回になったら数えるのをやめよう。あまりに馬鹿《ばか》馬鹿しすぎる。

「なんだってお前はいつもそんなに煮え切らねえんだよ。お前は昔っからそうだ。D組の恭子《きょうこ》ちゃんを口説くときだって、お前がいつまでも煮え切らないからC組の気障《きざ》な小林《こばやし》に横からさらわれちまっただろ。おれはもう情けなくて情けなくて、他人事《ひとごと》ながら涙が出たよ」

これも十二回目。しかも高校の頃の話である。

「わかったって。そんな大昔のことを何回も言わないでくれよ。本当に自分が情けなくなってくる」

「情けねえんだよ、お前は！」

後東はごつい掌《てのひら》で机を叩《たた》いて、声を張り上げた。酔いたいのはこちらだったのに、先に酔われてしまっては白けるだけだ。考えてみればおれは、いつもこういう損な役回りだったよなと、つい自嘲《じちょう》したくなった。

「家に帰ってみたら女房の置き手紙だけがあって、本人は姿形がなくなってただと。今どきそんなふうに女房に出ていかれた奴《やつ》なんて、聞いたこともないぞ。日本全国捜し歩いたってお前だけだよ、そんな情けない奴は！」

「いや、だから、自分の情けなさはよくわかってるって。お前に言われなくても」

「わかってねえよ、お前は。だからおれが何度でも言ってやる。情けねえぞ！」

まったくそのとおりなのである。自己弁護する気はさらさらない。しかし自分の有様を自覚するのと、他人からくどくどと指摘されるのでは、また意味合いが違う。わかっていることでも腹が立つ場合もあるのだ。

「あのな、女房に逃げられたのはおれであって、お前じゃないんだよ。お前がそんなに激怒することはないじゃないか」

おれは至極《しごく》筋の通った反論をしたつもりだったが、酔っぱらいに対しては蟷螂《とうろう》の斧《おの》である。酔っぱらいほど無敵の存在はない。

「お前が怒らねえから、おれが怒ってやってるんじゃないか！　ああもう、お前の情けなさにはほとほと愛想が尽きた」

四十八回目。五十回目も目前だ。

「だってさ、おれが怒ることか？　おれが悪かったんだから、怒るんじゃなくって謝るべきなんじゃないか」

「逃げた女房に頭下げるってのかよ、お前は！」

居酒屋の中が騒がしいのが救いだった。こんなことを大声で言われる側の身になって欲しいが、今の後東にそんな配慮など不可能なのはよくわかっていた。

「あー情けない、情けない。首根っこ摑《つか》まえて引きずり戻すくらいの根性がねえのか、お前は」

「どこに行ったかわからないんだから、首根っこの摑まえようがない」

「身内がいるだろ、身内が。普通は亭主のところをおん出たら、まず真っ先に身内のところに行くものなんだよ」

「絢子《あやこ》は両親とも死んじゃってるし、親戚《しんせき》がいるとも聞いてない」

「じゃあ友達のところだ。お前、自分で捜そうとしてみる気はないのか」

「あるよ。あるけど、素人《しろうと》がどうやったら人捜しなんてできるかわからないから、こうやってプロのお前に相談してるんじゃないか」

「プロったっておれは、資料のとりまとめをしてるだけだ。人捜しなんてやったことねえよ」

「なんだ、そうなのか」

知っていることだったが、言われっぱなしでは癪《しゃく》に障《さわ》るので、大袈裟《おおげさ》に驚いてみせた。すると案の定、後東は心外そうに唸《うな》る。

「うるせえ。おれだって好きこのんでちまちまとした事務仕事なんかするか。なんだって警察官になってまで、つまらねえ記事の切り貼《ば》りなんてやらなくちゃならねえんだ。おれのこの能力を生かそうっていう、人を見る目のある奴はいないのかよ、警視庁には」

「いないんだろうなぁ」

「やかましい！　てめえみてえな情けない奴に言われたかねえ。だいたい、なんだって絢子さんは出ていっちまったんだよ。お前が情けないから、愛想を尽かされたんじゃないのか」

「うん、たぶんそうだと思うよ。さっきから一度も否定してないじゃないか」

「かあーっ、情けない。お前がそうだから、絢子さんも逃げちまったんだよ。もう少しなんとかしようって気はないのか」

なんとかなるものならとっくにしている。そう言い返したかったが、さすがにそんな開き直りは自分でもみっともないと思うので、控えた。後東の言うことは、酔っぱらいのくせにちっとも間違っていない。間違っていないからこそ、耳が痛かった。

「どれ、その置き手紙とやらを見せてみろ。どんなに絢子さんが怒ってるか、読んでやろうじゃないか」

「さっき見せたじゃないか。それも三度も」

「見てねえよ！　ぐだぐだ言わずに、早く出せ」

酔っぱらいに逆らっても仕方ないので、言われたとおりに絢子の手紙を出した。後東は初めて見たかのような顔で、文面に目を通す。

「なんだ、これ？　『あなたとはやっていけなくなりました。ごめんなさい。私を捜さないでください』。これだけかよ。理由も何も書いてないじゃないか」

「そうだよ。さっきも読んだじゃないか」

「読んでねえって。お前、酔っぱらってるんじゃないか。お前の心配をしてるんだから、もう少ししっかりしろ」

「はいはいはい。わかりましたよ」

「で、お前、これで納得したのか」

「してないってさっきも言ったじゃないか」

「聞いてねえ。そうか、納得してないのか。じゃあ捜してどういうことか訊けよ」

「だから、どう捜したらいいのかわからないんだって」

「あー、情けない。そういうときはまず身内を訪ねてだな」

「だから、絢子に身内はいないんだって」

「そうなのか。じゃあ友達だな」

「それがさあ、絢子の友達のこともあんまり知らないんだよね。一緒に暮らし始めてから、絢子の友達が遊びに来たことなんて一度もなかったし」

「ひとりも知らないのかよ。絢子さんの昔の勤め先の人とかよ」

「ああ、そうか」

なるほど。それくらいはわかる。何しろその店でおれたちは知り合ったのだから。酔っぱらいのくせにいいことを言うなと、少し後東を見直した。

「お前は馬鹿か。それくらい素人でもわかるだろうがよ」

「気が動転してるんだから、しょうがないだろ。お前だって奥さんに逃げられたら、きっと何も考えられなくなるぞ」

「おれの女房は逃げたりしねえよ。お前と一緒にするな」

まあ、そうだろう。後東夫婦の仲睦《なかむつ》まじさは、羨《うらや》ましいのを通り越して見ていると迷惑なほどである。後東に限って、妻に逃げられるようなことなどあり得ないのはよく知っていた。

「でもよぅ、それで絢子さんを見つけたって、お前がそんな性格じゃ元の鞘《さや》には収まらないんじゃないか。もうちょっとしっかりしろよ」

「うん、そうだな」

「それと、職も探せ。無職じゃあ、女房に逃げられたって文句も言えないぞ」

「別に言う気はないけどさ」

「言えよ、阿呆《あほう》！　どういう理由があろうと、こんな置き手紙一枚で出ていっちまうのは不人情だろうが。お前は怒っていい立場なんだよ」

「そうなのかなぁ」

「そうなの！　絢子さんが出ていった理由に、心当たりはないんだろ」

「まあ、なくはないんだけど」

「なんだ、そうなのか。じゃあ言ってみろよ」

「だからさ、おれが情けないからだろ。会社をリストラされちゃって、再就職の当てもないしさ」

「そうだそうだ。お前が悪い。絢子さんが逃げ出すのも無理はないな」

「お前、どっちの味方なんだよ」

「絢子さんに決まってるじゃないか！　そもそも、お前みたいな情けない奴にゃ絢子さんのような美人はもったいなかったんだよ。どう見ても月とすっぽんだ。いや、月とミドリガメだ」

「なんだよ、さっきまでと話が違うじゃないか。首根っこ掴んでも引きずり戻せって言わなかったか」

「言ってねえ。おれは絢子さんがお前から逃げたいって言うなら、逃げるのに手を貸してやるぞ」

威張って言うことか、まったく。人の気も知らないで。

後東は驚くほどのハイピッチで、どんどん銚子《ちょうし》を空けていく。通りかかった店員を摑まえてさらにもう二合注文するので、さすがに押し留めた。

「もうそれくらいにしておけよ。なんだってお前がやけ酒みたいに飲まなきゃいけないんだ」

「これが飲まずにいられるか！　おれはな、お前みたいな情けない奴に嫁さんが来てくれたのが嬉《うれ》しくて嬉しくて、阿波《あわ》踊りして町内を一周したいほどだったんだぞ。それなのにお前は、絢子さんを繋《つな》ぎ止めておくこともできずに出ていかれちまうんだから、やけ酒も飲みたくなろうってもんじゃないか。ああもう、ホントに情けない」

そう言って後東は、「お銚子二本！」と声を張り上げる。もうおれも、それを止めようとはしなかった。

わかっていたのだ。後東がおれと同じくらいショックを受けていることは。もし後東が先にべろべろにならなかったなら、おれはきっと後で思い出すと死にたくなるほどべそべそと泣き、醜態を曝《さら》しただろう。だからおれは、そんな暇を与えてくれなかった後東に感謝すべきなのだった。

「おれがこんな調子じゃあ、もし絢子が見つかっても帰ってきてくれないかなぁ」

「知るか、そんなこと！　本人に訊いてみなくちゃ、わかるわけないじゃないか」

「まあ、そうだよな」

気休めでもいいから大丈夫だと言って欲しかったが、後東の返事も至極もっともだった。絢子が出ていった原因がおれにあるのは間違いないとしても、本当にやり直す余地もないのだろうか。おれさえ改めれば済む話なら、いくらでも改めようではないか。そう、ようやく肚《はら》を決めることができた。

「ところでよ、そもそも最初に訊くべきことだったが、お前、本気で絢子さんに帰ってきて欲しいのか？」

後東は真顔になって、こちらに視線を据える。おれはそれを正面から受け止め、はっきりと頷《うなず》いた。

「そりゃあ、そうだ。おれには絢子しかいないんだよ」

断言すると、後東はひどく満足そうだった。

2

二年ぶりだったが、店の外観は当時とちっとも変わっていなかった。なくなっている心配までしていたから、その変化のなさにはホッとさせられた。入り口には準備中の札がかかっていたが、おれはかまわずドアを押した。

「すみません、開店は五時からなんですけど」

すぐに、厨房《ちゅうぼう》から男の声が聞こえてくる。おれはそれには応《こた》えず、店内を見回して目指す相手を見つけた。

「やあ、久しぶり」

最初の反応で、絢子を匿《かくま》っているかどうかわかると思っていた。もしおれの顔を見て狼狽《ろうばい》したり、あるいは身構えるような気振《けぶ》りがあったら、絢子の消息を知っているはずだ。だが残念ながら、相手は「あら」と驚いたような声を上げただけで、おれの来訪をいやがる様子もなかった。違ったか、内心で軽い失望を覚える。

「どうしたの？　久しぶりじゃない。どういう風の吹き回し？」

志村明代《しむらあきよ》は二年前よりもさらに太ったようだった。もともと垂れ目がちの福相だったが、輪郭が丸くなったせいでますます親しみやすい容貌《ようぼう》になっている。こんな顔で微笑《ほほえ》まれたら、誰だってそこから邪気を読み取ることはできまい。おれの知人の中でも、人のよさでは間違いなく一番の女性である。おれより少し上だから三十四、五歳になるはずだが、結婚したという話も聞かないから未《いま》だ独身なのだろう。世の中の男には、女を見る目がないようだ。

「仕事中、ごめんなさい。ちょっと志村さんと話がしたくて来たんだけど、無理かな」

明代はテーブルに白いクロスをかけているところだった。開店前のこの時間は、コックだったら下準備で大忙しだろうが、ウェイトレスなら手が離せるのではないかと予想した。実際明代は、「あら、なんの話」と言って、坐《すわ》るよう促す。もうこの店に勤めて長い明代は、誰に遠慮するでもなく時間を自由に調整できるのだろう。おれにとってはありがたいことだった。

「すいませんね、仕事中に。大丈夫なの？」

それでも一応気遣って念を押すと、「大丈夫、大丈夫」と胸を叩きかねない勢いで請け合う。明代がそう言うならば、こちらもそれに甘えようではないか。

「どうしたのよ、突然。絢子は一緒じゃないの？」

「いや、まあ、いろいろありまして……」

いきなり核心に触れられ、おれは口籠《くちごも》った。おれなりに段取りを考えてきたのに、これではすべてが無駄になる。なんとか用意してある台詞《せりふ》を口にしようとしたが、明代はそんな余裕を与えてくれなかった。

「何よ。どうしたって言うの。まさか、絢子に逃げられたってんじゃないでしょうね」

「鋭い」

思わず肯定してしまう。しかし明代は冗談のつもりだったらしく、おれが認めると目を丸くして驚きを示した。

「ホ、ホント？　嘘《うそ》でしょ？　悪い冗談やめてよ」

「いや、本当なんですよ、これが」

こんなとき、人はへらへらと笑って頭を掻《か》くのだろう。おれのとった行動が、まさしくそうしたものだった。

「何よー、それ。信じられない。本当に逃げられちゃったの？」

「面目ない」

「面目ないにもほどがあるわ。もしかして、どこに行ったかわからなくてあたしを訪ねてきたわけ？」

「いやあ、どうやって説明しようかと思ってたのに、何も説明する必要がなくなっちゃったな」

「変な感心の仕方しないで。それに、ちゃんと最初から説明しなさいよ」

「だから、これで全部。いなくなったのは昨日で、それ以来行方が知れないわけ」

「信じられないわ。突然いなくなっちゃったの？」

「そう、突然」

「なんの前触れもなく？」

「なんの前触れもなく」

「絢子がそんなことするなんて、信じられないわ。よっぽど絢子を怒らせるようなことをしたんじゃないの？」

「別に何もなかったんですよ。喧嘩《けんか》なんかしてないし、前日まで絢子も怒っているような様子はなかったし……」

「じゃあ、どうして出ていっちゃったのよ。心当たりはないの？」

「おれ、三ヵ月前に会社を馘《くび》になっちゃったんですよ。リストラってやつですね。二期連続で契約がゼロなんだから、まあ首を切られたってしょうがないんだけど」

はっはっは、と照れ隠しで笑うと、明代に怖い目で睨《にら》まれてしまった。咳払《せきばら》いをひとつして、神妙に見えるよう表情を引き締める。

「迫水さん、確か不動産屋さんだったわよね」

「元ね」

「わかったわよ、馘になったのは。それで、再就職先は決まってないの？」

「一応職安に通ってはいるんだけど、何せこんなご時世でしょ。簡単には見つからないんですよ」

「じゃあ、この三ヵ月間、どうやって暮らしてたの？」

「一応わずかながら貯えもあったし、絢子もパートに出てたから」

「そのパート先はどうなってるのよ」

「三日前に辞めてた」

「あなたに無断で？」

「そう。ぜんぜん知らなかった」

「じゃあ、計画的にいなくなったってわけね。それなのに迫水さんは、まったく気づかなかったの？」

「何かを考えているような素振りだったけど、ほら、絢子はもともと無口じゃないですか。だからまあ、そんなに思い詰めてるとは思わなくて……」

「馬鹿ねぇ、それに気づいてたなら、どうしてその時点できちんと話し合わなかったのよ」

「まさか出ていこうと考えているとは思わなかったから」

「まあ、そうよね。あの絢子が夫に断りもなく出ていくなんて、あたしもちょっとびっくりだわ。あなたが会社を馘になったなら、その分よけいに力を合わせて生活していこうと絢子なら考えるはず。それでも出ていっちゃったんだから、リストラ以外に何か原因があるんでしょう。他に心当たりはある？」

「うーん」言われておれは首を捻《ひね》った。「寝ているときの鼾《いびき》がうるさいせいかなぁ。それとも人前でも平気でおならをするのがいけなかったかなぁ。朝から一度も歯を磨かずに寝たりするからかな。三日も頭を洗わないことがあるからかなぁ」

思いつく限りのことを列挙するうちに、明代の視線が冷ややかになってきた。

「……あなた、絢子のこと諦《あきら》めたら？」

「そんなぁ。冷たいこと言わないでくださいよ」

「絢子に帰ってきて欲しいなら、もうちょっとしっかりすることね。こんな偉そうなことは言いたくないけど」

「ごもっとも」

「ごもっともじゃないわよ。相変わらずとぼけてるわね」

「別にとぼけてるつもりはなくって、これでも落ち込んでるんですよ。何せ失業した上に女房に逃げられたんですから」

「自慢しているように聞こえるわよ。でもまあ、迫水さんのそういうところがよくって、絢子も好きになったのよね」

「そうそう、そうなんですよ」

絢子はおれにとって、誇張でなく高嶺《たかね》の花だった。女性にもてた経験など生まれてこの方一度もないおれが、分もわきまえずに絢子のような美人に惚《ほ》れてしまったのは、もちろん玉砕覚悟の上である。たまたま外回りの途中で昼飯を食べるためにこの店に入り、当時ウェイトレスとして働いていた絢子を見かけた。初めて絢子を見たとき、なにやら詐欺《さぎ》にあったような、とうてい信じがたいものを見せられたような気分になったのを、今でもはっきり憶《おぼ》えている。こんな綺麗《きれい》な人が世の中にいるわけがない、これは作り物か、でなければ最新技術を駆使したCGに違いない。おれは本気でそう思ったものだ。

しかし絢子は、紛れもなく実在の人間だった。おれは絢子がただ注文を取りに来ただけで緊張してしまい、さんざん吃《ども》った上にお冷やをこぼして大騒ぎしてしまった。そんなおれに絢子は軽蔑《けいべつ》の目を向けるでもなく、すぐに新しいお絞りを出して、濡《ぬ》れたズボンを拭《ふ》いてくれた。おれは頭に血が上って、その場で昏倒《こんとう》してしまうところだった。

そんな醜態を曝《さら》したことが、絢子に憶えてもらうにはかえってよかったようだ。おれはなけなしの勇気を振り絞り、翌日もそのレストランに向かった。おれがドアをくぐると、絢子は「あら」とこちらを認めたような顔をして、軽く微笑んだ。あのときの嬉《うれ》しさは、なんとも形容しようがない。また昏倒しそうだったとしか言えない。

絢子に案内されるまま、おれはぎくしゃくと席に着いた。後で聞いたところでは、右手と右脚、左手と左脚が同時に前に出ていたそうだ。それがおかしくて、笑い出すのをこらえるのが大変だったと、絢子は大笑いしながらおれに言った。自分ではそんなことにはちっとも気づいていなかったのだが。

注文するときにまた緊張してしまったおれは、なんとか自分を落ち着かせようと、テーブルに置いてあった紙ナプキンを手に取った。顔を真っ赤にして注文するうちに、無意識にそれで鶴《つる》を折ってしまった。できあがって初めてそれに気づき、自分でもびっくりすると、絢子はついにこらえきれなくなって吹き出した。思えばあの瞬間が、おれたちの距離が近くなった始めの一歩だったのだ。

「……絢子はほら、どっちかというと暗い感じの人だったでしょ」明代がおれの回想を断ち切って、続ける。「それが、迫水さんといるときだけはよく笑って、別人のように生き生きしてたのよね。正直に言うとね、最初はあなたのこと、ずいぶん冴《さ》えない人だなぁと思ってたのよ。でもそのうちに、絢子にはぴったりの人だとわかった。絢子は迫水さんと出会えて、本当に幸せだったと思うわよ」

「はあ、どうも」

一応誉《ほ》めてもらっているのだろう。おれはなんとも答えようがなく、取りあえず礼を言っておいた。

「それなのにさぁ、やっぱり逃げられちゃうなんて、あたしの目が狂ってたのかしらね」

呆《あき》れたように明代はおれを見つめる。居心地が悪くなって、思わずテーブル上の紙ナプキンに手を伸ばした。

「ちょっと、客でもないのに商売物を無駄にしないでよ」

「は、はい、すみません」

「それで、絢子の行き先がわからないってわけね。でもおあいにく様、あたしのところには来てないわよ」

「そうですか。そうでしょうねぇ」

明代が隠し事のできる人でないことは、おれもよくわかっている。もし明代であれば、おれたちの仲を取り持つために力を貸してくれるだろう。知らないと言うからには、本当に絢子の消息に心当たりがないのだ。

「迫水さん、二年も一緒に暮らしてたんでしょ。絢子の友達を他に知らないの？」

「それが、知らないんですよ。絢子は人見知りするたちだから、あまり友達がいなかったんですよね」

「まあ、そうかもね。美人なのに男っ気がなかったのは、ちょっと暗い感じがしたからだろうな。あたしの方がもてたくらいだもんね」

「えっ」

「何よ、そんなに驚かなくてもいいでしょ。冗談よ」

にこりともせず、明代は言う。おれは笑っていいものか迷ってしまい、顔の筋が引きつった。

「そ、それでですね。志村さんのところに絢子がいないのはわかったんですが、じゃあ他に行く先はないか、見当でもつきません？」

「旦那《だんな》のあなたにわからないのに、どうしてあたしにわかるのよ。もうちょっとしっかりしなさいな」

「いや、まあ、しっかりするよう努力はしますが、それには少々時間がかかるので、なにとぞお力添えを」

「情けないわねぇ」

明代にまで言われてしまった。しかし今は呆れられようがどう思われようが、それを恥じている場合ではない。絢子に帰ってきてもらうためには、土下座でもなんでもしようではないか。おれはそう、覚悟を固めているのだ。

「絢子のご両親は、確か亡くなっているのよね」

「ええ。なんでも父親は小さいときに亡くなったとかで、顔も憶えていないそうです。母親も、もう七、八年前に亡くなりました」

「そうだったわよねぇ。それで、親戚もいないんでしょ。肉親の縁が薄い、かわいそうな子よね、絢子も――あれ？」

明代は自分の言葉に疑問を持ったように、途中で眉《まゆ》を顰《ひそ》めて考え込んだ。おれは明代が何に気づいたのか、見当もつかなかった。

「あれ、おかしいな。そういえばずいぶん前だけど、腹違いの兄弟がいるようなことを言ってた気がするな」

「腹違いの兄弟？　本当ですか？」

おれも聞いたことのない話だった。明代の記憶違いではないかと疑った。

「うーん、確かそう言ってたような気がするけど、ちょっと曖昧《あいまい》だわ。ごめんね」

「兄弟って、男ですか、女ですか」

「どうだったかなぁ。ぜんぜん憶えてないな。どういう話でそんなことを言ったのか、それも思い出せないわ」

「勘違いじゃないですか。おれはそんなこと、一度も聞いてないですよ」

「勘違いじゃないと思うわよ。だって、絢子が自分のことを語るのは珍しかったから、あれって思ったのよ。でもそのときはすぐに話題が変わっちゃって、根掘り葉掘り訊いたりはしなかったんだな、確か。だから今の今まで忘れてたんだ」

「じゃあ、その兄弟のところに行った可能性もあるわけですね」

「どうかなぁ。あなたも知らなかったくらいなら、ほとんど付き合いはなかったんじゃない？　そんな相手を訪ねていくかしら」

「でも、泊めてくれる友達もいないなら、ひとまずそこを頼ってるかも」

「もちろん、絶対そんなことはないとは断言しないけどね。でもそれくらいだったら、あたしを頼ってくれそうな気がするな」

明代としては、絢子が自分にも相談せずに夫の許《もと》を去ったことが少々心外なのだろう。面倒見のいい姉御肌の明代なら、そう感じるのも当然だ。

「他に何か、絢子の行方を捜す手がかりになるようなことはありませんかね」

「さっきから考えてるんだけど、何かあったかなぁ。夫のあなたが知らないなら、あたしじゃあもっとわからないと思うけど」

「夫といっても、まだ未入籍なんですけどね」

当然知っているだろうと思って軽く口にすると、明代はとんでもないことを言われたとばかりに声を張り上げた。

「未入籍！　どうしてよ。もう二年にもなるっていうのに、どうして籍を入れなかったの？」

「あ、知らなかったんですか。絢子から何も聞いてません？」

「聞いてないわよ。どうして？」

「絢子がいやがったんですよ。名字が変わるのがいやだとか言って」

「そんなこと言っても、どこかの企業に勤めて名前で仕事をしているわけでもなし、夫婦別姓にこだわる必要はないじゃない」

「おれに言われても困りますよ。文句があるなら絢子に言ってください」

「あなたはそんな主張を受け入れたの？　絢子が名字を変えるのがいやだったなら、迫水さんが婿《むこ》に入ればよかったじゃない」

「でも、迫水って名前、気に入ってるんですけど」

ちなみに絢子の姓は佐藤《さとう》である。佐藤と迫水なら、そりゃあ迫水の方がいいだろう。

「そんなくだらないことにこだわって、入籍を見送っちゃったわけ？　あなた、それでよかったの？」

「もうおれは、絢子が一緒に暮らしてくれるなら、それで大満足で」

「まったく、信じられないわ。もう、ぜんぜん信じられない」

「そんなこと言わないで、少しは相談に乗ってくださいよ」

「ずいぶん乗ってるじゃない。あたしはこれでも仕事中なのよ」

「ああ、すいません」

すっかりくつろいでいるので、明代の仕事の邪魔をしていることを忘れていた。明代が何も知らないなら、そろそろ失礼しなければならないだろうか。おれがそう考えたときだった。

「こんなこと、手がかりになるとも思えないけど、ひとつだけ思い出したわ」

明代が記憶の底を探るような難しい顔をして、そう言う。おれは思わず身を乗り出した。

「はいはい、なんでしょう」

「絢子はね、オーナーの関係者に紹介されて、この店で働くことになったのよ。オーナーの従兄弟《いとこ》が、使ってやってくれないかって連れてきたらしいの。その人と絢子がどういう関係だか知らないけど、一応知り合いには違いないわよね」

「そうだったんですか。知らなかったな」

「新井《あらい》っていう人。新宿《しんじゅく》の、なんと言ったっけな、なんとかってショットバーで働いている人よ」

「なんとかじゃあわかりませんよ。ちゃんと思い出してください」

「考えてるんだから急《せ》かさないで。……そうそう、《フィフスムーン》って言ったかな。うん、そうだ、間違いない」

「《フィフスムーン》ですね。住所電話番号はわかります？」

「わからないわよ、そんなこと。電話帳でも見て、自分で調べなさい。歌舞伎町《かぶきちょう》だから」

「はあ」

当てになりそうにない情報だったが、収穫ゼロよりは遥《はる》かにましだった。他に捜すべき当てがあるわけでもないのだから、その新井という人物を訪ねてみようか。おれはそう考えた。

「すみません、すっかりお邪魔しちゃって。夕食を食べていきたいところだけど、まだぜんぜん早いですよね」

「いいのよ、失業中の身で気を使わないで。それより、絢子が見つかったら、あたしにも教えてよ。どうしてこんなことになったのか、ちゃんと聞き出してあげるから」

「はあ。その節はよろしくお願いします」

おれは頭を下げて、店を後にした。明代は両手を腰に当てて、心配そうにおれを見送った。

店を出て駅の方へ足を向けようとすると、ふと背中に視線を感じた。振り返ってみたが、路上には誰もいない。黒塗りの物々しい車が一台停まっているだけだ。気のせいだろうか、そう考えて駅に向かおうとしたときだった。

車の後部座席に坐っている人が、こちらにじっと視線を向けているのに気づいた。サングラスをかけているので顔つきまではわからないが、右の眉尻《まゆじり》から頬にかけて、かなり無惨《むざん》な傷跡がある。その傷跡も相まって、男はなにやら尋常でない雰囲気を醸《かも》し出していた。少なくとも、まともな生活を送っている人ではないように見える。こんな黒塗りの車に乗っている人は、ヤクザか政治家か、どちらにしろ普通の人生を送っているわけがない。

まじまじと観察したわけではなく、おれはそれらのことを一瞬で見て取った。目が合った瞬間、弾《はじ》き飛ばされたように視線を逸《そ》らしたからだ。あんな恐ろしげな気配を漂わせている人と、一瞬とはいえ目を合わせたことに冷や汗をかいた。おれは一秒でも早く車から遠ざかろうと、足を速めてその場を後にした。

3

駅前の電話ボックスに入り、明代に言われたとおり電話帳を調べた。幸い、《フィフスムーン》の住所電話番号は掲載されていた。それをメモに取り、このまま電話しようかと一瞬考える。だが電話ではこちらの意図が伝わりにくいだろうと判断して、やはり直接訪ねることにした。もし絢子の行方を知っていて隠しているなら、顔を合わせて話した方が見抜きやすいだろう。

新宿に着いたときには四時だったので、まだショットバーが開く時刻には早かった。仕方なく、大型書店に入って雑誌を立ち読みし、時間を潰《つぶ》した。ついでに地図も調べ、《フィフスムーン》のおおよその場所を把握する。住所からすると、区役所通りを一本奥に入った辺りになりそうだった。

五時を過ぎたところで、書店を出た。そのまま足を歌舞伎町に向ける。歌舞伎町で遊ぶような悪い趣味はなかったが、それでも東京暮らしが長くなればそれなりに土地勘もある。すでにこんな時間から人でごった返している道を縫うようにして、《フィフスムーン》を目指した。

大通りから小さい路地に入りかけたときだった。不意に目の前に人影が現れ、その場で立ち止まった。慌《あわ》ててよけようとしたのだが間に合わず、肩がぶつかってしまう。「すいません」と謝ってから、相手の風体《ふうてい》に気づいた。

「痛てえじゃねえか、てめえ」

男は間髪を容《い》れず、粗暴な声を上げた。そんな声を聞いただけで、おれの肝はとたんに縮み上がった。

「す、すいません、すいません」

ぺこぺこと何度も頭を下げる。男はおれよりひと回りも年下に見えたが、そんなことを斟酌《しんしゃく》している場合ではない。髪は金髪、耳にはごてごてとピアスをし、他人を下から見上げるような眼差しで睨《にら》む相手を、年下だからといってぞんざいにあしらえるわけもなかった。

「すいませんで済んだら、警察はいらねえんだ」

いかにもな決まり文句を吐いて、男は近づいてきた。それに気圧《けお》され、おれは後ずさる。すると、壁にぶつかったわけでもないのに背中が何かに触れた。驚いて振り向くと、そこには壁のような大男がにやにや笑いながら立っていた。大男の笑顔には、知性のかけらも感じられなかった。

「舐《な》めた真似《まね》してくれるじゃねえか、おっさん」

男は息が吹きかかるほど、顔を寄せてくる。まだ三十二歳でおっさん呼ばわりされるのは心外だったが、それを抗議する余裕など爪《つめ》の垢《あか》ほども持ち合わせていなかった。

「で、ですから、ごめんなさい。すいません」

迫ってくる男を避けようとしたが、背後から肩をがっしりと摑《つか》まれた。大男がおれの両肩を摑んだようだ。抵抗したのだが、相手の力はまるで緩まない。金縛りにあったようにその場から動けなくなった。

「どうしてくれるんだよ、えっ？ 肩の骨が折れちまった。大変な大怪我《けが》だよ。警察に通報したら、あんた、傷害罪で逮捕されるぞ」

「そんな柔らかい骨なんですか。小さい頃に牛乳飲まなかったでしょ」

言った瞬間後悔したが、もう遅かった。「舐めるんじゃねえ！」という罵声《ばせい》とともに、腹に手加減のない殴打を食らう。息が詰まって、ただ口をぱくぱくさせた。

「治療費出してくれよ、おっさん。こんな大怪我じゃ、三十万はかかるな」

身を折り曲げたおれの髪を摑んで、ピアス男は顔を上げさせた。ふたたび顔が正面から向かい合う。唇を突き出せば、そのままキスできてしまうような距離だ。

「……失業中なんですよ。三十万もあったら、貯金する」

「いい度胸だよ、おっさん」

ピアス男は、今度は脇腹《わきばら》に膝《ひざ》を当ててきた。だが先ほどより手加減しているのか、それほど痛くはない。おれはどうしたらこの場から逃げられるか、それだけを考え続けた。

道の前後に視線を走らせると、おれたちのいざこざに気づいている人も何人かいた。だが何事かと興味深そうな目を向けてくるものの、その場で立ち止まって仲裁してくれそうな人はひとりもいない。都会の不人情をこれほど恨めしく感じたことはなかった。

「助けてくださーい！　誰か！　金を脅し取られそうでーす！」

恥も外聞もなく、大声を張り上げた。するとようやく見過ごしにできないと感じたか、足を止めて遠巻きに眺める人が出てくる。ここぞとばかり、おれは訴えた。

「助けて！　警察呼んで！　殺される！」

「ふざけんな、おっさん」

ピアス男は慌ててこちらの口を塞《ふさ》ごうとした。だがここで黙らされてはお終《しま》いである。おれは首を振って、さらに喚《わめ》き続けた。

騒ぎを大きくするのに比例して、ギャラリーの数も増えてきた。おれたち三人を囲む輪ができあがる。そうなると男たちも居たたまれなくなったか、「ちっ」と舌打ちしておれを解放した。「気をつけやがれ」というお決まりの台詞《せりふ》をちゃんと忘れないところは立派である。

「どけ！」

ピアス男が人垣に向かって一喝した。モーセの前に道を開いた大海の如《ごと》く、ギャラリーがさっと左右に割れる。男たちふたりは、その間を悠々と歩いていった。それを見送るおれは、安堵《あんど》のあまりへたり込みそうだった。

「大丈夫かい、あんた」

遅ればせながら、そんな声がかかる。心配してくれるならもう少し早いほうがよかったのにと内心で思ったが、もちろんそんなことを口に出したりはしない。「ええ、お騒がせしました」と無難に答えて、すぐにこの場から遠ざかろうとした。

そのとき、またしても背中に冷ややかな視線を感じた。振り返りたくもないのに、体が反射的に反応してしまう。おれの目には、人垣の中からその人物の顔だけが浮き上がっているように映った。視線がぶつかり合った瞬間、おれは思わず走り出していた。こんな全速力で走ったのは、高校を卒業して以来初めてのことだった。

おれを眺めていた男の顔には、眉尻から頰にかけて無惨な傷があった。

4

何者かに追いかけられているような恐怖感は、いくら全力で疾走してもなかなか拭《ぬぐ》えなかった。何度も人にぶつかりかけ、その都度ぺこぺこと頭を下げて、これではよけいに目立ってしまうとそのうちに気づいた。ようやく足を緩め、人の流れに乗る。そして何度も後ろを振り返りながら、《フィフスムーン》を目指した。

かなり注意深く歩いたつもりだったが、こちらを尾行しているような人物には気づかなかった。むろん、顔に傷のあるあの男ももういない。そのことにわずかながらの安堵を覚えつつも、膨れ上がった不安はなかなか減じなかった。

あの男を二度に亘《わた》って見かけたのは、偶然ではあるまい。明代の勤め先から歌舞伎町まで、おれの後を尾《つ》けてきたに違いない。しかしおれには、あのような雰囲気の男と関わり合った憶《おぼ》えなどなかった。善良な生活を送ってきた小市民は、ヤクザに尾行されることなどあり得ないはずだった。

相手は何か勘違いをしているのではないか。そうとしか思えなかった。きっとおれに似た誰かが、ヤクザに追いかけられるような真似をしたのだろう。とばっちりを受けるこちらは迷惑なことだが、向こうもいずれ間違いに気づくはずだ。そう考えて、自分の恐怖心を鎮《しず》めるしかなかった。

歩いているうちに、フルマラソンをした後のように躍っていた心臓がようやく落ち着いてきた。ちょうどその頃に、目指す《フィフスムーン》を見つけることができた。雑居ビルの地下一階に、意匠を凝らした木目調のドアが見える。おれは階段を下り、一度深呼吸をしてから店の扉を押した。幸いなことに、すでに開店時刻になっているようだった。

「いらっしゃいませ」

店内はカウンターのみの狭いスペースだった。カウンターの内側に蝶《ちょう》ネクタイをした男と女のバーテンダーがいる他、席には中年男性とホステス風の派手な身なりの女が坐《すわ》っている。これからホステスが客同伴で出勤するような雰囲気だった。先客たちがカウンターの一番奥に坐っているのを幸いと、おれは入り口に近い席に腰を下ろした。

「何にいたしましょう」

男のバーテンダーが、メニューを目の前に差し出してくる。おれはそれを受け取り、男の顔を見上げた。男は見事な顎鬚《あごひげ》を蓄えた長身だった。この人が新井だろうか。

「ええとね、マルガリータ」

酔っぱらって話ができなくなるのは困るから、軽いカクテルを頼む。男は復唱して、メニューを下げた。

男がシェーカーを振り終わるのを、じっと待った。やがて半透明の液体がグラスに注がれ、男はそれをコースターとともにおれの前に置く。そのときを見計らって、声をかけた。

「すみません。新井さん、ですか?」

すると男は、怪訝《けげん》そうな顔でこちらを見た。

「あなたは？」

「不躾《ぶしつけ》にすみません。佐藤絢子をご存じですよね。私、絢子の夫なんです」

「絢子の夫？」

男の表情に変化はなかった。拒絶の意志は見られないが、大歓迎といった感じでもない。鬚面《ひげづら》からはなかなか感情が読み取りにくかった。

「あのう、新井さん、ですよね」

もう一度念を押す。すると男はようやく、頷《うなず》いて認めた。だがそれだけで、自分から口を開こうとはしない。おれはすぐに用件を口にした。

「ちょっと絢子のことでお話を伺いたいのですが、よろしいでしょうか」

「今、仕事中なんで」

新井は淡々とした声で、それだけを言う。まあもっともな返事だと思い、おれはさらに言葉を重ねた。

「では、お仕事が終わった後でもいいんですが、少々お話を伺わせていただけないでしょうか」

「あの人がどうかしましたか？」

「それが、いなくなっちゃったんですよ」

また驚かれることを予想してそう白状したが、新井は特に目立った反応を示さなかった。絢子がいなくなったことを知っていたからか、それとも関心がないからか、どちらともわからない。

「新井さんは絢子とお付き合いがあったんですよね。そのご縁で、絢子の行く先などご存じないかと思いまして」

「知りませんよ」

にべもなく、新井は答える。愛想のない返事にいささか鼻白んだが、それで引き下がるわけにはいかなかった。

「失礼ですが、絢子とはどういうお知り合いだったのでしょう」

「今、仕事中なので勘弁してください」

「すみません。ですから、お仕事が終わった後にでも」

しつこく言葉を重ねたとき、新たな客が店に入ってきた。新井はそちらに注意を向け、おれから離れていく。仕方なく、目の前のカクテルグラスに手を伸ばした。今頃になって、チンピラに殴られた腹がしくしくと痛んできた。

新客が注文を終えた頃を見計らって、また声をかけた。

「新井さーん、話を聞かせてくださいよ」

新井は露骨に迷惑そうな顔をして近づいてくる。人にものを頼むときは、いやがられるくらい図々しくなった方が効果的なようだ。もっと早くにそれがわかっていれば、会社をリストラされずに済んだのに。

「店内で大声を出さないでください」

「仕事が終わったら、お時間をください。十五分くらいでいいんです」

「わかりました。お話しすることは何もないですが、それでもいいんですね」

「かまいません。ありがとうございます」

「店を閉めるのは二時ですよ。そんな遅くでいいんですか?」

それを聞いておれは、一瞬後込《しりご》みする気分になった。明日の昼でも遅くないのではないか。そんなふうに考えたが、すぐに思い直す。一分一秒でも早く絢子に帰ってきてもらうためには、多少の夜更《よふ》かしなど何ほどのこともなかった。

「承知しました。ではまたその頃に出直してきます」

「じゃあ、この店の正面に喫茶店があるでしょ。そこは二十四時間営業だから、二時過ぎにその喫茶店ということで」

「はい。どうも我が儘《まま》言ってすみません」

謝ったが、新井はそれに応えようとしなかった。こちらに向けた背中は、カクテルを飲んで早く出ていけと言っているかのようだった。

5

二時までをこの歌舞伎町で過ごすには懐《ふところ》が寂しかったので、いったん帰宅することにした。帰るのが初台《はつだい》のアパートならば、出直したとてそれほど時間はかからない。おれは京王《けいおう》新線を使ってアパートに帰り着き、途中のコンビニエンスストアで買ってきたカップラーメンを啜《すす》った。そして約束の時刻が近づいてくるまで、テレビも照明も点《つ》けずにただ畳に寝転がっていた。もちろん、電気代節約のためである。こんなことをしていると、無職の侘《わ》びしさがしみじみと身に沁《し》みてくる。

暗い中で寝転がっていると、ついつい眠気に負けそうになる。その都度おれは立ち上がり、ベランダに出て外の空気を吸った。ベランダの正面には、新宿の超高層ビル群が見える。まだ照明が消えきっていない超高層ビルは、世の中にはおれなどとは違う人種が存在することを教えてくれた。あんなインテリジェントビルで働いている人たちは、もともと人間の出来が違うのだろう。そう考えると、窓からの眺望とこの２Ｋのアパートは、見事な対照をなしていることに気づく。絢子はこんな暮らしが、こんなおれがいやで、出ていってしまったのか。おそらく、そうなのだろう。

仮に絢子を見つけ出し、連れ戻せたとしても、帰ってくるのはこの安アパートである。

ならば、連れ戻すことは絢子にとって本当に幸せなのだろうか。絢子のためを思うなら、もうこのまま放っておいた方がいいのではないか。そんな弱気が、ふと心に兆《きざ》した。楽天的な性格だけが取り柄のおれにしては、珍しいことだ。

つまらないことを考えるのはやめよう。おれは頭をひと振りして、部屋の中に戻った。テレビを点《つ》けて、面白そうな深夜番組を探す。最近売り出し中の若手漫才師が司会をしている番組を見つけ、それを見て笑っているうちにいつの間にか気持ちが紛れた。やがて出発しなければならない時刻になったので、おれは身支度をしてアパートを出た。

この時刻では、電車も動いていない。かといってタクシーで新宿に行けるような経済的余裕はない。だからおれは、自転車で歌舞伎町に向かった。大型ディスカウントストアのバーゲンセールで一万円で買った、いわゆるママチャリである。変速ギアなんて気の利《き》いたものはついていないので、長い距離を乗ると腿《もも》がぱんぱんに張る。運動不足のおれにはちょうどいい乗り物だ。

三十分以上かかるだろうと予想して、午前一時二十分にアパートを出た。だが深夜のために歩いている人もなく、遠慮なくスピードを出せたので、思いの外《ほか》に早く新宿に着いてしまった。約束の時刻には、まだ二十分以上ある。先に喫茶店に入って新井を待とうと考え、西武《せいぶ》新宿駅の前に自転車を停めて、そのまま徒歩で《フィフスムーン》に向かった。

急ぐ必要はないので、今度は道の前後に注意しながら歩いた。またたちの悪い連中に絡《から》まれたり、ヤクザのような男に後を尾けられてはたまらない。殴られた腹の痛みは治まったが、それでも恐怖心は吐き捨てられたガムのように心の底にへばりついていた。

約束の喫茶店が前方に見えてきたときのことだった。向かいのビルから、長身の男が姿を見せた。蝶ネクタイ姿から普段着に着替えているが、特徴的な顎鬚が遠目からも見て取れる。新井に間違いなかった。

どうやら新井も早めに仕事を上がったようだ。待たずに済んだと喜び、声をかけようとしたところ、新井は正面の喫茶店には向かわず、区役所通りの方へと歩き出した。奇異に思い、小走りにその後を追いかけた。

「新井さん」

呼びかけると、新井はびくっと身を震わせてこちらを振り向いた。そしておれを認めたとたん、形相を変えて走り出した。何が起こったのかわからずそれをぽかんと見送ったが、どうやらおれから逃げようとしているらしかった。

「ちょ、ちょっと待ってよ。なんで逃げるの」

声を張り上げたが、聞こえているのかいないのか、新井は立ち止まる気振りもなかった。慌《あわ》ててこちらも後を追う。

だが足の長さの違いか、彼我の距離は縮まるどころかどんどん広がっていった。新井はラブホテル街に入り込み、そのままジグザグと道を抜けていく。こちらは見失わないようにするのが精一杯だった。

もう追いつけないと、諦《あきら》めかけて角を曲がったときだった。壁に手をついてしゃがみ込んでいる人とぶつかりそうになり、なんとか立ち止まった。苦しげに胸を押さえているのは、なんと新井である。汗をかいた顔は、夜目にもわかるほど蒼白《そうはく》だった。

「どうしたんですか。大丈夫ですか」

息を切らしながら、そう声をかけた。おれの心臓も破裂しそうだが、しかし苦しみのあまりしゃがみ込むほどではない。新井の苦しみ方は、とても尋常ではなかった。

「……背、背中をさすってくれ」

切れ切れに、新井は訴える。おれは言われたとおり、せっせと新井の背をさすってやった。

ひーひーと喉《のど》を鳴らすような呼吸音を立てていた新井だが、そのまま二分ばかり背をさすり続けると、ようやく落ち着いてきた。死人のようだった顔色も、徐々に人間らしい赤みを取り戻してくる。このまま死んでしまうのではないかと心配したので、その回復に思わず胸を撫《な》で下ろした。おれが追いかけたせいでぽっくり死なれては、あまりに寝覚めが悪い。

「もう、大丈夫」

新井は一度大きく呼吸をしてから、おれの手を振り払った。そして向きを変えて、背中を壁に預ける。こちらを見てニッと笑ったのは、照れ隠しだろうと解釈した。

「心臓が悪いんでね。拡張型心筋症といって、生まれつきの持病なんだ。ちょっと無茶をすると、この有様さ」

「じゃあ、どうして逃げたりしたんですか」

「あんたがしつこくするからだ」

「しつこく、ったって、ちょっと話を聞かせて欲しいと頼んだだけじゃないですか」

理不尽なことを言われ、おれは口を尖《とが》らせる。新井はそんなこちらの抗議が聞こえていないかのように、平然とたばこを取り出して吸い始めた。

「心臓が悪いなら、たばこなんて吸わない方がいいんじゃないですか」

思わず忠告したくなる。だが新井は深々と煙を肺に吸い込み、首を振った。

「どうせ長生きなんてできないんだから、好きにさせてくれ」

「そりゃあ別にかまわないけど、死ぬなら他の機会にしてくださいよ。今死なれても、面倒見ませんからね」

「あんたにおれの死体を押しつけようとは思わないさ」

おれの言い分が面白かったのか、新井は肩を揺らして笑った。わけがわからず、説明を求める。

のに」

「もう一度訊《き》くけど、どうして逃げたんですか。おれは絢子の話が聞きたかっただけな

「あんたらが知りたいことなんて、おれは何も知らないよ」

「あんたら？　何言ってんです？　おれはひとりじゃないですか」

怪訝《けげん》そうな顔をすると、新井はなおも疑うようにまじまじとこちらを眺めた。そして半分しか吸っていないたばこを捨てて、頷く。

「あんた、本当に絢子の旦那なのか」

「人の女房を呼び捨てにしないで欲しいな」

本気でムッとして、おれは抗議した。いったいこの新井は、絢子とどういう繋《つな》がりがある人間なのか。

「絢子の旦那にしちゃ、冴《さ》えないな。ああ、だから逃げられたのか」

「大きなお世話だ」

「どうやら嘘《うそ》じゃないようだな。逃げたりして悪かったよ。何が訊きたいのかわからんが、じゃあ少し付き合うとするか」

「最初からそうしてくれれば、お互い疲れずに済んだのに」

「悪かったと言ってるじゃないか」

行こう、と言って新井は先に歩き出す。この追いかけっこはなんだったのか釈然とし

なかったが、今は後についていくしかなかった。なんだってこんなことをしているのかと、自分の行動にふと疑問を覚える。

深夜ということもあって、喫茶店は空《す》いていた。新井は一番奥のテーブルに陣取って、コーヒーを注文する。おれも同じものをウェイターに頼み、テーブルを挟んで坐った。

「あなたは、絢子とどういう知り合いなんですか？」

出された冷水を旨《うま》そうに飲んでいる新井に、単刀直入に尋ねた。こんなとき穏やかならぬ気持ちを抱くのは、何もおれが特別嫉妬《しっと》深いからではないだろう。

「呼び捨てにしたことには、深い意味なんてないよ。女を呼ぶときには、いつもそうしているってだけだ。特別な関係なんてなかったから、安心してくれ」

新井はおれの反応が面白いらしく、からかうような口調で答えた。だから新井が本当のことを語っているのかもうひとつわからなかったが、今はその言葉を信用しておくことにした。

「ただの知り合いだって言うんですね。どこで知り合ったんです？」

「昔付き合っていた女が、友達だったんだよ。そんな関係で、何度か会ったことがあるってだけだ」

「友達？　絢子の友達ってことですか」

「ああ、中学が一緒だったそうだ」

絢子は神戸《こうべ》生まれなので、東京には友達が少ないと言っていた。中学の同級生がこちらに出てきているのなら、親しく付き合っていてもおかしくない。

「名前はなんと言うんですか」

「名前？　そいつのところに逃げ込んでいると思ってるのか。それだったら、可能性は薄いんじゃないかな。そいつは実家に帰って、今は結婚してるから」

「ああ、そうなんですか」

確かに、すでにその友人が家庭を持っているなら、わざわざ神戸まで頼っていくとは思えない。それでも一応連絡先を訊いてみたが、今はわからないと新井は言う。

「どうしても知りたいんなら教えてやらないでもないが、あんた、見当外れの捜し方しているぜ」

「そうですかね」

まあ自分でもそう思うので、反論はしなかった。紙ナプキンにおれの電話番号を書いて、渡しておく。だが本当に連絡をくれるとは、いくらおれが楽天的でも期待していなかった。

「おれが彼女について知っているのはそれだけだ。これで満足してもらえたかな」

新井は運ばれてきたコーヒーをせかせかと飲むと、もうこれで終わりだとばかりに話を切り上げにかかった。おれはまだ納得できずにいた。

「最後にもう一度訊きたいんですけど、さっきはなんで逃げたんですか？」

「人違いしたのさ」

「人違い？　誰と」

「あんたとは関係ない人だ」

それが本当の理由なのか、それとも適当にごまかそうとしているのか、おれには判断がつかなかった。だからといって、しつこく疑うわけにもいかない。「そうですか」と応じて、時間を割いてくれたことへの礼を口にした。

ふたり分の会計を済ませて、店を出た。新井は区役所通りの方を指差して、言う。

「おれはタクシーを拾って帰るから、こっちだ。あんたはどうする」

「おれは自転車で来たから、気にしなくていいですよ」

「自転車で？　元気だな」

「金がないもんで」

おれの返答に新井は苦笑した。それを最後に、新井は背を向けて歩き出した。おれはそれをしばらく見送ってから、なんとなく後を追い始めた。

新井が何か隠し事をしているのは間違いなかった。それが絢子に関係しているとは限らないが、どうにも気にかかる。このまま新井と別れてしまうのは得策ではないと思えた。

大通りに出る手前で立ち止まり、こっそりと様子を窺《うかが》った。新井はちょうど手を挙げて タクシーを停めたところだった。おれがついてきているとは思いもしないようで、背後を気にする様子もない。タクシーが発進するまで、一度も後ろを振り返らなかった。

折良くというか折悪《おりあ》しくというか、たまたまそこに空車のタクシーがやってきた。おれは内心で激しく葛藤《かっとう》したが、思い切って手を挙げた。新井も通勤の足にタクシーを使っているなら、それほど長距離を移動するわけではないだろう。少々の出費はこの際やむを得ないと、自分に何度も言い聞かせた。

どちらまで、と尋ねる運転手に、前を行く車を追ってくれと頼んだ。運転手はルームミラーでちらりとこちらの顔を眺め、頷く。

「尾行ですか？　お客さん、探偵か何か？」

「そういうわけじゃないんだけどね。まあ似たようなもんかな」

曖昧《あいまい》にごまかすと、それ以上運転手は詮索《せんさく》してこなかった。任せといてくれ、と張り切ってアクセルを吹かす。見失われては元も子もないので、運転手の技量に大いに期待した。

新井のタクシーは歌舞伎町を回り込み、大ガードを抜けて方南《ほうなん》通りに入った。そのまま直進して中野《なかの》通りにぶつかると、そこで右折。そして神田《かんだ》川を渡る手前で車を降りた。

運転手はなかなか勘がよく、新井のタクシーが停まっても素知らぬ顔で行き過ぎた。

そして橋を渡ったところで、ハザードを出してガードレールに寄せた。おれは身を切られるような思いで料金を払って、車を飛び出した。

結局新井は、こちらの尾行に気づかなかったようだ。一度も振り返らず、小さなマンションに入っていった。《メゾン中野》という陳腐《ちんぷ》な名前のマンションは、エントランスを入ってすぐのところにエレベーターがあった。新井がそれに乗り込むのを遠目に眺め、扉が閉まってから足を踏み入れた。階数表示のランプは、一度も停まることなく五階で停止した。すぐに表に飛び出し、窓を見上げる。同時に、端から二番目の部屋に明かりが灯《とも》った。

もう一度エントランスに戻り、郵便受けを確認した。五階の端から二番目に当たる可能性の部屋番号は、五〇二か五〇六だった。その両方ともに、名前は書かれていなかった。

これで新井の住まいは確認できた。しかし、これがいったいなんの役に立つのだろう。ふと冷静になってみると、自分の振る舞いがひどく無駄だったような気がしてくる。絢子が新井の許にいるわけもないのに、何を疑っているのか。こんなことをしていて、果たして本当に絢子を見つけることができるのか。

自分の行動に意味を見いだそうと、マンションの周辺をしばらくうろうろしてみたが、当然のことながら何も起きなかった。これからどうやって帰ろうかと考えると、とたんに憂鬱（ゆううつ）になってくる。もう一度タクシーに乗る金はないし、電車は動いていない。自転車は夜が明けたら取りに行くことにして、今は初台のアパートまで歩いて帰るしかないだろう。探偵気取りの尾行は、空《むな》しい徒労感だけが収穫だった。

6

あっという間に手詰まりになってしまったので、もう一度絢子が残していった品物を漁《あさ》ってみることにした。住所録など、知人の連絡先を書いてある物が見つかったなら、大きな手がかりになる。絢子はまとまった金を持っていったわけではないから、たとえ安いホテルに泊まっていたとしても、所持金はすぐに底を突くはずだ。当面収入の当てがないことを考えるなら、知人の許を頼るのが普通の発想だろう。だから今は、絢子が身を寄せそうな知人を捜し出すことこそ、おれが真っ先にすべきことだった。

しかし、家中ひっくり返してみても、新たな手がかりは見つからなかった。絢子とてなんの考えもなしに出ていったわけではなかろう。あの絢子がおれの許を去ると決めたからには、生半可な決意ではなかったはずだ。おれが簡単に連れ戻せるような、そんな安易な家出をするはずもなかった。

となると、やはり新井が昔付き合っていたという、神戸の知人に確認したくなる。その人の許に転がり込んでいなくても、他の知り合いを紹介してくれるかもしれないではないか。そう考えると、これが最も見込みのある突破口のように思えてくる。おれは部屋の探索に疲れた手を休め、新井から連絡があるのを待った。

散らかり放題に散らかった部屋を、今度は片づけ始めた。さんざん探し回ったお蔭《かげ》で、ふだんならめったに見かけないようなものまで見つかった。救急箱なんて物も、そのひとつだ。こんな物、おれは買った憶えなどないから、絢子が常備しておいたのだろう。

思い返してみれば、絢子は怪我を異様に怖がる女だった。ちょっと指先を切っただけで大騒ぎし、大袈裟《おおげさ》に手当をした。女性とはそんなものなのだろうと考えていたが、今にして思えばいささか過敏だった。万事大らかで些事《さじ》にこだわらない性格だっただけに、あの怯《おび》え方は未《いま》だに奇異な印象が残っている。二年も一緒に暮らしていたのに、絢子はどこか謎《なぞ》めいた気配がつきまとった。結局、おれが絢子を理解し切れていなかったということなのだろう。

散らかした物を押入にすべて押し込むと、すでに時刻は四時になっていた。電話が来るなら、新井が出勤する前だろうと予想していた。昨日はおそらく五時にはすでに店に出ていたので、その頃までアパートの部屋にとどまって待機し続ける。しかしおれの期待に、電話機は応《こた》えてくれなかった。電話のベルは一度として鳴らなかった。

仕方ない。重い腰を上げて、アパートを後にした。何か隠し事をしているらしき新井が、自分から連絡をくれるとはこちらも期待していなかった。もう一度訪ねていかない限り、欲しい情報は手に入らないと覚悟していたのだ。何度も押しかけることを面倒に感じている場合ではなかった。

自転車は新宿に置きっぱなしにしているので、徒歩で向かった。てくてく歩いていると、いい散歩になる。新宿中央公園や都庁舎を横目に見ながら、歌舞伎町を目指した。撤去されたり盗まれたりしているのではないかと心配したが、自転車は昨日と同じ場所に停まっていた。それを確認してから、《フィフスムーン》に足を向ける。歌舞伎町は昨日と同じく、平日だというのに人出が多かった。

《フィフスムーン》のドアを開けると、今日は女性の声に出迎えられた。カウンターの中に新井の姿はなかった。

「すいません、新井さんは？」

席には着かず、立ったまま尋ねた。女性のバーテンダーは、「さあ」と怪訝そうに首を傾《かし》げる。

「出勤時刻はとっくに過ぎてるんですけどねぇ。まだ来ないんですよ」

「遅刻ですか」

「ええ。こんなことはめったにないんですけど」

「連絡もないんですか」

「そうなんです。こちらから電話してみても、繋がらないし」

「そりゃおかしいですね」

なんとなくいやな予感がした。他のときならいざ知らず、昨日の今日である。ただ病気で寝込んでいるだけとは思えなかった。

「すみませんけど、じゃあ新井さんが出てきたら、連絡をくれるよう伝えていただけませんか」

そう頼んで、電話番号を残しておいた。女性バーテンダーはいやな顔ひとつせず、「わかりました」と引き受けてくれる。おれは礼を言って、店を後にした。

直接訪ねてみるしかないだろう。どうやら昨日の冒険は、決して無駄ではなかったようだ。そう考えると、少しは昨夜の出費を悔いる気持ちが薄らぐ。馬鹿なことに貴重な金を使ってしまったと、実はずっと後悔していたのだ。

自転車に乗り、中野を目指した。青梅《おうめ》街道を西に向けて、ひたすらペダルを漕《こ》ぐ。昨日と今日の二日間で、日頃の運動不足が一挙に解消されそうだった。

二十分ほどで、マンションの前に辿《たど》り着いた。昨夜は暗くて気づかなかったが、改めて見てみると、かなり古ぼけたマンションだということがわかる。エレベーターがついているだけ、おれの住んでいるアパートよりは遥《はる》かに上等だったが。

昨日調べた部屋の場所を確かめ、エレベーターに乗った。五階で降りて、端から二番目の部屋の呼び鈴を押す。中でチャイムが鳴っている音は聞こえるが、それに応じて誰かが出てくる気配はなかった。

ドアの横にあるメーターボックスを覗《のぞ》いてみた。電気メーターはゆっくりと回っているが、この程度の回転なら冷蔵庫が稼働《かどう》しているだけだろう。居留守を使っているとは思えなかった。

どうやら新井に逃げられてしまったようだ。そう結論するしかなかった。新井がおれから逃げたのか、それとも他の誰かに追われているのかはっきりしないが、昨日語ってくれた話がすべてでなかったことだけは明らかだ。新井はなぜ、隠し事をしたまま姿を消さなければならなかったのだろう。

しばらくその場で頭を捻《ひね》ったが、新井の逃亡の意味などわかるわけもなかった。おれはただ絢子の友達の連絡先を知りたいだけだったのに、何を勘違いしたか身を隠してしまった新井が恨めしかった。これで絢子に到《いた》る手がかりが途切れてしまったではないか。この後おれは、いったいどうすればいいのか。

腹立ち紛れに、メーターボックスを開けてみた。期待もせず、電気メーターの底の部分に手を伸ばしてみる。すると、思いがけず異物の感触があった。まさかと思い引き剝《は》がしてみると、それはガムテープで固定された鍵《かぎ》だった。

「あら」

思わず声に出して呟《つぶや》いた。逃げ出したくせにこんな物を残しているとは、新井も存外そそっかしい。一応念のために鍵を鍵穴に差し込んでみると、なんの抵抗もなく回転した。

「うーむ」

ここは思案のしどころだった。いくらなんでも、勝手に中に入るのはれっきとした犯罪行為だ。無職の身に落ちぶれてはいても、犯罪者にはなりたくない。しかし、ここでこの幸運を捨ててしまえば、おれは八方塞《ふさ》がりになる。どうしたものか。

覗くだけならいいだろう。おれは安易な結論に飛びついた。物を盗むわけじゃない、ただちょっとだけ、住所録でも見せてもらえればそれでいいのだ。鍵も元の場所に戻しておくし、侵入したことがばれなければ問題ないのではないか。幸いこのマンションには管理人がいない上に、住人ともすれ違っていない。目撃者がいないのだから、侵入に気づかれる心配はない。そんなふうに自分を納得させた。

とはいえ、素手のままで忍び入るのはちょっと抵抗があった。一度階段で一階に下り、近くのコンビニエンスストアに飛び込む。そこで安い軍手を買って、ふたたび新井の住居に戻った。今度は誰にも見咎《みとが》められないように気を使って、素早く部屋の中に入る。

内部の間取りは2DKだった。入ってすぐがキッチンで、そこからふたつの扉が奥に続いている。ひとつは寝室で、ひとつは居間として使っているようだ。

寝室の方はセミダブルのベッドとキャビネット、それと衣装ケースが置いてあるだけだった。居間にはテレビやステレオの他、いくつかの収納棚がある。おれはまず、こちらの部屋から探索することにした。

他人の住居に無断で侵入するのは、なんとも居心地の悪いものだ。いくら食うのに困っても、泥棒にだけはなるまいと固く心に誓う。さっさと目的の物を探し出して出ていくに限ると、ぐるりと室内を見回した。

まず目につくのは、レコードのコレクションの数々だった。ふたつのラックの大半を、LP盤が占めている。どれもすべて、外国のジャズやブルースのようだった。国内物はまったくない。音楽に詳しくないおれは、それらがどれほどの価値があるものか見当もつかなかったが、愛好家が見れば垂涎《すいぜん》ものの逸品が並んでいるのだけは想像がついた。時間があれば一枚ずつ確かめたいところだが、今はそんな悠長なことをしてはいられない。

レコードの数に比して、本の量はさほど多くなかった。小説の類《たぐい》はほとんどなく、あるのはすべて酒に関するものだった。おれはそれらも無視し、本棚についている抽斗《ひきだし》を漁った。

出てくる物はすべて、鋏《はさみ》や爪切《つめき》り、カッターやフェルトペンといった日常品ばかりだった。次々に抽斗を開けたが、いずれも中身は同様だ。

目当ての住所録は、本棚にはなかった。仕方なく、寝室に足を向ける。居間を探すだけでも心が咎《とが》めるのに、寝室となると罪悪感はひとしおだった。ごめんなさいごめんなさい、と心の中で何度も詫《わ》びながら、ベッドサイドのキャビネットを漁った。それでも何も見つからないのに焦《あせ》り、衣装ケースを覗いた。鞄《かばん》があったので口を開けてみたが、手帳すら見当たらない。こうなると、新井が持っていったとしか思えなかった。ついでとばかりに寝室と居間の両方のゴミ箱も漁ってみたが、ほとんどちり紙ばかりで字の書かれたメモのような物はなかった。

「どうしよ」

困り果てて、顎《あご》をさすった。せっかく住居侵入という罪まで犯したのに、収穫なしではいかにも寂しい。何か新たな情報を持ち帰らないことには、この部屋を出ていけない気分になってきた。

もう一度居間に戻って、今度は落ち着いて見回してみた。そして、調べるべき物が目の前にあったことに気づいた。電話機である。昔の女の電話番号など短縮ダイヤルに登録しているとは思えないが、それでも調べてみる価値はあった。

電話はファクスつきの高機能機種だった。この種の電話には触ったこともないおれには、どう操作するのかなどまったく見当がつかない。留守というボタンが点滅しているのはメッセージが入っているからだということくらいは理解できるが、他のボタンはなんのために存在するのかさっぱりわからなかった。これでは短縮ダイヤルを調べることなんて、とうてい無理だ。

仕方なく、メッセージを再生してみた。「一件です」という合成音に続いて、女性の声が聞こえてくる。どうして出勤してこないのかと尋ねているところからすると、どうやら相手は《フィフスムーン》の女性バーテンダーのようだった。これではなんの手がかりにもならない。

もう一度、じっくりとボタンを眺めた。するとその中に、ひとつだけ機能を理解できるものがあった。リダイヤルだ。嬉しくなって、受話器を取り上げてそのボタンを押してみた。案の定、ディスプレイには番号が表示される。それを書き取ろうと、電話機の横にあったメモ帳を引き寄せた。

ボールペンで書き込もうとして、あることに気づいた。こんな些細《ささい》な点に気づくとは、なんと注意深いのだろうと自分に感心する。メモ帳には何も書かれていなかったが、前に書いた字の跡が残っていたのだ。おれは受話器を置いてから鉛筆を探し出し、それを寝かせてメモ帳の上を擦《こす》ってみた。案の定、いくつかの数字の列が浮かび上がる。桁数《けた》が多いので、携帯電話の番号のようだった。

それを裏返して、もう一度リダイヤルボタンを押した。ディスプレイに表示された番号を書き取り、通話が繋《つな》がる前に受話器を置く。今ここから、その番号にかけてみるわけにはいかないからだ。なんといってもおれは、不法侵入の最中である。悠長に電話している場合ではなかった。

こんなところだろうか。ちっとも当初の目的は果たせなかったが、素人《しろうと》の探索なのだから仕方がない。ふたつの電話番号が手に入っただけで満足しなければならないだろう。この番号を手がかりとして、また新井に会えるかもしれないではないか。そう考えて、早々に退散することにした。

鍵をかけ、きちんと指紋を拭《ぬぐ》ってから、またメーターボックスの底に貼《は》りつけておいた。ボックスの蓋《ふた》を閉めて、足早にその場を立ち去る。一階に停めてあった自転車に乗って漕ぎ出すと、いまさらのように冷や汗が滲《にじ》んできた。まったく、我ながら無茶なことをしたものだと思う。さっさと逃げるに限ると、がむしゃらに自転車のペダルを漕いだ。

7

アパートに帰り着いて、まず携帯電話の方から電話してみた。幸いまだ電話を止められるには至っていないが、このまま失業状態が続くならいずれ電話代を払えなくなる。もちろん電話だけではなく、電気ガス水道も同じことだ。なんともはや、どちらを向いても焦ることばかりである。

コール音が何度か鳴った後、電源が切れているか電波の届かない地域にいるというメッセージが聞こえた。仕方なく、今度はリダイヤルに残っていた方の番号にかける。こちらは案ずるまでもなく、あっさりと繋がった。

「はい」

女性の低い声が応じたが、名前は名乗らない。相手が何者か見当がつかないまま、取りあえずこちらから身分を明かした。

「突然のお電話、申し訳ありません。私は《フィフスムーン》で働いている新井さんの知り合いの、迫水と申す者です」

営業トークはお手の物である。だてに十年も営業マンをやっていたわけではない。

「新井の……」

女性は確かに新井を知っているようだった。ここぞとばかりに畳みかける。

「実は新井さんに早急に連絡をとりたい事情があるのですが、どこにいらっしゃるかわからないのです。不躾《ぶしつけ》な電話で大変失礼をしておりますが、新井さんがどちらにいらっしゃるか、ご存じではないでしょうか」

「なぜあたしが新井のことを知っていなければならないのですか」

そんなことを訊かれても、女性と新井がどんな関係にあるのかわからないのだから、答えようもない。ここは正面から、率直に尋ねてみるしかないだろう。

「ごめんなさい。私は新井さんからこの電話番号を伺っただけで、あなたがどのような関係の方なのか聞いていないのです。失礼ですが、新井さんとはどういったご関係でいらっしゃるのでしょうか」

「そちらこそ、どういう関係ですか」

「大変失礼しました。私は新井さんのお店の常連の者ですが、個人的にも懇意にしていました。今日、お目にかかる予定があったのですが、お店を無断で欠勤され、ご自宅の方にもいらっしゃらないので、心配しているところです」

この程度の嘘は勘弁して欲しい。勝手に部屋に忍び込んで電話番号を知ったなどと言えるはずもない。疚《やま》しいことをひとつすると、それをごまかすために嘘を重ねていかなければならないのだなと悟る。

女性はそんなおれの言葉に、軽く息を呑《の》むような音を立てた。なぜそんなに驚くのだろうと、おれはぼんやり疑問を覚えた。

「新井の行方が知れないのですか」

「そうなんです。最近、新井さんから連絡はなかったでしょうか」

白々しく尋ねてみたが、女性はすぐに認めようとはしなかった。しばらく考え込むように沈黙した末に、「ありましたけど……」とようやく答える。

「でも、今ここにいるわけではありません」

「どちらに行かれたか、ご存じではないですか?」

「知りません」

女性の言葉はにべもなかった。もどかしくなって、もう一度尋ねる。

「ごめんなさい。新井さんとはどういうご関係なんでしょう」

「あ、失礼しました。あたし、宮下君恵《みやしたきみえ》と申します。新井とは昔、夫婦の関係でした」

なるほど、新井の前妻か。ようやく納得する。

「最後に新井さんから連絡があったとき、何かおっしゃってましたか?」

「あなたは本当に新井のお友達ですか」

疑われてしまった。先方にしてみればもっともな疑惑だ。

「そうですが、どうしてですか?」

あくまで白を切りとおす。むしろこちらとしては、どうしてそんなふうに疑うのか興味があった。

「新井はあたしに匿《かくま》って欲しいと言いました。誰かから逃げているようでした。新井を追っているのはあなたではないのですか」

確かにおれは新井を追いかけた。だがそれは、新井が逃げたからだ。新井は逃げた理由を、人違いだと説明した。それが事実だとしたら、おれ以外の何者かに本当に追われていたことになる。いったい新井は、誰から逃げようとしていたのか。

「実は私にも、似たようなことを話していました。誰が追っていたのかまでは教えてくれませんでしたが」

相当脚色を加えたが、まあでたらめとは言えない。宮下君恵はまた黙り込み、そして重苦しい声で続けた。

「新井をお捜しなのですね」

「そうです」

「では、一度お目にかかってお話しできないでしょうか。先ほど申し上げたとおり、あたしは新井の行方を知りません。ですが、ちょっと心配になってきたものですから」

「もちろん、こちらはかまいません。そうしていただけると大変助かります」

思ってもみなかった申し出だった。直接会って話せるに越したことはない。

「あたしは津田沼《つだぬま》に住んでいるのですが、こちらまでいらしていただけますでしょうか。子供がいるもので」

「かまいません。指定していただければ、どこへなりとも伺います」

「そうですか、では――」

宮下君恵は、津田沼駅近くのファミリーレストランを指定した。こちらの移動時間を考え、今から一時間半後に落ち合おうと決める。思わず電車賃の心配をしてしまったのは我ながら情けないが、背に腹は代えられない。せっかく先方が会ってくれると言うのに、これを逃す手はなかった。

ぐずぐずしている暇はないので、受話器を置いてすぐにアパートを出た。京王新線の初台駅まで急ぎ、電車に飛び乗る。そのまま相互乗り入れの都営新宿線で馬喰横山《ばくろよこやま》まで行き、総武《そうぶ》線の快速に乗り換えた。

乗り継ぎがよかったので、津田沼には待ち合わせ時刻の二十分前に着いた。ファミリーレストランで食事をすると高くつくので、駅前の立ち食い蕎麦《そば》屋に入って腹ごしらえをする。きつね蕎麦を三分で食べて、待ち合わせ場所に向かった。

夕食客のピーク時のようで、ファミリーレストランは家族連れで混み合っていた。ウェイトレスに名前を告げて、立ったまま順番を待つ。宮下君恵は子供を連れてくると言っていたが、見渡したところ、母子ふたりの客はいなかった。

そのまま十分ばかり待っていると、四歳くらいの女の子を連れた女性がやってきた。声をかけてみると、宮下君恵当人だった。子供の年からするとまだ三十代前半ではないかと思うが、君恵の容貌《ようぼう》にはいささか生活臭が滲み、四十前後に見えた。化粧気はほとんどなく、唇に差した紅が唯一《ゆいいつ》の女性らしさを醸《かも》し出している。互いに初対面の挨拶《あいさつ》をしているところに、名前を呼ぶウェイトレスの声が聞こえた。

席に着き、改めて名を名乗った。女の子も物怖《ものお》じしない態度で、自分の名前を告げる。そんな娘に、君恵は目を細めた。

「突然の電話で申し訳ありませんでした。お子さんもいるのにわざわざ出てきていただいて、本当に恐縮です」

「かまいません。お目にかかりたいと申したのはこちらですから」

君恵がそう応じたところに、ウェイトレスが注文を取りに来る。君恵たちが食事を頼んだら、代金はこちらが持たなければならないだろうなと案じたが、幸いなことに飲み物しか頼まなかった。内心で安堵《あんど》して、おれもコーヒーを頼む。

「改めてお伺いしたいのですが」

こちらが口を開く前に、君恵の方から水を向けられた。君恵の顔は緊張のせいか、硬く引き締められている。

「迫水さんは新井とどういうお知り合いなのでしょうか。お店の常連と電話ではおっしゃっていましたが、ただそれだけの関係で新井の行く先を捜しているのですか」

「いえ、電話では長くなるので、少し説明を省かせていただきました。私と新井さんは、特別親しいというわけではありません」

こうして顔を合わせているからには、これ以上嘘をつく必要はない。勝手に部屋に忍び込んだという点だけを抜かし、後は正直に打ち明けた。いなくなった妻を捜しているのだと告げると、同情的な目を向けられる。こんな目で見られるのも、そろそろ慣れてきた。

「……というわけで、私と新井さんの間には、ほとんど個人的な繋《つな》がりはありません。最初に友人と偽ったのはお詫びしますが、そういった込み入った事情でしたので、どうかご容赦《ようしゃ》ください」

こちらの丁寧な物言いが通じたのか、君恵は強張《こわば》った表情を少しだけ崩した。安堵したようだった。

「わかりました。実はまだあなたを完全に信用しきれない部分があるのですが、今のお話は信じてもいいような気がします」

「どうしてそんなに警戒されるのですか。新井さんはあなたに、匿って欲しいと頼んできたとおっしゃいましたよね。新井さんを追っている相手に、心当たりでもあるのですか?」

「いえ、ありません。ただ新井があたしを頼ってくることなど、離婚以来一度もありませんでしたから、よっぽどのことなのだろうと思うのです。何しろあたしたちは、最後にはほとんど憎み合うようにして別れましたから」

「はあ、そうですか」

間の抜けた相槌《あいづち》だと思うが、いきなりそんな心情を吐露《とろ》されても受け止めきれない。

君恵の娘は大人たちの話になどまったく興味がない様子で、運ばれてきたソーダフロートを嬉しそうにつついている。

「匿ってもらわなければならない理由を、新井さんは何かおっしゃっていましたか」

「いいえ、何も」

君恵は力なく首を振る。コーヒーには手をつけようとせず、ただ冷めるに任せていた。

「どこに行ったか、心当たりはありませんか」

「さあ。新井にしてみれば、あたしを頼るのは最後の手段だったはずです。だからあたしが断ってしまえば、もう他に行く当てはなかったんじゃないでしょうか」

君恵の目の中には懊悩《おうのう》の色があった。自分が拒絶したことにより、新井が行方不明になってしまったのではないかと心配しているのだろう。おれには君恵の自責の念を和らげてやることなどできなかった。

「――新井は、何か面倒なトラブルに巻き込まれたのでしょうか。そのトラブルとは、あなたの奥さんがいなくなったことと関係しているのでしょうか」

「関係ないと思いますけどねぇ」

推測というよりも、ほとんど願望だった。何かが起きかけているような気がするが、そこに絢子が巻き込まれているとは考えたくなかった。

「では、もうこれ以上は新井のことを捜しませんか？」

「うーん、奥さんに行く先の心当たりがないのなら、こちらも素人ですから、捜し続けるのは難しいですよね」

「新井がそこにいるとは思えませんが、ひとりだけ、新井が頼っただろう相手を知っています」

そう言って君恵は、ハンドバッグから折り畳んだ紙を取り出した。それを手に持ったまま、こちらに決意に満ちた眼差しを向けてくる。

「ひとつ、約束してください。もし新井の行方がわかったら、あたしにも知らせていただけないでしょうか」

「もちろん、それはかまいません。ただ、見つけられる自信はありませんよ」

そう答えると、君恵は手の中の紙片をおずおずと差し出した。受け取って、開いてみる。そこには女性の名前と、住所電話番号が書かれていた。

「この人は、新井さんとどういう関係の方ですか」

「あたしと別れるときに新井が付き合っていた女性です」

「ああ……そうですか」

絶句したおれにかまわず、君恵は続けた。

「たぶん、その女性ともとっくに別れてると思います。現在新井が誰と付き合っていたのかまでは知りません。でも、その女性なら今の新井のことを知っている可能性があります。少なくともあたしよりは、新井と親しいはずですから」

夫の浮気相手の連絡先など、よく控えてあったものだ。そう考えると、君恵はこちらの内心を正確に見抜いて、自嘲《じちょう》的な笑みを浮かべた。

「いつまでもそんな相手のことを控えてて、執念深いとお思いでしょう」

「いや、別にそういうわけでは」

「いいんです。自分でもそう思いますから。たぶん、悔しかったんでしょうね。あたしも女だということです」

他人事《ひとごと》のように、ひどく醒《さ》めた口調で君恵は言った。そしてようやく飲み物があることを思い出したのか、ブラックのままコーヒーを飲む。半分ほど一気に飲み干すと、一心にソーダフロートを食べている娘に目をやった。

「あたし、新井の頼みを断ったときは、あんな男はどうなってもいいと思っていました。不誠実な夫でしたので。でも、あたしのせいで危険な目に遭ったのなら、寝覚めが悪いのです。あの人は、この子の父親でもありますから」

君恵は自分で自分を嗤《わら》うように、中途半端な笑みを浮かべた。娘は母親の視線の意味などわからず、ただ嬉しそうに微笑む。

「あんな男でも、父親が存在するのとしないのでは、きっと子供にとって違うのだろうと思うのです。その気になればいつでもお父さんに会えると思えばこそ、この子は父親がいないことの不満を口にしないのです。生きているのか死んでいるのかもわからないのでは、あまりにこの子がかわいそうです」

「わかりました。新井さんが見つかったら、必ずお知らせしますよ」

「お願いします」

君恵は深々と頭を下げた。おれではない誰かに詫びているような仕種《しぐさ》だった。

8

君恵と別れて、駅前の電話ボックスに入った。君恵から教えてもらったばかりの番号に電話してみる。相手の名前は、船津《ふなづ》希世美《きよみ》と書いてあった。

「はーい」

能天気なまでに明るい声が応じた。君恵の重苦しい声とのギャップに、しばし戸惑う。名前を確認すると、希世美は「そうです」と応じた。

「そちらはどなた様ですかぁ」

「《フィフスムーン》で働いている新井さんの友達です。行方が知れなくなったので捜しているんだけど、そちらに行ってないですか?」

「来てないわよー。どうして?」

とても嘘をついているようには聞こえない。あっさり見つかると期待していたわけではないから、特に失望もしないが。

「あのう、新井さんと付き合ってるんじゃないんですか?」

「えー、誰に訊いたの? もうとっくに別れたわよ」

どうやら君恵の勘は当たっていたようだ。別れたとはいえ、さすがは元女房、亭主だった男の行動パターンなどお見通しということか。

「最近、新井さんから連絡なかったですか」

「えー、なんで知ってるの?」

いちいちこちらの言葉に驚いてくれるのは、なかなか面白い。明日の天気が晴れだと言っても驚いてくれるだろうか。

「あったんですね。泊めてくれとか言ってましたか」

「どうして知ってるの? あなた、何者ぉ?」

占い師です、と冗談を言いたくなったが、ぐっとこらえる。

「実は今、新井さんの前の奥さんと会ってたんですよ。新井さんから泊めて欲しいと言われたけど、断ったそうです。だからあなたの方にも同じような連絡があったんじゃないかと、元奥さんが言ってました」

「えー、もしかして、あたしの電話番号は奥さんから聞いたの?」

「そうですよ」

「ってことは、奥さん、まだ電話番号控えてあったわけ? しつこーい」

怖がっているのか喜んでいるのかわからない口振りだった。きっと一緒にいると退屈しない女の子だろう。

「そちらにいないということは、やっぱり断ったんですか？」

「そりゃそうよー。あたしだって新しい彼氏がいるんだから、まずいじゃん」

「そうですよねぇ。じゃあ、どこに行ったか知らないですか」

「知らなーい。大方、他の女のところに転がり込んでるんじゃない？　そういう人よ、あの人は」

「そうなんですか。羨《うらや》ましいですね」ついつい本音が漏れる。「じゃあ、行く先には心当たりもないですか」

「知らないわよー。だって、別れてもう二年以上経《た》つのよ。知るわけないでしょ」

そんなに昔の話なのか。では知らないのも無理はない。新井はそんな古い付き合いの女を頼らねばならないほど、切羽詰まっていたというわけか。

「ねー、よっちゃん、何かヤバイことしたの？」

よっちゃんとは誰だと思ったが、おそらく新井のことなのだろう。あの鬚面《ひげづら》でよっちゃんとは、呼ばれる本人も恥ずかしいに違いない。

「さあ、詳しいことは知らないんですよ」

「あなたは誰？　なんでよっちゃんのこと捜してるの？」

「別に新井さんを捜しているんじゃなくって、女房を捜しているんだけどね」

「女房捜してるって、逃げられたの？」

「うん、そう」

「やーん、お気の毒ぅ」

そう言って希世美は、爆笑する。こちらの耳が痛くなるほど大きな声で笑われ、思わず苦笑してしまった。そんなに笑えることだろうか。まあそうなのだろう。

「どうして逃げられちゃったのよ？　教えて」

「恥は曝したくないんだけどなぁ」

「もう充分曝してるわよ。ねえ、教えて教えて」

なんで会ったこともない小娘にこんなことを打ち明けなければならないのだと我が身の不幸を嘆きつつ、最初から順番に語って聞かせた。絢子が働き口を新井に紹介されたというところまで話すと、思いがけず希世美は口を挟んでくる。

「あの、太った女の人？」

「あれ、知ってるの？」

「うん、よっちゃんに連れられて、何度か行ったことあるから、あの店」

「ああ、そうか。でも太った人じゃないよ。痩《や》せてる方」

「えー、あのものすごい綺麗な人？　うそー」

「うそー、ったって嘘じゃないよ。本当だよ」

「えー、そうなの。あの人の旦那さんなら、あなたもよっぽどいい男なのね」

「まあな」

どうせ顔が見えないのだから、否定する必要はない。希世美が想像するに任せた。

「でも逃げられちゃうなんて、情けないわねー」

また言われてしまった。反論の余地もないので、「まあな」と答えておく。

「それで、よっちゃんだけが奥さんの行方を知っているかもしれなかったのね。もう他に手がかりはなかったの？」

「ないんだよ、これが。住所録だの名簿だのは、いっさい残していかなかったから」

「妹さんのところにはいないの？」

「えっ、どうして妹がいるなんて思うの？」

唐突な希世美の言葉に驚かされた。いったい何を言い出すのか。

「うん、見たから」

「見たって、妹をか？」

「たぶんね。声をかけたわけじゃないけど、あれだけそっくりなら妹でしょ。違うの？」

逆に尋ねられてしまった。おれは志村明代の言葉を思い出す。腹違いの兄弟がいたという明代の記憶は、では間違いではなかったのか。

「その人、どこで見たの？」

「あれ？　連絡先知らないの？」

「知らないんだ。会ったこともない」

「変なの。奥さんの親戚に嫌われてるの？」

「そうじゃなくって、妹がいること自体、女房がいなくなるまで知らなかったんだ。どうやら腹違いの姉妹らしいから、ぜんぜん付き合いがなかったみたいだ」

「そうなの。じゃあ奥さんを捜す役には立たないわねぇ」

「でも、教えてよ。どこでその人を見たの？」

「知りたい？」

なんだか希世美は楽しんでいるような口調だった。他人の不幸で喜ばないで欲しいと思うが、下手《したて》に出て素直に頼み込む。

「うん、知りたい」

「じゃあ、こっちのお願いも聞いて」

「何？　できることならなんでも聞くよ」

「簡単よ。明日、あたしと同伴してお店に行ってくれない？」

「同伴？」

「そう。お客さん連れて出勤すると、それだけポイントがつくのよ。あたし、ぜんぜん同伴とかなくてさ、厳しいんだ。付き合って」

つまり水商売をやっているということか。今日こんな時間に在宅しているのは、たまたま休みだったのだろう。少しはおれにもつきがあるらしい。

「それは勘弁してよ。お店、高いんでしょ」

「安くしとくからさー」

「ごめん。おれ、失業中なんだよ」

「えー、そうなの？　リストラ？」

「そうそう。かわいそうでしょ」

「うん、かわいそー」

「そう思うなら、どこで見かけたのか教えてよ」

同情を引いて口を割らせる作戦に出る。人に言われるまでもなく自分でも情けないと思うが、これで数万円が浮くなら儲《もう》けものだ。

「しょうがないなー。じゃあ、働き口が見つかったら遊びに来てね」

「行く行く。だから教えて」

「わかったわよ。えーと、どこだったかな」

「苛《いじ》めないでくれ」

「ホントに忘れちゃったのよ。ちょっと待って、思い出すから」

うーんうーんと唸《うな》り始めた希世美に、おれは手を合わせて拝みたい気分だった。なんでもいいから思い出して欲しい。おれは祈る思いで、希世美の言葉を待った。

「……ああ、そうだ。あのね、東北沢《ひがしきたざわ》の《椎《しい》の木》っていう喫茶店。あたし、これでもおいしいコーヒーを飲み歩くのが趣味なんだ。優雅でしょ」

「ああ、そうだね、うん、すごいよ」

適当に相槌を打ってから、店の場所を尋ねた。希世美は駅からの道順を教えてくれるが、「真っ直ぐ行って右か左」というレベルの説明なのでまったく参考にならない。後で電話帳で調べようと密《ひそ》かに思う。

「その絢子のそっくりさんを見かけたのは、いつ頃のことなの?」

大事な点を確認する。あまり古い話では店を訪ねても意味がないかもしれない。

「最近よ。一週間くらい前かな」

それは幸運。思わず小躍りしたくなった。

何度も礼を言い、話を切り上げようとした。だが希世美は、再就職したら必ず店に遊びに来いとしつこく念を押した。案内を送るから住所を教えろとまで言うので、素直に応じる。なかなか商売熱心なことだ。

「奥さん見つかるといいね」

最後にぽろっとそんなことをつけ加えた。なぜか希世美の言葉は、こちらの胸に素直に沁《し》み透《とお》る。おれは「ありがと」と応じて、電話を切った。

9

電話ボックスを出ようとして、もう一件連絡すべきところがあったことを思い出した。新井のメモに残っていた、まだ繋《つな》がらない携帯電話だ。改めて受話器を取り上げ、ダイヤルしてみる。

コール音を二度鳴らしただけで、すぐに繋がった。男の低い声が「はい」と応じる。その声はたったひと言で、聞く相手を威圧する響きを孕《はら》んでいた。おれは瞬時に萎縮《いしゅく》して、何も言えなくなった。

「新井か？」

男の声はそんなふうに確認してくる。間違いなく、電話の主は新井と関わりのある人物なのだ。

「いや、あのー、新井さんじゃないんですけど」

電話ならば、いきなり殴りかかられることもない。おれは勇気を奮い起こして、なんとか情報を引き出そうとする。

「――何者だ、てめえ」

たちまち男の声に凄《すご》みが増した。このドスの利《き》いた声は、普通のサラリーマンにはとうてい出せまい。相手がどんな職業に就いているか、すぐに見当がついた。

「新井さん、行方不明なんです」

名前を告げない限り、こちらの身は安全だ。そう何度も自分に言い聞かせて、話を続ける。

相手はこちらの言葉に反応しなかった。重苦しい沈黙が、電話の間を行ったり来たりする。たまりかねてごめんなさいと謝ってしまいそうになったときに、向こうから通話を切られた。おれは思わず安堵《あんど》の吐息を漏らして、受話器を戻した。

新井があまりお近づきになりたくない種類の人間と関わっていることが、これで明らかになった。できることなら、おれも無関係でいたい。新井が巻き込まれているごたごたが、絢子となんの関わりもないことを心底祈った。

JRと京王線を乗り継いで、アパートに帰り着いた。安普請《やすぶしん》のドアを開けると、暗い部屋の中で点滅する明かりが見える。どうやら留守の間に電話があったようだ。おれは照明を点《つ》けて、点滅する留守番電話のボタンを押した。

用件が三件入っているという合成音のメッセージが聞こえたが、三件とも相手は無言で切っていた。メッセージを吹き込まずに切ってしまう人など珍しくなかったが、それでもなんとなくいやな感覚を覚える。タイムスタンプによると、最初の一本がかかってきたのはちょうどおれが津田沼の駅前で電話をしていた頃のことだった。

軽く頭を振って、膨れ上がりそうな妄想《もうそう》を振り払ったときだった。おれの帰宅を待っていたかのように、電話が鳴り出した。あまりのタイミングに、大袈裟《おおげさ》でなく飛び上がりそうなほど驚く。受話器を取り上げるのが恐ろしく、しばし鳴り続ける電話機を睨《にら》んだ。

「はい」

いつまでも鳴りやまないので、決意を固めて電話に出てみた。すると、聞き憶えのある声が受話器から届いた。つい一時間ほど前に耳にしたばかりの、低い男の声。間違いなく、携帯電話で繋がった相手だった。

「さっき、おれの携帯に電話したな」

おれは竦《すく》み上がり、何も言えなかった。相手はかまわず、一方的に続ける。

「悪いことは言わない。この件から手を引け」

この件? 相手が何を指して言っているのか、理解できなかった。新井の失踪《しっそう》か、それとも絢子の家出のことか。

「てってってって、手を引けって、なななな何からですか?」

わからないことがあったら率直に尋ねる。そういう謙虚な態度こそ、理解への早道である。だが相手は、学校の先生ほど親切ではなかった。

「全部だよ」

「あ、あ、あ、あ、あなたは誰ですか」

「誰でもいい。いいか、これは忠告だ。素直に聞いた方があんたのためだぞ」

「はい」

反射的に頷《うなず》いてしまう。それに満足したのか、相手は「いい子だ」と言って電話を切った。おれは信号音が聞こえる受話器を、投げ捨てるように架台に戻した。

なぜ男は、おれの電話番号を知っていたのだろう。考えるまでもなく、答えは明らかだった。他ならぬおれ自身が、方々で連絡先を残してきたではないか。誰から電話がかかってきたとて、文句の言えた筋合いではない。

迂闊《うかつ》だったと悔いても、もう遅い。剣呑《けんのん》な相手に連絡先を知られてしまったことは怖かったが、先ほどのやり取りからすると、どうやら相手はこちらと敵対する気はないようだ。言われたことに素直に従っている限り、もう二度と関わらないで済むだろう。

だが、電話一本で脅されたからとて、絢子のことを諦《あきら》められるだろうか。いや、諦められるわけがない。そんなことは、わざわざ確かめてみる必要すらなかった。おれが絢子を諦めることなど、絶対にあり得ないのだ。

おそらく男は、新井の行方を捜すなと言っているのだろう。そう勝手に解釈することにした。おれは何も、あんな鬚面男ともう一度会いたいわけではない。新井が何をやっていたとしても、おれと絢子にはなんの関わりもないのだ。おれはただ、出ていった女房を捜し出したいだけである。そのこと自体は、誰かに咎《とが》められるようなことではないはずだった。

と、自分に言い聞かせてはみたものの、耳から入って脳に食い込んだ恐怖はなかなか消えなかった。今もどこかから、何者かに見られているような恐ろしさがある。いったい絢子はどこに行ってしまったのか。どうして出ていってしまったのか。おれは何度も絢子の名を呟きながら、体が勝手に震えるのをこらえ続けた。

10

翌日には、予想もしなかった珍客が訪ねてきた。相手の身分を聞いて、おれはしばしぽかんと三和土《たたき》に立ち尽くした。迎え入れようとしないおれに相手は苛立《いらだ》ち、せわしげに何度もドアを叩《たた》く。その音にようやく我に返り、鍵を開けた。

「朝早くから申し訳ありません」

相手は慇懃《いんぎん》に謝ったが、本心ではちっともすまないと思っていないことは明らかだった。訪問客は、先方の都合など考えていては務まらない職業である。何しろ神奈川県警の刑事だというのだから。

「少し、お話を伺わせていただきたいのですが」

刑事はふたり連れだった。先に入ってきた中年男が、部屋の中を覗き込んでそう尋ねる。おれもそれにつられて背後に視線を移し、「はいはい」と応じた。

「どうぞ、お上がりください。散らかってますけど」

決して謙遜《けんそん》したわけではなかった。布団《ふとん》は敷きっぱなし、その周囲にはコンビニ弁当の容器やインスタントラーメンのカップが散乱しているのだから、誰も異論は唱えないだろう。刑事はそんな散らかりように恐れをなしたか、「いえ、ここでけっこうです」と答えた。まあ、無理強いはするまい。

「一応、こういう者です」

中年刑事は、懐《ふところ》から警察手帳を出した。神奈川県警の警察手帳を見るのは初めてだ。顔を近づけてまじまじと観察しようとしたが、中年刑事は咳払《せきばら》いをしてすぐに引っ込める。なんとなく気まずくなって、にっこり微笑みかけた。もちろん刑事は微笑み返してなどくれない。

「新井吉継《よしつぐ》さんをご存じですよね」

中年刑事は尋ねる。後ろに立っている妙に身長の高い若い刑事は、大振りの手帳を広げてメモを取る体勢だ。中年の方が質問役、若い方が記録係という分担のようだ。

「はあ、まあ会ったことはありますが」

新井の件なのか。おれは内心で身構えたが、態度には出さない。刑事が来るとは尋常でないが、いったい新井の身に何が起きたのか。

「どういったお知り合いですか?」

続けて質問を繰り出してくる。おれは正直に答えることにした。

「知り合いというほどの関係じゃなくって、一度会ったことがあるだけですよ」

「それはどういう用件で?」

「いやー、実は見てのとおり、女房に逃げられまして。新井さんが女房の知り合いだったものですから、行く先でも知らないかと訊きに行ったんですよ」

「そうですか」

女房に逃げられたと打ち明けると、誰もがそれなりに驚いてくれる。いつの間にかそれが快感になっていたようで、おれは無意識に相手の反応を期待していたが、軽く流されてしまった。刑事にしてみれば、そんなことはどうでもいいのだろう。

「新井さんが行方知れずになっているのはご存じですね。あなたはあちこちを回って、新井さんを捜されていた」

「はあ、まあそうです。新井さんが見つかったのですか」

「ええ、見つかりました」

刑事は認めるが、どこで見つかったとは教えてくれない。質問以外、よけいなことは口にしないつもりのようだった。

「どちらで？」

仕方なく、こちらから水を向ける。中年刑事はちょっと眉《まゆ》を吊《つ》り上げて、なんでもないことのように言った。

「保土ケ谷《ほどがや》区内の公園で見つかりました。亡くなっているところをね」

「亡くなっていた？」

驚いてもおかしくない発言だったが、おれは不思議にそれほど衝撃を覚えていなかった。なんとなく、そんな話ではないだろうかという不吉な予感があったのだ。殺されたのだろう――とっさに、そう考える。

「どうして？　なんで亡くなったんですか」

「心臓の病気です」

「病気？」

この返事の方が、おれにとっては意外だった。ヤクザに殺されたわけではないのか。

「心臓に持病を抱えていると言ってましたからね。じゃあ、行き倒れなんですか」

「いや、事はそう単純ではありません。どうも被害者は、集団で暴行を受けたようです」

「集団で、暴行」

「ええ、複数の人間と争った形跡が、体に残っていました。死因は心臓病ですが、直接的な原因はその争いのようですね。我々はその喧嘩の相手を捜しているわけです」

「喧嘩、なんですか」

喧嘩のわけがない。新井は自分を追う者に捕まったのだ。相手に殺意があったかどうかは別問題だが。

「今のところ、付近の聞き込みではそうした情報は得られていません。喧嘩の音を聞いた住人はいないのですよ」

ではどこかに監禁され、ショックで死亡した挙げ句、公園に放り出されたという可能性もあるわけだ。おれは昨日の電話の、ドスの利いた声の忠告を思い出した。

「そこでお伺いしたいのですが、迫水さんはただ単に、奥さんの行方を訊きたくて新井さんを捜していたわけですね」

「もちろん、そうです。集団暴行なんかに関わってませんからね」

「いやいや、そんな疑いは持ってませんよ」

中年刑事は愛想笑いのような表情を浮かべたが、目がちっとも笑っていなかった。きっと友達が少ないに違いない。

「しかし、どうしてそんなに新井さんの行方にこだわらなければならなかったのでしょう。新井さんは特に奥さんと親しかったわけではないのでしょ？」

やっぱり疑ってるんじゃないかと思いつつ、絢子の知人を他に知らないのだという事情を説明する。刑事は納得しているのかいないのか、一応何度も頷いていた。

「では、新井さんが亡くなってしまったからには、奥さんの行方を辿《たど》る手がかりもなくなってしまったわけですね」

そんなことはあんたに関係ないでしょ、と言いたかったが、理性的なおれはもちろんそんな憎まれ口を叩かない。警察が絢子の行方を捜してくれるなら、どんな質問にでも答えるが。

「まあ、なんとかしますよ」

答えると、刑事は誠意の籠《こも》らない口調で「見つかるといいですね」などと言う。畜生、他人事だと思いやがって。

さらに刑事は二、三の質問を繰り出したが、知らぬ存ぜぬで押しとおすと、諦めて引き上げていった。向こうとて、おれから何か目新しい情報が引き出せると思っていたわけではあるまい。ただ形式的に足を運んできただけだろう。刑事たちの勤勉さに感心する気も、無駄足に同情する気持ちも起こらなかった。

とはいえ、ほんの二日前に会ったばかりの人が死んだという事実には、寂寞《せきばく》たる思いを覚えた。いったい新井は何から逃げて、そしてどんな理由で命を落としたのだろう。頭の中で答えのない疑問がぐるぐると巡ったが、深く考えてみるのはなにやら恐ろしい気がした。我ながら冷たいと思いつつ、おれは新井の死を念頭から押しのけた。

11

あらかじめ地図で確認しておいたので、《椎の木》の場所は簡単に見つかった。スイスの山麓《さんろく》にありそうな、ロッジ風のかわいらしい店構えである。営業中と書かれた短冊《たんざく》がぶら下がっているドアを開けると、ちりんとベルの鳴る音がした。

外観と同じように、店内はこぢんまりとした、意匠に凝った内装だった。テーブル席が四組にカウンター、客の座席はそれだけだ。ロッジ風の破風《はふ》がついている窓辺には、小さな鉢植えがいくつも並んでいる。その合間合間には、木製の人形や車、小さな風景画などが一緒に置かれていた。

店内にはコーヒーを飲みながら本を読んでいる、学生らしき若い男がひとりいるだけだった。カウンターの中には大きな体躯《たいく》と優しげな目が不思議に釣り合っている熊《くま》のような男と、決して美人ではないが愛嬌《あいきよう》のある温かい笑顔を浮かべた小柄な女がいた。夫婦でこの店をやっているらしい。こちらの姿を見ると、声を揃《そろ》えて「いらっしゃいませ」と言った。

おれは軽く会釈《えしやく》をして、カウンターに坐った。メニューを開くと、小さい店には珍しく様々な品目が並んでいる。おれはその中からキリマンジャロを選んだ。

注文を受けてから淹《い》れるので、出てくるまでに時間はかかったが、その分味は満足できるものだった。キリマンジャロの苦みが、嫌みでなく舌の上で広がる。それを充分に堪能《たんのう》してから、マスターに「旨い」と感想を告げた。

「ありがとうございます」

熊のようなマスターは、嬉《うれ》しそうに目を細めて頷いた。夫人もエプロンで手を拭《ふ》きながら、笑みを浮かべている。居心地のよい喫茶店だった。

常連客も多いでしょう、と話を振ると、マスターと夫人は顔を見合わせてから、「お蔭様《かげさま》で」と照れ臭そうに頷いた。おれは本題を切り出した。

「実はちょっと伺いたいことがあるんです。一週間ほど前に、この女性に似た人がこちらに来ませんでしたか」

用意してきた絢子の紙焼き写真を取り出して、マスターに見せた。以前にふたりで、群馬の猿ケ京《さるがきょう》温泉に行ったときに撮ったものだ。絢子は海外に行って派手に遊び歩くような旅行はあまり好きでなく、国内の少し鄙《ひな》びたくらいの温泉に泊まるのを喜んだ。一緒に暮らし始めてからおれたちは、安月給の中からなんとかやりくりして、幾度か旅に出たものだった。

「おっ、なんだこれ？」

ホテルに向かう道の途中に、なにやら異様な物が落ちていた。木の実のように見えるが、それにしてもあまりに巨大である。ラグビーボールをふた回りは大きくしたような代物《しろもの》で、おれは生まれてこの方、こんな木の実は見たことがなかった。

「これ、カボチャよ。どうしてこんな物が落ちてるの？」

絢子も目を丸くして、その黄色い物体に見入った。そして、唐突に「ぷっ」と吹き出す。

「なんでー？　なんでこんな大きなカボチャが落ちてるの？」

「これがカボチャなのか？　化け物カボチャだな」

実際、それはスーパーなどで売っている緑色のカボチャとは、似ても似つかない物だった。どう見てもそれは、大きすぎるラグビーボールだ。

「ほら、ハロウィンでカボチャを刳《く》り抜いてお化けを作るじゃない。そのときに使うカボチャよ」

「ああ、そう言われてみれば、そんな感じがするな。でもどうしてこんな物が道端に落ちてるんだろう」

「知らなーい。この木に生《な》ってたのかな」

絢子は傍らの大木の幹を、ぱんぱんと叩く。つられて見上げたが、もちろんカボチャなど実らせていない。

「カボチャって、こういう木に生るのか?」

「違うでしょ。でも、この木から落ちてきたような感じじゃない。不思議」

「誰かが買ってきて、途中でうっかり落としたとか」

「こんな大きい物、落としたのに気づかないなんてことあるかな」

「うーん、じゃあその辺で作られているカボチャを、誰かが盗み出してきた」

「それでここに捨てていったの? なんのために?」

「盗み出したはいいけど、重すぎて途中で諦めた」

「間抜けな泥棒ね。でも、それが正解かも」

「しかしさ、こんなカボチャ、日本でも作ってるのか?」

「ここに落ちてるんだから、どこかで作ってるんでしょ。まさか外国から飛んできた飛行機が落としたわけじゃないだろうし」

「案外、そうかもしれないよ」

「馬鹿ね。それだったら割れちゃうでしょ。これ、どこも割れてないじゃない」

「ああ、そうか。絢子、頭いいな」

「誰でも気づくわよ」

そう言って絢子は、ころころと笑う。そしてそのカボチャを両手で摑《つか》み、持ち上げようとした。

「うーん、重いな。ちょっと手伝って」

「何するんだよ」

「ここに載っけるの」

絢子は道に沿って並んでいる、木の切り株をそのまま利用して作ったベンチを指差した。

「そんなとこに載せて、どうするんだ?」

「記念撮影するのよ。ほら、手伝って」

絢子は人が見逃してしまうような些細なことに面白味を見いだし、楽しめる才能がある。そんな絢子と一緒にいるだけで、おれもまた楽しい気分を共有することができた。

「よし、じゃあ、任せろ」

腕捲《うでまく》りをして、カボチャを抱え上げた。実が詰まっているのか、けっこう重い。ベンチの上に載せるくらいなら簡単だが、これを持って帰ろうとしたらかなり骨だろう。本当にカボチャ泥棒が盗み出したのなら、ずいぶん間抜けな奴だ。

「オーケー、ここに坐って」

おれはカボチャを載せた横の切り株を叩いて、促した。絢子は嬉しそうにそこに腰を下ろす。カメラを取り出し、ファインダーでそんな絢子を捉《とら》えた。

「ポーズ取って。撮るよ」

「うん」

絢子はカボチャに肘《ひじ》を乗せ、頰杖《ほおづえ》をついた。フィルムには、なにやら得意げな表情の絢子が残った。


「ちょっといいですか」

マスターは言って、おれから写真を受け取った。夫人と並んで、ふたりで写真に視線を落とす。すぐに互いに目配せをしたところを見ると、やはり心当たりがあるようだ。

「こちらの店に来ていたはずなんですが」

つけ加えると、マスターは無言で写真を返して寄越した。夫人は背中を見せて、シンクに向かってしまった。

「その人がどうかしましたか」

マスターの声は先刻と違い、硬さを含んでいた。豹変《ひょうへん》とまではいかないが、先ほどまでの親しみやすい笑みはもう消えていた。いったい、写真の何が気に障《さわ》ったのだろうか。

「これ、おれの女房なんですよ。実はちょっとどこに行ったかわからなくなっちゃいましてね。どうも女房の妹がこちらに来ていたようなので、それで行方を知らないかなーと思って、お邪魔したんですが」

おれとしては精一杯おどけて、相手の口を軽くさせようと試みたのだが、そんな努力はいっこうに実を結ばなかった。マスターは胡散臭《うさんくさ》い相手を見るような目つきで、おれをギロリと睨む。

「奥さんの行方がわからないんなら、すぐ妹さんのところを訪ねればいいじゃないですか」

もっともな反論をしてきた。おれは頭を掻《か》いて、「いや、それが」と言い訳する。

「女房とその妹は、どうも腹違いらしくて、ぜんぜん付き合いがなかったんです。だから夫のおれも、逃げられるまで妹がいたなんてちっとも知らなかったんですよ」

「本当ですか」

マスターは明らかにこちらの言葉を信用していなかった。確かに自分でも、妙なことを言っているかもしれないと思う。でもこれが事実なのだから、どうしようもない。

「本当なんですよ。嘘じゃないですから」

どうしてこんな主張をしなければならないのか、ふと不思議に思った。なぜマスターは、こんなに警戒心を露《あら》わにするのだろう。

「——お客さん、ヤクザじゃないですよね」

「ヤクザ?」

何を唐突に言い出すのかと、興味を惹《ひ》かれた。と同時に、またここでもヤクザなんて言葉を聞く羽目になったかと、いささか警戒もする。ヤクザが絡《から》んでくるのは、新井に関してだけではなかったのか。

「いや、どうもそういう感じじゃなさそうだな」

マスターはおれの反応を見て、自分の言葉を否定した。強張《こわば》っていた顔をふと緩めて、続ける。

「ヤクザなら、もうちょっと工夫した攻め方をしてくるはずだ」

「立ち退《の》きでも迫られているのですか」

何もわからない振りをして、見当外れのことを口にした。マスターは苦笑を浮かべて、「違うよ」と手を振った。

「そんなんじゃない。そういう話じゃないんです」

「なんなんですか。女房の妹は、ヤクザと関わりがあるんですか」

怪訝《けげん》に思っているふうに聞こえるよう、精一杯演技した。マスターは肩を竦《すく》めた。

「それは知らないですね。直接関係はないんじゃないかな」

思わせぶりなマスターの言葉に、おれは釣り込まれた。こんなことを言われて、先を促さない者がいるだろうか。

「教えてください。その女性が、ここで何かしたんですか」

腰を浮かせて言うと、マスターはふたたび品定めをするようにこちらを見つめた。そして納得したのか、ひとつ大きく頷く。

「さっき言ってたことは、嘘じゃないんですね。本当に、いなくなった奥さんを捜しているんですね」

「本当ですって。どうしてそんなに疑うんです?」

「人ひとりの安全に関わる話だからですよ」

なにやら大袈裟なことをマスターは言う。しかしヤクザが絡んでくるなら、あながち誇張ではないのかもしれなかった。

「だから、ヤクザがどうのって言ってたんですか」

「そうそう。お客さん、渡辺《わたなべ》組の組長が狙撃《そげき》された事件、知ってるよね」

「はあ、まあ、ニュースで報道されている程度のことは」

マスターが何を言い出したか見当がつかず、おれはぼんやりと頷いた。そんな事件があったことは、どのニュース番組や新聞を見ても大きく報じられているので、いやでも耳に入ってくるが、詳細はまったく知らない。ヤクザが誰に狙撃されようと、自分に関わってくるわけはないのだから、興味を持たないのも当然だろう。

「お客さん、知っててここに来たわけじゃないんだね」

「なんのことですか?　その事件と、何か関わりがあるんですか」

「マスコミの人でもないいね」

「違いますよ」

失業中だとは、あえて言わない。

「わかりました。じゃあ、お話ししましょう。お尋ねの女性は、ここで働いていた女の子について、質問に来たんですよ」

「ここで働いていた女の子？」

「ええ、元川育子《もとかわいくこ》ちゃんって言うんですけど」

当然その名前を知っているだろうと言いたげな口振りだった。しかしおれは、そう言われてもただ頭を捻《ひね》るばかりである。

「その人、有名なんですか？」

「元川って名前に、ピンと来ません？」

「来ないですねぇ」

おれの答えに、マスターはいささか呆れたような、しかし同時に完全にこちらを信用したような、なんとも複雑な反応を示した。

「だから、渡辺組組長の狙撃事件が関わってくるんだって。狙撃犯の名前が元川だったでしょ。育子ちゃんは、その狙撃犯の妹なの」

12

「おおっ」

思わず驚きの声を上げてしまった。なるほど、そういうことだったのか。

と、いったんは納得したような気がしたものの、よくよく考えてみると何がなにやらさっぱりわからない。絢子に似た女性は、狙撃犯の妹の何を尋ねに来たのだろうか。

「女房の妹は、その育子ちゃんと知り合いだったんですか?」

「いや、そういうわけじゃない。知り合いでもないのに会いたがっていたから、こっちも妙だと思いましたよ。最初はね、ヤクザの手先かと思ったんだ。あることがあってから、育子ちゃんの行方を捜しにヤクザが何度もこの店に来ましたからね。もちろんおれは、知らぬ存ぜぬで通した。実際に、今でも育子ちゃんがどこに行ったのか、おれたちは知らないんだ。でもヤクザは、おれが知ってて隠していると疑ってた。だから、女を使って聞き出そうとしているのかと警戒したんですよ」

「でも、違ったんでしょ」

希望を込めて、確認する。絢子の妹がヤクザの手先だなどとは、考えたくもない。

「ええ、違いました。見た感じが明らかに、ヤクザと関わりがあるようじゃなかったんです。ヤクザはおれに恫喝《どうかつ》が効かないとわかると、私立探偵とか保険屋を装ってこの店に来たんだが、何度も応対するうちにあいつらは臭《にお》いでわかるようになった。どんなに化けの皮を被《かぶ》っていようと、あいつらには独特の臭いがする。あの女の人にはそうした臭いが感じられなかったんです」

マスターは続けて、「だからお客さんもヤクザじゃないと思ったんだ」とつけ加えた。ヤクザに見えないと言われても嬉しくもなんともないが、一応「どうも」と答えておく。

「じゃあ妹は、育子ちゃんの何を知りたがったんです?」

「行方ですよ。本人に会って、確かめたいことがあると言ってた」

「確かめたいこと?」

「ええ。よくわからないんですけどね、なんでも組長襲撃に自分の知り合いが関わっているかもしれないと言うんだ。どうしてもそれを確かめなければならないんだけど、犯人である育子ちゃんの兄さんはすでに警察に捕まっている。だから詳しいことは育子ちゃん本人に会って質《ただ》さなければならない、と言ってましたね」

「知り合いが関わってる……」

では絢子の妹がヤクザの一味ではなくても、結局間接的にでも関係があるということか。なんともこちらの気を滅入らせる話である。

「かもしれない、ってことですよ。でもあの人は、真剣にそれを心配しているようだった。こちらが気圧《けお》されるほどの迫力で、自分の不安を訴えていましたよ」

「その知人がどういうふうに関わっているかは言わなかったんですか」

「言わなかったですね。おれも深く詮索《せんさく》する気はなかったですから」

ヤクザの狙撃事件に関わっているかもしれない知人とは、いったい誰なのだろう。心配しすぎとは思うが、累《るい》が絢子にまで及ばないでくれと強く願う。

「そもそも、どうしてその育子ちゃんの兄さんは、ヤクザの組長なんか狙撃したんです？　兄さんもヤクザ者だったんですか」

「違いますよ。育子ちゃんも兄さんも、真面目《まじめ》な一般人だ」

心外だとばかりに、マスターは語気を荒らげる。しかしそんなことを言われても、真面目な一般人はヤクザの組長を狙撃したりしないだろう。

「お客さん、この事件については何も知らないんですね」

「ええ、ぜんぜん」

「じゃあ、少し説明しますよ」

そう言ってマスターは、じっくり構えるように椅子《いす》に腰を下ろした。客の少ない時間帯だから、こんなふうに相手をしてくれる暇があるのだろう。朝一番に訪ねてきてよかったと、内心で考えた。

「育子ちゃんはあの事件が起こるまで、この店でアルバイトをしてたんですよ。おとなしいけど一所懸命働いてくれる、いい子だった。それなのにある事件のせいで、ヤクザに襲われることになったんだ」

「ある事件？」

「ええ。育子ちゃんが付き合っていた男が馬鹿でね。そいつがつまらないことをしたんです」

マスターによると、事件の本当の原因を作ったのは、元川育子が付き合っていた野田俊輔《のだしゅんすけ》という男らしい。野田は大学を卒業した後も、司法試験合格を目指して独学を続ける、いわゆるモラトリアムだったそうだ。その男が、事件の引き金となった。

「野田の馬鹿野郎は、勉強だけに専念していりゃいいのに、ギャンブルに手を出しやがった」

マスターは野田とも面識があるらしい。吐き捨てるようにその名を口にした。

野田は郷里にいる親からの仕送りで生活していたが、それだけで足りるほど充分な金額を受け取っているわけではなかった。恋人である元川育子は、甲斐甲斐《かいがい》しくもアルバイトで稼いだ金を野田の生活費に充当していたそうだが、野田はそれで満足はしなかった。ギャンブルでの一攫千金《いっかくせんきん》を夢見たのだ。

「ポーカーゲームとか、そういう博打《ばくち》があるでしょう。おれはよく知らないんだけど、野田はそういったもので嵌《はま》ったんだそうだ」

博打であれば、取り仕切るのはヤクザだ。野田は多額の借金を作り、首が回らなくなった。最初のうちはのらりくらりと逃げていたが、そのうちヤクザも堪忍袋《かんにん》の緒を切った。野田を小突き回すようになったのだ。

「野田がそこでびびるような奴なら、かえって幸せだったんだが、あいつは中途半端に度胸がある男だった。払えないものは払えないと、ヤクザに向かって開き直ったんだ」

払えないで済まされては、ヤクザも面子《メンツ》が立たない。ヤクザはあれこれ野田に対していやがらせをしたが、野田を責めても無駄と知ると、一緒に暮らしている育子に目をつけた。見せしめに育子をレイプしたのだ。

「育子ちゃんはショックでしばらく口が利けなくなるほどだった。野田は卑怯《ひきよう》にも、そのままどこかにとんずらした。今はどこにいるのかもわからない。最低の野郎だ」

未だに怒りが収まらないとばかりに、マスターは歯をギリリと鳴らした。

ヤクザがこの店に出没したのも、野田が追われているときだったそうだ。実際のところ、マスターは太い腕にものを言わせ、毅然《きぜん》とヤクザたちの要求を撥《は》ねのけた。マスターにも野田の所在はわからなかったわけだが。

「育子ちゃんはすでに両親が亡くなっていて、兄さんとふたりきりの身の上だったんです。おれも何度か会ったことがあるけど、あの兄さんは年の離れた妹を、自分の娘のようにかわいがっていた。見ていて微笑ましくなるくらいにね。だからこそ、妹が暴行されたとき、普通以上に逆上してしまったんだ」

組長狙撃事件は、その結果起こったことらしい。しかしいくら逆上したとはいえ、狙撃などという手段を採《と》れるものだろうか。簡単に拳銃《けんじゅう》なんて手に入らないだろうし、仮に入手できたとしても弾を命中させる腕もないはずだ。

そんな疑問を口にすると、マスターも不思議そうな顔をした。

「詳しくは知らないんですが、新聞なんかで読む限り、拳銃の入手ルートはまだ明らかになっていないようですよ。それと射撃の腕のことですが、その点は不思議じゃない。育子ちゃんの兄さんは自衛隊員だったんです」

「ああ、なるほどね」

自衛隊でどのような訓練をしているか知らないが、射撃の経験くらいは積んでいそうだ。すると残る疑問は、どこで拳銃を手に入れたかという点か。

「で、その兄さんは逮捕されたんですよね、確か」

「ええ。現在勾留《こうりゅう》中のはずですよ」

「育子ちゃんは行方不明、と」

「そうなんです」

野田には憤《いきどお》っていたマスターだが、元川育子の話に戻るとたちまち沈鬱《ちんうつ》な表情になった。よほど心配しているのだろう。まあ、それは無理もない。面識のないおれだって、気の毒に思っているくらいだ。

しかし、いったいその話のどこに、絢子の妹の知人が関係する余地などあるのだろう。これはひとつ、この事件についてもっと詳しい情報を仕入れる必要がありそうだった。

「で、育子ちゃんの行方がわからず、女房の妹はそのまま諦めて帰ったんですか？」

「あんまりしょげてたんでね、ちょっとかわいそうになって、育子ちゃんが住んでた場所と、ここのバイトを上がった後に働いていた店を教えてあげました。その程度ならヤクザも摑んでいる話だし、別に教えてもかまわないと思ったもので」

「ああ、そうですか。それを聞いて、妹は引き上げたんですね」

「そうです。それからは一度も来てません」

絢子のそっくりさんが真剣に元川育子を捜しているのなら、そのわずかな手がかりを追ったに違いない。そっくりさんと会うためには、おれも同じ行動をとるべきだろう。

そう判断し、頼み込んだ。

「妹に教えたこと、おれにも教えてもらえませんか？」

13

元川育子と野田俊輔が同棲《どうせい》していたアパートは、千歳船橋《ちとせふなばし》にあった。おれは駅まで戻り、新宿とは逆方向に向かう小田急《おだきゅう》線に乗った。

マスターは住所しか知らなかったので、探すのに手間がかかった。駅前の本屋で地図を見て、漠然と場所に見当をつける。そして番地を頼りにしばらくうろつくと、ようやくおもちゃのような外観のアパートを発見した。

煉瓦《れんが》色の三角屋根とクリーム色の外壁を持つそのアパートは、建てられてからまだ間がないようだった。地主が若者のニーズを当て込んで投資用に建てたアパートのひとつなのだろう。見ている側の背筋が痒《かゆ》くなるような、メルヘンチックな建物だった。

郵便受けを見ると、一階には一世帯しか入っていなかった。つまりそれが大家というわけだろう。おれはそう見当をつけ、呼び鈴を押した。

「誰だい」

インターホンからは、声だけで老婆《ろうば》とわかる女性の応答が聞こえた。おれはこほんと咳払《せきばら》いをひとつして、作り声で話しかける。

「恐れ入ります。わたくしは迫水と申す者ですが、ちょっとお伺いしたいことがありましてお邪魔しました」

「誰だって」

おれの言葉が聞こえなかったのか、それとも聞こえていて訊き返しているのかわからない反応が返ってきた。おれはかまわず続けた。

「先日、ここに以前住んでいた元川育子さんのことを尋ねるために女性がやってきたと思うんですが、そのことについて少々お話を伺いたいのです」

「なんにも知らないよ」

こちらが言い終わる前に、すぐさま言葉を浴びせられた。にべもない返事だった。

「そういう女性は来ませんでしたか」

「あんたもヤクザ？」

大家もマスターと同じ警戒をしているようだった。ヤクザが押しかけた回数は《椎の木》の比ではないだろうから、それは当然のことだが。

「違います。私は元川育子さんに用があるわけではないのです。元川さんを捜している女性を捜しているのです」

「じゃあテレビ局の人？　あたしはなんにも喋《しゃべ》らないよ」

どうも、これまでにいやな経験を山ほど積んでしまったらしい。大家は亀《かめ》のように頑《かたく》なだった。

「いえ、テレビ局の人間でもありません。私はただ、身内の女性を捜しているだけなのです」

「身内？」

ようやく語調が変わった。多少は耳を傾けてくれる気になったらしい。

「ええ、私の妻の行方が知れないのです」

おれが重ねて言うと、しばらく沈黙があった。反応がなくなったことに焦《じ》れて何か言葉を続けようかと思ったときに、唐突にドアが開いた。

老婆はおれの腋《わき》の下までもないほど小柄だった。ドアが開いたとき、一瞬誰もいないかと思ったほどだ。だが老婆は彼我の高低差をものともせず、きつい眼差しでこちらを見上げた。一歩も譲歩しないという決意が顔に漲《みなぎ》っていた。

「確かに育子ちゃんを捜しているっていう女の人は来たよ」

老婆はおれの風体をじろりと一瞥《いちべつ》して、ぶっきらぼうに言った。おれはここぞと質問を繰り出す。

「どんなことを尋ねましたか、その女性は」

「育子ちゃんがどこに引っ越したかって、それだけさ」

「大家さんはご存じなのですか」

「知らないよ。知ってても誰にも教えるもんか」老婆は強い意志を示すように、キッと口許《くちもと》を結んだ。「あたしはね、あの女の人にも、『もう育子ちゃんはそっとしておいてあげてよ』って言ったんだ。あの子はね、そりゃ辛《つら》い目に遭ったんだよ。馬鹿な男と付き合っちまったばっかりに、ヤクザもんにひどいことをされてね。いい子だったのに、あんた、口が利けなくなっちゃったんだよ。どんだけ辛い思いをすれば、口が利けないほどになると思う？　あんた、想像がつくかい」

老婆はまるで自分の孫の不幸を語るように、憤りを示していた。育子の身に起きたことに対して、自分がほとんど非力だったことを悔しがっているようにも見えた。

結局老婆からは何も聞き出すことはできなかった。絢子に似た女が連絡用の電話番号でも残していないかと期待したが、それもないと言う。おそらく絢子のそっくりさんも、こんな調子で老婆にけんもほろろの扱いを受けたのだろう。おれもある程度で諦めて辞去した。

《椎の木》のマスターに教えてもらった、元川育子のもうひとつのアルバイト先はサパークラブだった。午前中から訪ねていっても、誰も出勤していないだろう。夕方までの時間を、何か他のことに費やさなければならない。

すべきことはわかっていた。だがどうにも気が重くて、なんとかそれを避ける口実がないだろうかと思案する。できることなら、頼りたくない相手なのだ。最後に会ったのは絢子と暮らし始めた頃だから、もう二年も前のことになるが、苦手意識は未だに根深くおれの心に存在している。幼い頃に培《つちか》われた感覚は、大人になったからといってそう簡単に拭《ぬぐ》い去れるものではないのだろう。

とはいえ、他の手段など思いつかなかった。こんなとき後東を頼れるなら気が楽だが、何しろあいつは警視庁内の資料整理をしているだけである。警察官とはいえ、いざというときにはちっとも頼りにならなかった。

覚悟を決めて、駅に戻った。やってきた電車に乗り、代々木上原《よよぎうえはら》で地下鉄に乗り換える。霞ケ関《かすみがせき》駅が近づいてくるにつれ、おれはどんどん憂鬱《ゆううつ》な気分になっていった。

地下鉄を降り地上に出ると、そこは日本の中枢《ちゅうすう》とも言える官庁街である。本来ならおれのような平凡な人間とはなんの関係もない地域のはずだが、これから訪ねようとしている場所はこの街の一角にあるのだった。日本国民ならば誰もが知っている、あまりに有名な庁舎、天下の警視庁がおれの訪問先だった。

一般受付で、取り次ぎを申し出た。こんな突然に訪ねてきても不在なのではないかと、期待半分で考えたが、幸か不幸か相手は在席しているようだった。少々お待ちくださいと受付の男性に言われ、おれは庁舎の案内図をぼんやりと見上げる。面会を求めた相手は、六階の捜査四課に所属していた。

少々という割には、その場で二十分も待たされた。ベンチもないホールで、おれはただ立ち尽くして相手が現れるのを待った。忙しいのであろうが、こんなふうに平然とこちらを待たせておくのが、いかにも似つかわしい相手ではある。まあ、この程度のことは覚悟の上で訪ねてきたのだが。

ようやく姿を見せた相手は、至って無表情だった。二年ぶりに会う肉親に向ける目ではない。おれはたちまち、蛇に睨《にら》まれた蛙《かえる》のように竦《すく》み上がった。こんな人物を敵に回すヤクザに、思わず同情したくなる。

「や、やあ、兄貴。忙しいところ、すまないね」

おれは手を上げて、極力親しみを込めてそう挨拶《あいさつ》した。それに対しておれの実の兄貴は、横柄《おうへい》な態度で一度頷《うなず》くだけである。弟に向ける情愛は、母親の腹の中に忘れてきたに違いない。

「あ、あのさ。突然訪ねてきて申し訳ないんだけど、ちょっと訊きたいことがあったんだ。十分でいいから、時間を割いてくれないかな」

「お前がおれに用とは、珍しいじゃないか。どんな厄介事を持ってきてくれたんだ」

これが、二年ぶりに会う弟に向ける第一声である。おれの兄貴がどんな性格か、このひと言ですべてわかるようではないか。兄貴は幼稚園の頃からこうだった。その一貫した態度には、皮肉でなく感心してしまうほどだ。

兄貴は何から何までおれと正反対の人間だった。どうしてこんなに容貌《ようぼう》から性格まで違う人間が兄弟なのだろうと、未だに不思議に思う。どちらかが橋の下から拾われてきたとしか思えない。

兄貴は誰が見てもインテリと思う顔立ちをしていた。細面の輪郭は理知的で、銀縁眼鏡がよく似合う。だが切れ長の目はいかにも酷薄そうで、実の弟でも怖いと感じるほどだ。こういう人材が暴力団に入ったら、いわゆるインテリヤクザになるのだろう。兄貴が人の道を踏み外さず、警察官になってくれたことには日本国民全員が感謝しなければならない。

実際兄貴は、小学校の頃から成績優秀だった。勉強もスポーツも万能な上に、クラスの中でリーダーシップを強く発揮し、中学高校では生徒会長を務めたほどである。大学卒業後は警視庁に入庁し、昇進試験を次々とパスし続けているという。キャリアには及ばないものの、堂々たるエリートだそうだ。つまり兄貴は、一分の隙《すき》もない立派な人間ということである。田舎にいる両親が鼻を高くするだけでなく、親戚一同にとっても誉れだった。

しかしそんな完璧《かんぺき》な兄貴を持った弟の悲哀を、他人はわかってくれるだろうか。何をするにも比較され、失望や冷笑を向けられるこちらの身はたまったものではない。おれだって好きこのんで、こんな立派な兄貴を持ったわけではないのだ。生まれ変わることがあるなら、今度は絶対にひとりっ子がいいと真剣に望む。

これで兄貴が出来の悪い弟を庇《かば》ってくれるなら、それはひとつの美談である。だがあいにくなことに、兄貴にとっておれはただの足手まといに過ぎなかったようだ。完璧な自分に唯一《ゆいいつ》付随する汚点、それが兄貴にとってのおれだった。こちらだってまったく努力を放棄していたわけではないが、生まれつきの能力の違いはいかんともしがたい。努力で埋められるほど、兄貴とおれの差は小さくなかった。そして兄貴は、努力だけを取り上げて評価するほど優しい性格ではない。兄貴にとっては、結果こそがすべてである。

兄貴は警視庁の捜査四課に所属している。捜査四課は通称マル暴と呼ばれる、暴力団絡《がら》みの事件を扱う部署である。普通に考えるなら、新井がヤクザに殺された可能性があるとわかったからには、最も頼りになる人のはずだった。それなのにこれまで当てにせずに来たのには、つまりこういう深い理由があったわけだ。

「兄貴はさあ、渡辺組組長狙撃事件のことは当然知ってるよね」

事件は神戸で起きている。つまり警視庁にしてみれば管轄《かんかつ》外のことだが、こんな重大事件をマル暴の刑事が知らないわけはない。案の定、表情には出さないものの興味を惹《ひ》かれたようだった。

「くだらないことを訊くな。それがどうしたと言うんだ。まさかお前が事件に関する情報を持っているわけではあるまい」

「それが、どうやらそのまさかのようだよ。だからこうやって、わざわざ訪ねてきたんだ」

兄貴はまるで初めて会う相手と向き合っているように、しげしげとこちらを上から下まで眺め渡した。実験動物に向ける研究者の目のような、感情の籠らない冷ややかな視線だ。よくもまあ警視庁の人事課は、こんな人材を捜査四課に配したものである。適材適所とは、まさにこういう人事を指すのだろう。

「ちょっと来い」

兄貴の判断は早い。一瞬にしてこちらの言葉の重要度を理解したのか、顎《あご》をしゃくって庁舎の外に出るよう促した。おれは言われるままについていく。

兄貴は余計な言葉を重ねず、そのまま向かいの建物に入っていった。地下にある喫茶店に下りて、入り口のドアを押す。昼時にもかかわらず、その喫茶店は空《す》いていた。兄貴は店の一番奥にあるテーブルに向かう。

「どういうことなんだ」

注文を終えると、兄貴は前置きもなく尋ねてくる。正面から顔を合わせていると息苦しさを覚えるので、おれは早口に事情を説明した。兄貴は絢子がいなくなったと聞いても、眉《まゆ》ひと筋動かさない。なんとも弟思いな態度に、思わず涙が浮かんでくる。

「――それで、その話のどこに目新しい情報があるというんだ」

話を聞き終えた兄貴の感想は、こうだった。木で鼻を括《くく》ったような返事に、相手の性格を熟知しているはずのおれもいささかたじろぐ。

「いや、だからさ、どうして絢子のそっくりさんが元川育子を捜しているのか、兄貴は興味を持たないか?」

「興味はある。だからそれがわかったら教えろ」

「そりゃあないでしょ。おれは素人だぜ。ヤクザが絡んでくるかもしれないことに、これ以上首を突っ込みたくないよ」

「お前はいなくなった妻を捜し出したいのだろう。それだったら歯を食いしばってでも捜し出せ。ヤクザが怖いなら、諦めろ」

あっぱれと拍手したくなるほどの冷たさである。あまりに冷淡な物言いに、つい笑い出したくなった。

「……わかったよ。絢子のそっくりさんと会うことができて、元川育子を捜している理由がわかったら、必ず兄貴に知らせる。その代わり、もう少し詳しい背景を教えてくれないか。事件の詳細がわからないことには、おれも怖くて動けないよ」

「どの程度、事件について知っている？」

問い返されて、おれは後悔した。せめて新聞くらいは読み返してくるのだった。

「一応ひととおり知ってるけど、最初から全部説明してよ」

「世話が焼けるな」

知ったかぶりをすると、思いがけずそれが通用してしまった。内心で胸を撫《な》で下ろしながら、兄貴の説明に耳を傾けた。

小学生でもその名を知っている、日本最大の広域暴力団である渡辺組の組長が狙撃されたのは、一週間ほど前のことになる。傘下《さんか》に三千とも五千とも言われる下部組織を抱える暴力団の長、渡辺大吾《だいご》は、神戸の自宅から出ようとするところを拳銃で狙撃された。

一緒にいたガードマンのうちひとりが死亡、ひとりが重傷を負った。そして渡辺大吾の跡取りと目されていたひとり息子も巻き添えを食って被弾し、数日後に息を引き取った。当の渡辺大吾はかろうじて一命を取り留めたが、なおも予断を許さない容態だという。

狙撃した男はその場から逃亡したが、数十分後に自分から兵庫県警本部に出頭した。犯人の名は元川剛生《たかお》。これが、元川育子の兄貴である。

警察では当然、元川剛生の背後関係を洗った。元自衛隊員とはいえ、一般の人間が拳銃を保持しているのは異常なことである。渡辺組と対立する組織の指示を受けていたのではないかとの見込みで捜査が行われたが、今のところ元川の単独犯という線は崩れていない。

元川の動機については、《椎の木》のマスターに聞いたとおりである。元川自身がそう供述し、妹の育子もその自供を裏づける証言をしたそうだ。この点に関しては、疑問の余地はないだろう。

肝心の拳銃の入手先だが、やはり未だに不明だそうだ。歌舞伎町で見知らぬ男から購入したと元川は主張しているものの、裏づけは取れていない。そのためにヤクザ同士の抗争の可能性は捨て切れていないのだが、犯行以前に元川がヤクザと接触していたことも未だ証明されていない。一週間経《た》った今では、捜査本部も元川の単独犯行説に傾いているのだという。

「——というわけで、事件はほとんど片づいたも同然だ。ただ一点明らかになっていない拳銃の入手先だが、それも遠からず解明されるだろう。お前がそのことについて情報を持ってきてくれるなら、こちらとしても助かる」

「絢子のそっくりさんは、もしかしたらその拳銃の供給元を知っているのかな。だから、知人が関わっていると心配しているのかもしれない」

「想像ならいくらでもできる。警視庁は単なる憶測で動けるほど、暇を持て余しているわけじゃない」

依然としてかわいげのない返事である。どうやったらこんなふうに育つのか、親の顔を見てみたいものだ。知ってるけど。

「そうだ」

不意におれは、大切なことに気づいた。この件に関係があるのかどうか、自分でも確信がないが、兄貴の興味を惹くには充分の材料だ。おずおずと切り出してみる。

「あのさあ、こんなあやふやなことでわかるとも思えないけど、ここにこんなふうにざっくりと傷跡があるヤクザを知らないか？」

自分の右の眉尻《まゆじり》から頬にかけて、指で線を引く。無表情だった兄貴が、ほんのわずかばかり眉を動かした。

「顔に傷のあるヤクザなど、ごまんといる。そいつがどうしたって言うんだ」

「どうしてだかわからないけど、そいつに後を尾けられていたんだ。最近は現れないけど」

　おれの言葉の何が気になったのか、兄貴は疑うようにこちらを見つめ続けた。思わず、「ごめんなさい、私がやりました」と自供したくなる。本物の刑事の目は、半端じゃなく怖い。

「ちょっとついてこい」

　いきなり兄貴は立ち上がり、すたすた歩き出した。慌ててその後に従う。お茶代は折半かなと覚悟したが、ありがたいことに兄貴が払ってくれた。考えてみれば、兄貴に何かを奢《おご》ってもらうのなど初めてのことだった。

14

　兄貴はなんの説明もなく警視庁庁舎に戻り、そのまま中に入っていった。ただの一般人のおれがついていっていいものか躊躇《ちゅうちょ》したが、兄貴は後ろを振り向きもしない。見失うまいと、慌てて後を追った。兄貴からひと言声をかけられた守衛は、まったく咎《とが》めることなくおれを通した。

　エレベーターで、六階に上がった。もしやこのまま刑事部屋に連れていかれるのだろうかと、少しわくわくする気持ちでいたら、兄貴が案内してくれた部屋はなんと取調室だった。実弟のために、最大限の歓迎の意を示してくれたのだろう。持つべきものは刑事の兄である。

少し待ってろと言って、兄貴は姿を消した。殺風景な取調室にひとり取り残されてみると、何もしていないのに自分が犯罪者になったような錯覚を覚える。悔しいので、せいぜい中を観察してやろうとぐるりと見回した。

しかし飾り気のまったくない部屋の中は、見るべき点などひとつもなかった。部屋の中央に大きなテーブルがあるのはイメージどおりだが、ドラマによく出てくる電気スタンドは置いていない。灰皿もないし、もちろん壁に絵など掛かっていないので、ほんの数秒で退屈してしまった。おれは椅子《いす》に腰を下ろし、なんでこんなことになっちまったんだと我が身の不幸を嘆きながら、兄貴が戻ってくるのを待った。

幸いなことに、兄貴は時間を無駄にしなかった。二分ほどで、なにやら分厚いファイルを持って入ってきた。当然のようにおれと向かい合って坐《すわ》り、ファイルを広げる。天地をひっくり返して、おれに差し出してきた。

「この写真を見ろ。お前を尾けていたのは、まさかこいつではあるまいな」

覗き込むと、そこにはいかにもヤクザ然とした、目つきの鋭い男の写真が貼ってあった。ただの写真なのに、まじまじと見つめる気になれないほど凶悪なご面相である。サングラスをかけていなくても、これがおれを尾けていた男だということは断言できた。見間違えようのない、眉尻から頬にかけての傷跡がしっかり写っている。

「当たり。こいつだよ」

答えると、兄貴は怪訝そうな顔をした。こんな表情を浮かべるのは珍しい。このヤクザがおれを尾けていたことが、それほど不思議なのだろうか。

「なあ、兄貴。こいつは何者なんだ？　どうしておれがこんなヤクザに尾け回されなくちゃならないんだろう」

「お前、さっき話したことですべてか。もっと他に、隠していることがあるんじゃないのか」

問われて、新井の一件も説明した。絢子のそっくりさんの行方には関係ないと思ったので割愛していたのだが、話を聞いている兄貴の顔は徐々に険しくなっていった。まずい、最初からすべて話しておくべきだったか。

「人を頼ってきて、全部打ち明けないとは何事だ。失礼だとは思わないのか」

案の定、兄貴は不機嫌になって言う。おれはせいぜい言い訳した。

「だって、そっちはおれとは関係ないと思ったからさ。新井が殺されたことと、絢子がいなくなったことにはなんの関係もないよ」

「判断するのはこちらだ。お前はただ、言われたとおりにしていればいいんだ」

頭の悪い弟に苛立《いらだ》ったように、兄貴は眉根を寄せる。こんな顔を、おれはこれまで幾度見せられただろう。そのたびに肝が縮み上がったものだが、それは今でも変わりなかった。習慣というのは恐ろしい。

「歌舞伎町で見かけたきり、この男は二度とお前の周囲に現れてないんだな。お前が尾行に気づいていないだけということはないか」

「ないと思うよ。あれ以来、ずっと警戒してるから」

「それならいい」

兄貴は言って、ファイルを閉じる。そのまま席を立ちかねない勢いだったので、おれは慌てて問いかけた。

「このヤクザは何者なんだ。何か知ってるなら、教えてよ」

兄貴は瞬《まばた》きもせずおれの顔を正面から見た。また息苦しくなってくるが、兄貴が考えている時間は短かった。

「こんなことを民間人のお前に教えるべきではないかもしれんが、自分で身の安全を確保するためにも知っておいた方がいいだろう。こいつはな、渡辺組の幹部だ。名は貴島《きじま》という」

「渡辺組の幹部」

なるほど、言われてみれば黒塗りの車の後部座席で偉そうにふんぞり返っていた。あれはただの鉄砲玉の態度ではなかった。

「でもさ、渡辺組は今、組長が死にそうで大変なんだろ。そんなときに、おれみたいな平凡な男を追いかけている暇があるのかな」

「だからこちらも、お前の見間違えではないかと疑っている。本当にこいつだったんだな」

「間違いないよ。こんな傷跡、見間違えるわけがない」

「そうか」

弟をまったく信用していない兄貴だが、これほど目立つ傷跡があっては納得せざるを得なかったようだ。おれはますます不安になって、説明を求める。

「こいつは幹部って言っても、実は大したことないんじゃないの？　だから暇なんだよ、きっと」

「そんなことはない。貴島は渡辺組の若頭で、いわばヤクザ社会のエリートコースの先頭を走っている男だ。渡辺大吾の信頼も篤《あつ》く、いずれは渡辺組を牛耳《ぎゅうじ》る存在になると目されている。二代目の代になったら、その補佐役として羽振りを利かせるのは間違いないところだった」

「そ、そうなの」

では、ますます不可解ではないか。なんだってそんなお偉いさんが、おれの後を尾けていたのか。

「死んだ新井は、実は大変な事件に巻き込まれてたのかな。だから、新井と会おうとしたおれのことを尾けてたんじゃないか」

「そうかもしれん」

珍しく兄貴がおれの言葉を肯定してくれる。おれは調子に乗って、さらに確認した。

「じゃあさ、別におれに用があったわけじゃないよね。おれはヤクザに睨まれるようなこと、何もしてないもんな」

「そんなことは知らん。貴島に訊いてみろ」

訊けるわけないじゃないか。そう内心で反発したが、口には出さない。じっとこらえて下手《したて》に出る。

「ちょっと教えて欲しいんだけどさ、渡辺組の二代目は、狙撃の巻き添えを食って死んじゃったんだよね。じゃあ、渡辺組は今後どうなるの?」

ヤクザの動向などが自分に関係してくるとは、夢にも思わなかった。しかし今は、把握しておかないことには不安で仕方ない。

「渡辺組は、渡辺大吾が一代で築き上げた組織だ。日本最大の大所帯がひとつにまとまっていたのは、渡辺大吾という扇の要《かなめ》があったればこそだ。その要に罅《ひび》が入った今、渡辺組の帰趨《きすう》は五里霧中というところだろうな」

「そんな状態の中で、貴島はどんなポジションにいるんだ?」

「大組織のご多分に漏れず、狙撃事件以来渡辺組は、いくつかの勢力が争って分裂の危機を迎えていた。それを抑えたのが貴島だった。貴島に対する組織内の反発は少なくないが、この一件で貴島が株を上げたのは確かなようだよ」

「じゃあ貴島の存在は、今の渡辺組では重要だってこと?」

「そうだ。ただのバーテン殺しに貴島が一枚嚙《か》んでるとは、ちょっと信じがたい」

つまり兄貴にとっても、貴島の動きは奇妙に見えるのか。ますますおれの不安は募る。

「渡辺大吾の容態はどうなの」

「一進一退というところだ。退院するにはほど遠い」

「渡辺大吾が死んだら、渡辺組はどうなるんだろう。貴島が跡目を継ぐことになるのかな」

「そうはならないだろうな」兄貴はゆっくり首を振る。「貴島はそこまでの器じゃない。頭が切れるとはいえまだ若いし、組長の危難に乗じて組を牛耳ろうとしているのではないかと警戒する勢力もある。もっとも、誰が二代目を継いでもひと悶着《もんちゃく》あるだろうがな」

聞けば聞くほど、おれとは無関係の別世界の話としか思えない。おれが貴島を見かけたのは、ただの偶然だったのだろうか。

いいや、偶然のわけがない。新井は何者かに追われ、挙げ句命を落とした。追っていた相手が、まともな人間であるはずがなかった。

「あのさあ、ちょっとお願いがあるんだけど、いいかな」

ふと思い出して、切り出してみる。兄貴は無言のまま、目で先を促した。

「この電話番号なんだけど、電話の持ち主を調べることはできるかな。たぶん、ヤクザだと思うんだ」

ポケットからメモを出して、差し出す。新井の部屋で見つけた、ヤクザに繋がった携帯電話の番号だ。

「どこでこの番号を知った？」

兄貴は当然の質問をしてきた。それを訊かれるとちょっと都合が悪いのだが。

「まあ、どこでもいいじゃない。調べてみてよ」

「ふざけたことを言うな。そんな頼み、聞けるわけないだろう」

「固いこと言わないでよ。絶対、兄貴の仕事に役立つからさ。ねっ、頼んだよ。よろしくね」

何か言い返される前に、慌てて席を立った。兄貴は諦めたのか、それ以上追及しようとはしなかった。内心で冷や汗をかきながら、兄貴に送られて警視庁庁舎を後にした。

地下鉄の駅へと足早に向かい、階段の踊り場でようやくひと息つく。自覚している以上に緊張していたことに、いまさら気づいた。まったく、実の兄貴に会うだけでどうしてこんなに緊張しなければならないのだろう。一度大きく深呼吸をしてから、気を取り直して駅の改札口へと向かった。

15

電車を乗り継いで、初台に帰り着いた。帰る道すがらインスタント食品を買い込み、アパートに戻る。帰っても絢子はいないのだと思うと足取りが重くなるが、いつまでも泣き言を言ってはいられない。自分の面倒くらい自分で見られるようにならないと、絢子が戻ってきてくれても負担をかけるだけだろう。

「佑《ゆう》ちゃんは、あたしがいないと飢え死にしちゃうんじゃない?」

日曜日の午後、遅い昼食を摂《と》っているときにふと、絢子がそう言った。そのとおりだと思いながらも、おれは口先ばかりの反論をする。

「そんなことないよ。絢ちゃんと一緒に暮らし始める前は、これでも一応ひとり暮らししてたんだぜ」

「それが信じられないのよね。どうやって生きてたのか」

「人間、切羽詰まればどうにかなるものだよ」

「そんなに毎日、切羽詰まった生活を送ってたの?」

絢子は面白いことを聞いたとばかりに、目に笑みを浮かべる。そんなことないぞと、おれはあくまで言い張った。

「ちゃんと自分の食事くらい、自分で作ってたさ。前に一度、作ってやったじゃないか」

「野菜に芯《しん》が残っているようなカレーね。煮込む料理は、もう少し野菜を小さく切った方がいいと思うよ。ジャガイモなんて、丸ごところんと入ってたじゃない」

「男の料理は豪快な方がいいんだよ。おいしいって食べてたじゃないか」

「だってあたし、優しいもん」

そう言って絢子は、ころころと笑う。自分でもあのカレーは失敗だったと思うので、おれは苦笑いを浮かべることしかできなかった。

「うん、認めるよ。絢ちゃんと一緒に暮らし始めてよかった。こんなにおいしい料理を毎日食べられるんだから」

「それだけ?」

「もちろん、それだけじゃないよ。掃除洗濯、家計のやりくり、なんでも完璧だね」

「お世辞でも嬉しいわ。あたしも、佑ちゃんみたいに家事を手伝ってくれる人と暮らし始めて、よかったと思ってるよ。感謝してる。あたし、女だけが一方的に家事を負担するのって、納得できないの。専業主婦ならともかく、共働きなんだから」

「いえいえ、どういたしまして。絢ちゃんのためなら、どんなことでもしますよ」

「調子いいこと言っちゃって」

アパートの二階の廊下に、誰かが立っているのが見えた。どうもおれの部屋の前に立っているらしい。客のようだが、見知った相手ではない。何かのセールスだろうかと身構えながら、外階段を上った。

「あのう、何かご用でしょうか」

声をかけると、相手は嬉しそうに顔を綻《ほころ》ばせた。目尻が垂れて、出来損ないの福笑いのようになる。一瞬で相手の警戒心を解いてしまうようなそんなとぼけた表情は、サラリーマンならば大きな武器になるだろう。おれもこんな面白い顔だったなら、もう少し成績がよかったかもしれないと考える。おれの不幸は、いい男過ぎたという点にあったのか。

「ああ、迫水さんですか」

福笑い男は、関西弁のイントネーションで問いかけてきた。おれが頷くと、「いやあ、よかったよかった」と喜び始める。

「訪ねてきたんはいいんですが、お留守みたいやから困ってましてん。そろそろ引き上げよう思てたところなんで、タイミングばっちりでしたわ」

「どちら様でしょうか」

帰宅を出迎えてくれるのはありがたいが、相手の素性がわからないのでは応対のしようがない。着ている服がスーツではないのでどうやらセールスマンではなさそうだが、さりとてこうして訪ねてこられる心当たりはなかった。

「ああ、こら失礼しました。申し遅れましたが、私、高山《たかやま》言います。佐藤絢子さんは、こちらにお住まいなんですよね」

「絢子のお知り合いですか」

少々驚いた。絢子の友人が訪ねてくることなど、この二年間一度もなかったからだ。

「ええ、まあ、昔親しくしてましてん。あっ、そう言うても、別に深い仲だったいうわけじゃないですから、焼き餅《もち》焼かんといてくださいね。ただの清い友達ですから」

「ああ、そうですか」

平然と答えたものの、実は内心で心配したのは事実である。清い友達と言われると、ではどういう関係なのかと確かめたくなる。

「あいにく、絢子は留守なんですよ。せっかくいらしていただいたのに、申し訳ない」

「あちゃー、そうですか。いや、突然訪ねてきたこちらも悪いんですが、そら残念やわ。東京に出てくることなんてめったにないもんで、もしかしたら会えるか思て楽しみにしてたんですけど」

「失礼ですけど、絢子とはどういうお知り合いなんですか？」

「心配ですか？　でも心配することあらしませんよ。ただ高校で同じクラスやったっちゅうだけですから。引っ越しの通知もらってて、近くにお越しの際はお立ち寄りくださいって書いてあったもんやから、儀礼やとわかっててもお言葉に甘えてこうしてやってきたわけです。まあ、でもいらっしゃらないんやったら、しょうがないですなぁ」

「すみません」

謝りつつ、おれは高山の話に興味を覚えていた。絢子の昔の知人に会ったのは、これが初めてなのだ。絢子の行方を知る手がかりが、高山から得られるかもしれない。

「もしよかったら、お茶でもいかがですか。せっかく訪ねていただいたのに、このままお返ししては絢子に叱《しか》られます」

「いやいや、そんな、ちょっと挨拶に伺っただけやのに、お茶なんてそんな」

「まあ、そうおっしゃらずに。散らかってますけど」

「そうですかぁ。ほな、ちょっとだけ」

そう言う高山の目の前で、ドアの鍵を開けた。とたんに、いささか上品とは言いかねる部屋の臭《にお》いが迫ってくる。先日生ゴミを捨て忘れたので、その臭いが部屋の中に籠っていたのだ。少々ばつが悪く、そのままドアを開け放しておく。

「ちょっと待ってくださいね。すぐ片づけますから」

高山に断って、部屋の中に入ろうとした。高山はおれの肩越しに中を覗き込み、小声で「うわっ」と呟く。万年床の周囲にゴミが散乱している部屋の様子は、あまり他人に見せられたものではない。すぐ片づけるとは言ったものの、どう片づけたらいいのか自分でも見当がつかなかった。

「や、やっぱ遠慮しときますわ。また今度来ます」

結局高山は、ぎこちない愛想笑いを浮かべて後込《しりご》みした。こんな有様を見られては、こちらも無理強いはできない。「そうですか」と応じて、立ち話に切り替えた。

「いやぁ、お恥ずかしいところを見られてしまいました。絢子がいないと、こんな有様で」

「ああ、ちょっとお留守にしてるだけとちゃうんですか。どっか遠方にお出かけですか?」

「ええ、まあ、そんなようなもので」

初対面の相手にまで、女房に逃げられたとは告白しにくい。まして高山が、かつての絢子の知り合いだと聞けばなおさらだ。

「なんか、えらい長いお留守のようですねぇ」

高山はおれの背後を露骨に覗き込んで、そんなふうに言う。特に敏感ではなくても、一目瞭然《りょうぜん》なのだろう。

「親戚のところに行ってまして。男所帯に蛆《うじ》が湧《わ》くとはこのことですな、わっはっは」

大袈裟に頭を掻いてごまかした。高山は同感とばかりに頷く。

「男なんて、だらしないもんですからな。私かて似たようなもんです。女房が里帰りしたら、あっちゅう間に家の中が荒廃しますわ」

「そうそうそう。女房が帰ってきたら怒られるとわかってるんですけどね」

「親戚て、妹さんのところですか」

高山はさらりと、聞き捨てならないことを口にした。おれは仰天して、咳《せ》き込みかける。

「そ、そ、そうなんですよ。高山さん、絢子の妹もご存じなんですか」

「まあ、まったく知らんわけちゃいましたよ。姉妹揃《そろ》って美人やから、有名でした」

「そうなんですか」

こんな際にもかかわらず、おれはひどく誇らしい気持ちになった。絢子に似ているなら、それは妹も美人に違いない。有名だったというのは、おれにとっては至極当然のことと思えた。

「妹も東京に来ているって、ご存じですか」

逃げられたという事実を隠しているので、いささか隔靴《かっか》搔痒《そうよう》の感があったが、なるべくさりげなく尋ねてみる。高山が肯定するなら、やはり船津希世美が見かけた絢子のそっくりさんは、妹と断定してもいいような気がする。

「そうらしいですな。今、どこに住んではるんですか？」

逆に訊き返された。おれは言葉に詰まって、必死に言い訳を考えた。

「実は、知らないんですよ。お恥ずかしい話ですが、絢子の妹に嫌われてましてね。見てのとおり、だらしないのがいけないんでしょう。そんなわけで、どこに住んでいるのか教えてもらってないんです」

妙なことを言っているという自覚はあったが、これ以上ごまかしようがなかった。見栄を張るのも大変である。

「そうですか。そら難儀ですな。もしお近くなら、そっちに回ってみようかと思ったんですが、残念やわ」

「申し訳ない。またお立ち寄りください」

「そうさせてもらいます。不躾《ぶしつけ》に訪ねてきて、ほんまにすみませんでした」

「いえいえ、とんでもない」

ほんなら失礼します、と高山は言って、ぺこりと頭を下げた。おれも応じて、外階段を下りていく高山を見送る。改めて玄関ドアを閉め、ふと冷静になった。

よくよく考えてみれば、いくら高校の同級生とはいえ、こんなふうに異性の知人の家にふらりと立ち寄ったりするものだろうか。おれは疑問に感じた。ただの友達だったと高山は言うが、やはり何か特別な関係があったのではないか。それともキャッチセールスの類《たぐい》で、まず昔の知人から売り込もうとかいう魂胆だったのか。

絢子の過去など詮索《せんさく》するつもりはない。絢子が誰と親密な付き合いをしていようと、昔の話ならおれがとやかく言う筋合いではない。もちろん穏やかならぬ心境になるのは自分でもどうしようもないが、それを抑えつける分別くらいは持ち合わせているつもりだ。

しかし、そんな嫉妬《しっと》心が存在することを加味して考えても、高山と絢子の間に特別な何かがあったとはなかなか想像できなかった。あの如才なさからすると、キャッチセールス説の方がよほど納得できる。社交辞令でまた来てくれとは言ったものの、おそらくもう二度と会うことはないだろう。ならば、つまらぬことにこだわったりせず、綺麗《きれい》に忘れた方が精神衛生上はいいかもしれない。おれはそう結論して、頭をひと振りした。それでもどこか、高山の訪問には奇異な印象が残った。

16

新宿で丸の内《まるのうち》線に乗り換え、赤坂見附《あかさかみつけ》駅で下車した。一ツ木《ひとつぎ》通りを溜池《ためいけ》方面に向かい、かつてTBSテレビがあった辺りにある花屋を探した。一階に花屋があるビルの二階に、元川育子が夜のアルバイトをしていたサパークラブがあると、《椎の木》のマスターは教えてくれた。

夕方の赤坂は、そろそろ会社帰りのサラリーマンたちが出没し始め、人通りは多かった。道の左右に並ぶ店々も、開店時間を迎えて看板にネオンを灯《とも》し始めている。おれは花屋を見逃さないように、左右をゆっくりと見回しながら道を進んだ。

五分ほど歩き、そろそろ以前のTBSビルが見えてくるかという頃に、一軒の瀟洒《しょうしゃ》な花屋を見つけた。さすが赤坂だけあって、暗くなり始めても花を見繕う客が数人いた。見上げると、二階には飲食店らしき店舗が入っているようだ。間違いないと見定めて、おれはそちらに足を向けた。

花屋まで五十メートルというところで、足を止めた。自分が目にした光景の意味が理解できず、しばしその場で立ち尽くす。おれの眼前では、ひとりの男が花屋の脇《わき》の入り口に入ろうとしていた。男の横顔は、つい数時間前におれのアパートを訪れてきた高山のそれに酷似していた。

なぜ高山がこんなところにいるのか。偶然高山もこのサパークラブにやってきたということか。

おれは何が起きたのかわからぬまま、そのビルに近づいた。入居しているテナントの看板を見上げると、一階が花屋、二階が《エン・ミ・コラソン》という名のサパークラブ、三階と四階が《山口《やまぐち》ビューティークリニック》というエステティックサロンだった。高山が出来損ないの福笑いみたいなご面相をなんとかするために美顔治療でも受けているのでなければ、彼の目指す場所は《エン・ミ・コラソン》としか考えられなかった。どういうことなのだろう。なぜ絢子のかつての知人が、元川育子の勤め先を訪ねてくるのか。

偶然という可能性は、もちろん残っている。だがこんな偶然が、果たして起こり得るだろうか。この広い東京で、一日のうちに二度も同じ人に会ったことなど、おれは経験がない。まして高山は、関西から東京に上京してきて短期滞在中のはずだ。《エン・ミ・コラソン》は一見《いちげん》さんがふらりと入っていけるような、そんな開放的な店には見えなかった。東京暮らしが長いおれでさえ、訪ねるのにいささか勇気がいるくらいである。

ならば、高山をここで見かけたことは偶然ではないと考えざるを得ない。偶然でないなら、どういうことか。答えはひとつしかなかった。

高山はヤクザの手先だ。そうとしか考えられなかった。だから元川育子の行方を捜すべく、こんなところまでやってきたのだろう。そしてまた同じような理由で、おれの許にもやってきたのだ。つまりヤクザたちは、元川育子だけでなく絢子の行方も探っているのか。

いや、そうとばかりは言えない。おれは自分の考えをすぐに否定した。ヤクザは絢子を捜しているのではなく、絢子の妹が目的なのではないか。だからこそ高山は、さりげなく妹の所在を尋ねたのだろう。絢子のそっくりさんが元川育子を捜していたことと考え合わせると、そちらの方がより蓋然《がいぜん》性の高い推測のように思えた。

とはいえ、その理由にはまったく見当がつかない。元川育子を捜すのは、組長を狙撃された遺恨を晴らすためと考えられる。だがその一件と絢子の妹の間には、いったいどんな繋がりがあるのか。絢子の妹の知人とやらを、ヤクザは突き止めたいのだろうか。

いずれにしても、わからないことだらけだった。こんなことなら、もう少し高山からいろいろ聞き出しておくのだった。後悔は常に先に立たないものだが。

ともかく今は、自分の行動を考えなければならなかった。高山が店から出てくるのを待って、直接問い質《ただ》してみるか。それとも高山を見かけたことなど忘れて、当初の目的を果たすか。

判断がつかないままま（ママ）ごまごしていると、高山がビルから出てきた。とっさに、そばにあった電話ボックスの蔭《かげ》に隠れる。横目でそっと窺うと、高山はこちらに気づいていないようだった。所在なげに、そのまま新しいTBSの方向へと歩き始めた。

隠れたことで、声をかけるタイミングを逸してしまった。仕方なく、そのまま高山の後についていく。いっそこのまま尾行して、高山がどこに行くか見届けることにした。

もしヤクザの事務所にでも帰っていくなら、奴の正体も確定することになる。

高山は一度も背後を振り返らなかった。尾行を警戒している様子はない。そのまま一ツ木通りを突き当たりまで進み、そこで右に曲がった。

目的とする場所があるのか、高山はためらいのない足取りでどんどん道を進んだ。繁華街を通り過ぎて、ほとんど人通りのない高級住宅街の方へ向かっていく。おれは初めての尾行に緊張しながら、高山の背中を追い続けた。

ずっと真っ直ぐに進んでいた高山が、不意に角を曲がった。おれは少し小走りになり、角から目だけを出して覗いた。高山はさらにもう一度道を曲がった。おれも後を追う。同じように目だけを出して路地を覗き、心臓が飛び跳ねた。高山は道の真ん中でこちらを向いて立ち止まり、おれと目が合うとにやりと笑った。

「えらいけったいなところでお会いしますね、迫水さん」

尾行に気づかれていたのだ。そのことにおれがまったく気づかなかったのだから、すなわち高山の方が一枚も二枚も上手《うわて》だったということだ。素人の尾行など、結局こんなものだろう。おれは不用意な自分の行動を悔いたが、どうやらそんなふうに悠長に反省している場合ではなさそうだった。慌てて逃げようとすると、来た道もすでに塞がれていた。見ただけでヤクザとわかる粗暴な男が三人、おれの慌てる様を眺めてにやにやと笑みを浮かべている。我知らず、膝《ひざ》ががくがくと震え始めた。

「迫水さん、なんか私に用ですか。奥さん、帰ってきたんですか」

この期《ご》に及んでも、高山の口調は飄々《ひょうひょう》としていた。背後にヤクザがいなければ、危機的な状況に陥ったとは思えぬほど、のどかな口振りだ。おれは未だに、このとぼけた男がヤクザとは信じられなかった。

「高山さん、あんた、本当にヤクザなのか」

だからおれは、率直に尋ねてみることにした。もしかしたら否定してもらえるのではないかと、甘い期待を抱いた。

しかし高山は、おれの内心を見抜いているように微笑むと、「そうですよ」とあっさり認める。おれは絶望のあまり、目の前が真っ暗になった。

「いやぁ、他の場所ならこちらもごまかしようがありましたけど、こんなふうに会《お》うてしもたら言い訳もできしませんなあ」

そんなこと言わないで、せいぜい言い訳してくれればいいのに。そうすればおれは、納得して帰るものを。内心でそう考えたものの、そんな希望を相手に伝える余裕など爪《つめ》の先ほどもなかった。

「す、すみません。後を尾けたりして。もう二度としませんから」

みっともないと感じる心も麻痺《まひ》していた。この場を逃れられるなら、土下座でもなんでもしよう。それほどおれは、間近に迫った命の危険を感じていた。

「そんな、謝ってもらう必要なんてありませんわ。怖がらんでも大丈夫。なんにもしませんから」

「ほ、本当ですか？」

思わず声が上擦《うわず》る。縋《すが》りついて感謝の意を示したいほど、おれの裡《うち》で希望が駆け巡った。

「そら、そうです。警視庁のマル暴にお兄さんがいはる人を、我々がどうにかするわけがないでしょう」

高山の言葉に、愕然《がくぜん》とした。なぜ高山は、そんなことまで知っているのか。こちらの事情をすべて調べ上げた上で、接触してきたのか。

知らぬ間にヤクザに名を知られていたことに、おれは先ほどまでとは別種の恐怖を覚えた。いったいおれは、何に巻き込まれてしまったのだろう。

「なあ、迫水さん。今日は見逃してあげますよって、ちょっとお願いを聞いてもらえまへんか」

「お、お願い？」

唐突な高山の物言いに、思わず問い返した。高山は目尻を下げて、「はい」と頷く。

「お願いというのは他でもありません。奥さんが戻ってきはったら、我々に知らせて欲しいんですわ。簡単でしょ」

高山の言葉は、さらなる驚きをおれに植えつけた。つまり高山たちヤクザは、やはり絢子を捜しているというわけだ。最悪の想像が的中してしまい、激しく混乱した。

「どうして？　絢子になんの用があるんです？」

問い返すと、高山は微笑んだまま首を振る。

「そんなこと、知らん方がいいですよ。あんた、なんにも知らんのでしょ」

その言い種《ぐさ》は、おれの気持ちを掻き乱した。いったい、絢子にどんな秘密があるというのだ。なぜ絢子がヤクザなどに追われなければならないのか。

しかし高山の言葉は、同時におれに希望をも与えた。絢子はもしかしたら、おれに愛想を尽かして出ていったのではないかもしれない。なんらかのトラブルに巻き込まれ、そのためにおれに迷惑がかかることを心配し、何も言わず姿を消したのではないだろうか。そんな推測がおれの一方的な思い込みだとしても、喜ばずにはいられない。もしそれが真実なら、このトラブルさえ解決すれば絢子はふたたび戻ってきてくれるかもしれないからだ。

そのためには、絢子が陥っているかもしれない苦境から、なんとしても助け出す必要があった。おれに何ほどのことができるかわからないが、ただ絢子がヤクザに追われるのを座視しているわけにはいかない。おれにとって絢子はすべてであり、何にも代えがたい大切な存在だ。それを守るためならば、ヤクザにだって立ち向かおうではないか。

そんな、おれにはとうてい似つかわしくない決意が、瞬時に心の中に立ち現れる。

「新井を連れ去ったのは、あなたたちなんでしょ」

決意が、おれに勇気を与えた。こちらの言葉に、高山は「さあ」と首を傾げる。

「せやから、あんまりいろいろ詮索しない方がいいですよ。これはね、冗談じゃなくあんたのために忠告しとるんです。私、これでも親切なんですからね」

高山は真顔でそう言った。おれの背後にいるヤクザたちが、いっせいにげらげらと笑う。

「アパートに帰って、おとなしく掃除でもしてなはれ。あれじゃあ、新しい女もよう寄ってきませんよ」

近づいてくると、高山はぽんぽんとこちらの肩を叩いた。おれはその手を払いのけることもできなかった。

「いいですね。忠告しましたよ。人の忠告は素直に聞くもんです。後で後悔しても遅いですよってに」

高山はそれを最後に、顎をしゃくってヤクザたちを促した。その様子から、高山が他のヤクザに指示を与える立場にあることを知った。立ち竦《すく》むおれを残して、高山たちは去っていく。彼らの姿が見えなくなっても、おれの体は金縛りに遭ったようになかなか動いてくれなかった。

17

自分の身の安全を考えるなら、高山の忠告を受け入れるべきだった。だがおれは、すでに気持ちを固めてしまった。絢子への思慕は、ヤクザに覚える恐怖を軽く超えている。絢子のためならば、他人の目には蛮勇と映るだろう無謀な勇気が湧いてくるのは、我ながら不思議だった。

足の震えが治まるのを待って、来た道を戻った。ヤクザたちがすでにいなくなっていることを慎重に確認し、当初の目的を果たすために《エン・ミ・コラソン》に向かう。何が起きているか未だにわからないが、自分が絢子に到る正しい道を歩んでいるという確信だけはあった。

店の入り口は本物のオーク材を使っているとおぼしき、重厚な意匠のドアだった。こんなドアがついている店に入ったことなど、かつて一度もない。おれは自分の貧相な服装を引け目に感じつつ、意を決してドアを押した。

入って正面に、クロークを兼ねた受付カウンターがあった。カウンターの内側に立っているのは、白いお仕着せのブラウスを着たウェイトレスだった。《エン・ミ・コラソン》はおそらく、会員制のクラブなのだろう。みすぼらしい格好の見知らぬ男を前にして、ウェイトレスは当惑を隠さなかった。

「こちらの支配人にお会いしたいんだけど」

雰囲気に圧倒されておどおどしている場合ではない。おれはあえて鉄面皮《てつめんぴ》に、ウェイトレスに尋ねた。教育が行き届いているらしく、ウェイトレスはにっこりと微笑を浮かべて「お約束でしょうか」と訊き返してくる。

「いや、そういうわけではないんですけど、時間は取らせません。ちょっと伺いたいことがあるんですよ」

「お名刺か何かをお持ちですか」

「名刺の持ち合わせはないんです。名前は迫水といいますが、支配人との面識はありません。少しでいいから取り次いでもらえませんか」

「少々お待ちください」

ウェイトレスは一礼して奥へ姿を消した。おれは所在なく、レジの横にあるパンフレットを見て時間を潰した。

支配人は怪訝な面もちで現れた。どんな用件の客かと訝《いぶか》っているのだろう。品定めするような視線を、さりげなくおれに走らせた。

「突然お邪魔して申し訳ありません。ちょっと伺いたいことがあるんです」

「どういったご用件でしょう」

支配人はさすがに慇懃《いんぎん》な物腰で尋ね返した。こちらが客である可能性がある限り、この物腰は変わらないのだろう。おれを店内に導き、入り口に一番近いテーブルに坐らせた。

「つい最近、以前ここで勤めていた元川育子さんのことを尋ねに来た女性がいると思うのですが」

おれが言うと、支配人は微《かす》かに眉根を寄せた。こちらの質問には答えず、考えを巡らせるようにじっと黙り込む。おれはその沈黙に意味を感じた。

「どうされましたか」

「いえ、先ほども同じことを尋ねられた方がいらっしゃったものですから」

「元川育子さんについてではなく、元川さんのことを尋ねに来た女性について、ですか」

おれが念を押すと、支配人はそうだと頷いた。表情は硬い。元川育子の兄が引き起こした事件は、こんなところにも余波を与えていたようだ。

支配人の返答に、おれは内心で首を捻《ひね》った。では高山は、元川育子の行方を追ってこの店に来たわけでも、まして絢子を捜しているわけでもなかったのか。彼らの第一の目的は、絢子の妹なのか。ヤクザたちの思惑が、おれにはさっぱりわからなかった。

ふと、横手から自分に向けられる視線があることに気づいた。そちらに目をやると、先ほどおれと応対したウェイトレスが慌てて視線を逸らした。どんな用件でやってきたのか、興味を隠せないようだ。支配人の社員教育も、まだ完全には徹底されていないと見える。

「それで、その人にはどう答えたのですか」

支配人に顔を戻して、質問を続けた。支配人は露骨に迷惑そうな顔をする。

「確かにそうした方が見えられたのは事実ですが、わたくしどもでは何もお答えできないのです。おっしゃるとおり、元川は以前当店に勤めてはおりましたが、暴力団関係者と繋がりのある女性をいつまでも置いておくわけにはいきません。事件が起こると同時に即刻解雇しました」

暴力団と関係があるといっても、元川育子は被害者に過ぎない。それをそんなふうに切り捨てるのは、あまりに不人情ではないだろうか。ふだんのおれならそんな感想は心の底に秘めておくのだが、支配人の態度にいささか腹が立ったので、婉曲《えんきょく》にその処置への感想を口にした。支配人は軽く気色《けしき》ばんで、反論する。

「もちろんお客様のおっしゃるようなことは、わたくしどもも重々承知しています。しかし当店のような、お客様との信頼関係に基づいて成り立っている店としましては、あのような従業員を置いているのはまずいのですよ」

それくらいわからないのか、と言いたげなニュアンスが、支配人の言葉には感じられた。支配人は続けてこうも言った。

「ですので、元川が以前ここに勤めていたということを、あまり吹聴《ふいちょう》されるのも困るわけです。どうかその辺をお酌《く》みとりください」

「別に私は吹聴して歩いたりはしてませんよ。私が伺いたいのは元川育子さんのことではなく、元川さんについて尋ねてきた女性についてなのです」

「その女性の何をお尋ねなのでしょうか」

「元川さんの行方を、その女性は質問したのではないですか。それにはどう答えたのですか」

おれの問いに、支配人は渋い表情で首を振っただけだった。

「いえ、ですからそういうわけで、わたくしどももはもう元川に関してはいっさい関知していないのです。元川が今どこにいるかと尋ねられても、お答えのしようがないのですよ」

「女性にもそう答えたのですね」

「そうです。そのとおりです」

もう勘弁してくれないかとばかりに、支配人は何度も頷いた。

ふと横を見ると、またウェイトレスと視線が合った。今度はじっとおれを見て、なかなか目を逸らそうとしない。自惚《うぬぼ》れ屋であれば、脈があると勘違いしそうな視線だった。だが己を知る聡明《そうめい》なおれは、もちろんそんな早とちりなどしない。ウェイトレスの視線から、何かを告げたがっているような意志を読み取った。

「その女性は、元川さんから連絡があったら伝えてくれないかとか、そういうことは言い残さなかったですか」

「ええ、特には」

支配人がうんざりした顔を隠さなくなったので、おれはそれを最後に腰を上げた。支配人は馬鹿丁寧に、「ありがとうございました」と言った。おれが去った後で塩でも撒《ま》きかねないような、嫌みな声だった。

帰り際に、受付のウェイトレスの前に肘《ひじ》を突いた。小声で囁《ささや》きかける。

「メモ用紙はないかな」

こちらの言葉に、ウェイトレスは驚いたように目を丸くして、紙を差し出した。おれはそこに、自分の名前と電話番号を書いた。

「元川育子さんについて訊きたいことがあるんだ。決して怪しい者じゃない。もしよかったら、連絡をくれないか」

支配人に聞こえないように頼み込むと、ウェイトレスはメモを受け取ってこくりと頷いた。その硬い表情を和らげようと、おれは親しみを込めて笑いかける。こちらの気持ちが相手に伝わったかどうか、定かではなかったが。

店を後にして、階段を下りた。通りに出て、どうやって帰ろうかと思案していると、おれの前に一台の車がすうっと寄ってきた。見憶えのある、黒塗りの車だ。とっさに身構えたおれの前で、後部座席のウィンドゥがするすると下りた。

現れた顔を見て、おれは逃げ出したくなった。後部座席に坐っていた男の顔には、眉尻から頬にかけて無惨な傷跡があった。

「そんな顔をするところを見ると、おれの顔に憶えがあるらしいな」

貴島はサングラスをかけていた。そのため細かい表情はわからなかったが、視線をこちらに注いでいるようではなかった。おれに横顔を向けたまま、低い声で貴島は尋ねる。おれは返事などできなかった。

「少しあんたと話がしたいんだ。車に乗らないか」

貴島は穏和とも言える口調で話しかけてきた。親しい知人を誘っているような気軽さだった。

「じょ、冗談じゃない」

反射的におれは、ぶるぶると首を振る。脅される覚悟はしていても、まさかそんなふうに出てこられるとは想像もしなかった。人通りの多い道だからまだ身の危険は感じないが、一度車に乗ってどこかに連れ去られたら、おれの人生も終わりを告げるだろう。

「警戒することはない。何もしないさ」

「いやだ。何もしないって証拠が、どこにありますか」

「疑り深いんだな」

貴島は口許に皺《しわ》を刻んだ。笑ったようだった。「おい」と運転席にいた男に声をかけて、顎をしゃくる。

「しばらくその辺を散歩してろ。ここはおれひとりでいい」

「はい」

運転席の男は無機的な声で応えて、サイドブレーキを引くと外に出てきた。おれに鋭い一瞥《いちべつ》をくれたが、何も言わずに立ち去る。

「これでいいだろう。おれはただ、話がしたいだけなんだ」

貴島はゆっくりと、こちらに顔を向けた。サングラス越しにも、人を射竦《いすく》める眼光が感じられる。おれの体は自分の意志に反して、貴島の言葉に従った。まるで催眠術にかけられたようだった。

車の前を回って反対側の扉を開けた。貴島の隣に腰を下ろしたが、こちらから口を開こうとは思わなかった。酸素が足りていないように、ひどく息苦しい。あと数秒沈黙が続けば本当に窒息してしまうと心配した頃に、ようやく貴島が声を発した。

「今度は元川育子を捜しているのか」

「い、いや、別にそういうわけでは……」

「隠さなくたっていい。わざわざこんなところまで来て、元川育子のことを知らないとは言わせない」

貴島の指摘に、おれは口を噤《つぐ》む。余計な言葉を重ねて、相手を刺激したくはなかった。

「そんなに怯えることはない。何もしないと言っただろう。ただおれは、あんたとゆっくり話がしたいだけなんだ」

「お、おれはあなたたちと話したいことなんてありませんよ」

「そちらになくても、こちらにはあるんだ」

貴島は首を振り向け、おれを見た。ゆっくりとした動作でサングラスを取り、素顔を曝す。サングラスの下からは、感情を滲《にじ》ませないガラス玉のような眸《ひとみ》が現れた。膀胱《ぼうこう》が開きそうになるのを、おれは必死にこらえる。こんなところで失禁しては、それこそ命取りだ。

「話し合いというのは他でもない。もうこれ以上、あれこれ嗅《か》ぎ回るのはやめてくれないか」

「か、嗅ぎ回ってなんかいませんよ。そちら様のお邪魔になるようなことは、いっさいする気はありません」

「とぼけないでくれないか。今ここにこうしていることが、すでに邪魔なんだよ」

「お、お、おれ如《ごと》き小市民が、なんで邪魔なんですか」

尋ねると、貴島は奇妙なものでも見たようにまじまじとおれの顔を眺める。いかん、今度こそ本当に漏らしそうだ。

「あんた、とぼけた顔してけっこうしたたかだな。こんな状況で、おれから情報を引き出そうとしているのか」

怒らせてしまったかと肝が縮み上がったが、貴島は逆に感心しているようにも見えた。おれは密《ひそ》かに胸を撫《な》で下ろしつつ、「めっそうもない」と応える。

「そんなつもりはありません。で、でも教えてくれるなら、ちょっと嬉しいかなぁ――って嘘です。冗談です」

調子に乗るつもりは微塵《みじん》もなかったが、このまま脅されて引き下がる気もなかった。

貴島の表情は変わらなかったが、わずかに眉が少し上がった。

「いい度胸だ。少し見直したよ。ちょっと殴りつけたら、尻尾《しっぽ》を巻いて逃げ出すかと思っていたのに」

「じゃあ、いつだったかチンピラが絡んできたのは、やっぱりあなたの差し金ですか」

「そうだ。警告だよ。だからおれもわざわざ、あんたに顔を見せたんだ。どうやらあんたには通じなかったようだがな」

「そんなの、わかるわけないですよ。ちゃんと言葉で言ってくれなきゃ」

「電話したはずだ。もう忘れたのか」

「――ああ、あの電話はあなたですか」

普通の生活を送っていたらとても忘れられないような出来事だったが、あまりにいろいろなことがいっぺんに起きたので本当に失念していた。無表情な貴島も、さすがに呆《あき》れたような顔をする。ヤクザに呆れられるとは、おれも大したものだ。

「では、改めて忠告しよう。世の中には知らない方がいいこともある。女房に逃げられたのは気の毒だが、いつまでも未練たらしく追いかけるのもみっともないぞ。諦めて、他の女でも探せ」

「そんなに何度も何度も忠告してもらわなくてもいいですよ。その忠告はさっき聞いたばかりじゃないですか」

けっこうしつこいなと思いながら、おれは言い返す。他のことならいざ知らず、絢子を諦めろと言われて黙っているわけにはいかなかった。

ところがおれの言葉は、思いがけない反応を引き出してしまった。「さっきだと」と言って、貴島はすっと目を細める。とたんに、車内に剣呑《けんのん》な雰囲気が充満した。いったいどんな失言をしたのかと、おれは自分の言動を慌てて反芻《はんすう》した。

「何を言ってる。おれがあんたの前に現れたのは、今が初めてだ」

「そ、そうじゃなくって。少し前にサパークラブを訪ねた人がいたでしょ。ちょっとユニークな顔をした、コメディアンみたいな人。出来心でうっかりその人の後を尾けたら、囲まれて脅されたんですよ。ご、ご存じなかったんですか」

図体が大きくなると、右手のしていることを左手が知らないということがあるのだろう。おれが必死に説明すると、貴島は目を細めたまま、こちらの言葉を疑うように凝視を続けた。またしても息苦しくなってくる。腋の下から背中にかけて、冷たい汗をびっしょりかいていた。

「そいつらはなんと言ったんだ」

「いや、ですから同じようなことですよ。手を引けとか、忠告は素直に聞いた方がいいとか」

「それだけか。あんたの女房については、何も言わなかったのか」

「帰ってきたら知らせろとは言われましたけど……。あのう、もしかしてあの人たちは、あなたたちとは別口なんですか」

なんとなく話が嚙《か》み合わないので、思い切って尋ねてみた。すると貴島は、思いがけず簡単に認める。

「そうさ。たぶんそいつらは神和会《しんわかい》の連中だ」

「神和会」

渡辺組と勢力を二分する、日本の暴力団のもう一方の雄だった。その神和会も、今回の件では動いているのか。あまりに意外な情報に、ただ呆然《ぼうぜん》とする。

「あんた、悪い奴らに目をつけられたよ」

貴島はまるでおれの身を心配するように言って、懐からたばこを取り出した。高価なライターを使って、優雅な手つきで火を点ける。嫌煙家のおれだが、もちろん貴島の喫煙に抗議などできない。

「悪いことは言わない。今すぐ手を引け」

貴島の口調が変わっていた。ただならぬ調子が言葉に溢《あふ》れている。

「ここではっきり言っておくが、おれたちはあんたを殺す気はない。だが神和会の奴らは別だ。特にコメディアンみたいな奴と言ったな、あいつは剣呑だ。関わらない方がいい」

「そんなことを言われても、もう関わってしまったようなんですけど」

「匿《かくま》って欲しいなら、相談に乗る。命が惜しければ、おれの言うことを聞け」

貴島の言葉に、おれは心底仰天した。どういう風の吹き回しで、渡辺組の幹部がそこまで言ってくれるのだろう。いつの間にかおれは、ヤクザたちにとって重要人物になっていたのだろうか。

「こちらの携帯の番号は知ってるな。助けが欲しければ、いつでも連絡してこい。遠慮は無用だ」

「そ、それはどうも」

わけがわからぬまま、一応礼だけは言っておく。そんなおれに、貴島は顎をしゃくった。

「は？」

その仕種の意味がわからず、おれは問い返した。貴島は苛立ったように、もう一度同じことを繰り返す。

「話は終わったと言ってるんだ。早く出ていきたいんだろう。降りろよ」

「は、はい」

言われて、慌てて車を飛び出した。機嫌を損ねないようゆっくりドアを閉めようとすると、最後に貴島は言葉を向けてきた。

「せいぜい命を大事にするんだ。新井のようになりたくなければな」

この忠告は、ぜひとも素直に聞き入れたかった。自分の命が無条件に保証されているわけではないことを、これほど強く思い知らされた一日はなかった。おれはドアを閉めて、後ろも振り返らずその場から逃げ出した。

18

赤坂駅に飛び込み、地下鉄に乗った。目指すはふたたび霞が関である。兄貴がまだ警視庁舎内にいるとは限らないが、事前に確認してから訪ねるような余裕はなかった。

一刻も早く、ヤクザたちが出没する赤坂から遠ざかりたかった。

駆け込み寺に逃げ込むような心境で、警視庁庁舎の一般出入り口をくぐった。午前中と同じように、受付で取り次ぎを願う。取り次ぐ様子を見ていると、幸運なことに兄貴はまだ庁舎内にいるようだった。

また、ベンチもないロビーで立ったまま兄貴が下りてくるのを待つ羽目になったが、午前中ほど待たされはしなかった。ほんの五分ほどで、兄貴は姿を見せる。その反応の早さに、もしかしたら兄貴はおれからの情報を期待しているのかもしれないと感じた。もちろん、兄貴の表情に歓迎の気持ちなど微塵も見られなかったが。

兄貴はおれの顔を見るなり、「また何かあったのか」と尋ねてきた。おれは未だに忘れられない恐怖に衝《つ》き動かされて、がくがくと頷く。

「あった、あった。もう大変なものだよ」

「ふん」

兄貴は冷静におれの狼狽《ろうばい》を見て取ると、無言でエレベーターホールに引き返した。刑事部屋に戻るつもりなのだろう。おれも慌てて後を追った。

ふたたび取調室にぶち込まれた。向かい合って坐った兄貴は、おれの顔を一瞥《いちべつ》して「さあ」と促す。

「何があった。細大漏らさず、きちんと報告しろ」

まるでスパルタ教師を前にした生徒のような気分である。おれは言われたとおり、及第点をもらえるようひとつひとつ順を追って説明した。兄貴は相槌《あいずち》ひとつ打たずに黙って耳を傾けていたが、高山の正体が神和会のヤクザだと貴島に教えられたくだりになると、さすがに驚きの色を顔に上《のぼ》せた。

「——それで全部か」

話を聞き終えて、兄貴はまず、そう確認した。そうだと答えると、納得していないような顔でおれを睨む。

「お前、いったい何をしでかしたんだ。どうしてお前の周囲に、そんなにヤクザが出没する？」

「知らないよ。それがわからないから、こうして兄貴を頼ってきたんじゃないか」

「まだ隠していることがあるんだろう。お前が調べろと言い残していった携帯の番号、あれはいったいなんだ？」

「あ、あれ」

いきなり話の矛先が都合の悪い方向へと向かった。おれはなんとか平静を装って、新井に教えてもらった番号だとごまかした。無表情な兄貴の顔からは、その言い訳を信じたかどうか読み取ることはできない。

「それで、あの携帯の持ち主は誰だったの？　やっぱりヤクザ？」

「わからん」

「わからんって、まだ調べてなかったのか」

「お前に咎められる筋合いではない。おれだって暇を持て余しているわけではないんだ」

調べてないなら素直にそう言えばいいのに。言葉に出さずそう考えると、こちらの内心などお見通しとばかりに兄貴が言葉を被《かぶ》せる。

「調べなかったわけじゃないぞ。携帯はプリペイド式だった。だから持ち主が特定できなかったんだ」

「プリペイド式」

　購入の際に身分証明書がいらないとのことで、悪用を懸念《けねん》されていた方式の携帯電話だ。ヤクザはさっそく、それを自分たちの用に役立てていたというわけか。

「それで、その後神奈川県警の捜査は何か進展があったの？」

「何も聞いていない。おそらく、ヤクザが絡んでいることなどまだ何も摑んでいないのだろう」

「教えてやればいいじゃないか」

「指図をするつもりか。こちらにはこちらの事情がある。口出しをするな」

　警視庁と神奈川県警の仲は良好とは言いかねるという話を、以前後東に聞いたことがある。今回もそんな縄張り意識が優先され、連携などまったく考慮の外なのだろう。部外者のおれには理解できないことだった。

兄貴は唐突に、断りもなく立ち上がって部屋を出ていった。相変わらずマイペースな性格だ。すっかり慣れっこになっているおれは呆れる気にもなれず、兄貴が戻ってくるのをおとなしく待った。

戻ってきた兄貴は、午前中に見せられたファイルと同じようなものを携えていた。ページを開き、おれに示す。覗き込むと、確かに見憶えのある顔がそこにはあった。

「ビンゴ。大当たりだよ。よくおれの話だけでわかったね」

「コメディアンみたいな顔をしたヤクザなんて、こいつ以外にいない。だが顔にごまかされて甘く見ると、とんでもないことになるぞ。神和会の中で、こいつほど危険な奴はいない」

「そ、そうなの」

言われて改めて写真を見ると、なるほどおれが知っている高山に間違いはないが、表情がまるで違っていた。この写真で見る限り、誰も売れないコメディアンと間違えたりはしないだろう。世の中のすべてに敵意を抱いているような凶悪なご面相。ヤクザの面《つら》つき以外の何物でもなかった。

「もちろん、高山って名前じゃないんだよね」

「ああ」兄貴は頷いて、ファイルを閉じる。「こいつの名前は犬飼《いぬかい》だ。その名を聞いただけで肝を縮み上がらせる人間が、ヤクザの世界には何人もいる」

人は見かけによらないとは、まさにこのことだ。知らなかったとはいえ、そんな人間にお茶を振る舞おうとしたとは、自分の大胆さに冷や汗が出る。

「神和会の方にも、最近何か特別な動きがあるの？」

教えてもらえるとは少しも期待せず、尋ねてみた。だが兄貴はなんの躊躇《ちゅうちょ》も見せず、簡単に応じる。

「他言は無用だ。約束できるな」

「うんうん。約束するよ」

身を乗り出して頷く。そんなおれとは対照的に、兄貴は至極冷静に続けた。

「今一番きな臭いのが、神和会だ。あいつら、どうもでかいことを企《たくら》んでいるような気がする」

「と言うと？」

「わかってるだろうが、神和会はこれまで、何度も渡辺組と武力抗争を繰り広げてきた。いわば不倶戴天《ふぐたいてん》の仇敵《きゅうてき》だ。その相手が、今ひょんなことで身動きが取れなくなった。まあ、偶然ではなく、裏で神和会が糸を引いていた可能性も捨てきれないんだが、それは置いておこう。ともかく渡辺組が動けなくなった今は、神和会にとって勢力を伸ばす絶好のチャンスなんだ」

兄貴は言葉を切って、こちらの反応を窺った。おれは「ふんふん」と頷いて、理解していることを示す。

「神和会は、これに乗じて一気に攻勢をかけようとしている。どうも台湾マフィアと手を結ぼうとしているようなんだ」

「台湾マフィア？」

いきなり出てきた言葉に、おれはかなり面食らった。日本のヤクザでさえ、平穏な暮らしを送ってきた小市民には縁遠い存在である。まして台湾マフィアなど、夜七時からの二時間スペシャル番組でしか耳にしないような名称だった。この件はどこまで広がっていくのか、先が見えなくなった。

「未確認の情報に過ぎない。我々も必死で動きを追っているが、確証は摑めていないんだ。だが台湾警察の方でも、なにやら慌ただしい動きをキャッチしている。奴らが何かを考えているのは間違いないんだ」

兄貴はそこまで語ると、じっとおれを見つめた。その眼差しの意味を理解できず、おれは「何？」と問い返す。

「こんな内部情報を教えてやったのは、どうやらお前の身に危険が迫っていると思われるからだ。何に巻き込まれているかわからなければ、身の守りようがないだろう」

「うん、感謝してるよ」

恩に着せようとしているのかと思い、慌てて礼を言った。だが兄貴は、そうじゃないとばかりに首を振る。

「別に感謝などする必要はない。おれが言いたいのは、貴島や犬飼がお前に告げたことと同じだ。これ以上関わるのはあまりに危険だ。家に帰っておとなしくしていろ」

「それって、絢子を捜すのをやめろって意味か」

瞬時に心が頑なになったのを自覚した。いくらおれが兄貴を恐れていようと、そんな指示にだけは素直に従うわけにはいかない。おれが危険だということは、絢子もまた同じように危険に陥っているかもしれないのだ。それがわかっていて、いまさら知らん顔などできるわけがなかった。

「そうだ。どうやら絢子さんは、この一件にどっぷり巻き込まれているようじゃないか。どんなふうに関わっているのかわからないが、いずれにしてもろくなことじゃないだろう。忘れた方が、お前自身のためだ」

「ひどいことを言うな、兄貴。いくら兄貴でも、怒るぞ」

「冷静になれ。事態が普通でないことがわからないのか」

「わかるよ。わかるからこそ、放っておけないんじゃないか」

語気が荒くなった。兄貴に対してこんな口の利き方をしたのは、ほとんど初めてのことだ。それでも兄貴は、腹を立てる様子もなく質問を続ける。

「本当に絢子さんは、お前に何も告げずにいなくなったんだな」

「そうだよ。未だにわけがわからない」

「お前、絢子さんとは籍を入れていないんだったな」

「それがどうした。籍を入れていなくったって、おれたちは夫婦だよ」

「絢子さんが入籍を拒否したと聞いているが、本当か」

「結婚をいやがったわけじゃないよ。姓が変わるのを嫌ったんだ」

「じゃあ、お前は絢子さんの戸籍を見てないんだな」

「……それがどうしたって言うんだよ」

兄貴が何を言い出したのかわからなかった。おれの胸に、不安の黒雲がむくむくと立ちこめてくる。

「絢子さん、本当に日本人だったのか」

兄貴は淡々と問うた。おれは絶句した。

「どうなんだ。おれは数えるほどしか会ったことがないから、判断できない。だがお前なら、言葉の感じや顔かたちでわかるだろう。本当に日本人だったか」

「何が言いたいんだよ、兄貴。日本人じゃなければ、何人《なにじん》だって言うんだ」

「台湾人かもしれない」

兄貴の言葉に、おれは強い衝撃を受けた。いきなり後頭部を殴りつけられたとしても、こんなに驚きはしないだろう。それほど兄貴の言葉は、おれの想像の範囲を超えていた。

「ど、どうしてそんなことを言うんだ。日本人に決まってるだろう。どうして絢子が台湾人なんだよ」

「絢子さんはずいぶん無口だったじゃないか。おれはほとんど言葉を交わした憶えがないぞ。あれは、妙な訛《なま》りが混じるのを恐れていたんじゃないのか」

確かに絢子は、時々イントネーションがおかしいことがあった。だがそれはあくまで、関西弁のイントネーションだったはずだ。絢子の出自を疑ったことなど、おれは一度もなかった。

「違うよ。絶対に違う。兄貴は絢子のことを知らないから、そんな妄想を抱くんだ」

「妄想ならいいがな。しかし一度くらいきちんと確認した方がいい。そうしたらお前も安心できるだろう」

「確認、ってどうやって？」

「絢子さんの住民票の住所は、お前のアパートになっているのだろう。そこに本籍の所在地も書いてある。ちゃんと確認してみろ。いいな」

念を押され、おれは力なく頷いた。絢子の出自など疑いたくはないが、それでも自分が兄貴に言われたとおりにするだろうことがわかっていた。おれはそんな自分に、強い嫌悪を覚えた。

「それを最後に、しばらくおとなしくしているんだ。おれも絢子さんのことは念頭に置いておく。何か動きがあったら必ず教えるから、心配するな」

「……うん」

応じながら、もう二度と兄貴には相談すまいと心に決めた。誰に諫《いさ》められようと、なんとしても自力で絢子を見つけ出してみせる。そう決意したこの瞬間、おれはまさしく徒手空拳《としゅくうけん》となったのだった。

19

その日の夜は、ほとんど寝られなかった。一応布団に入り、うつらうつらとはするのだが、すぐに目が覚めてしまう。寝つきのいいおれには珍しいことだ。もちろん寝られない原因は、兄貴の思いやりのない指摘である。あんな戯言《たわごと》は気にせず、さっさと寝てしまえばいいと頭ではわかっているのだが、どうにも体が言うことを聞いてくれない。いや、頭さえもおれ自身を裏切って、考えても仕方のないことをいつまでもうだうだとこねくり回しているのだ。眠れないことがこんなに辛《つら》いとは、この年になるまで知らなかった。

目を覚ますと、横に寝ている絢子がおれの顔をじっと見つめていた。驚いて、「な、なんだよ」と尋ねる。絢子は笑って、「おはよう」と言った。

「よく寝てたね。気持ちよさそうだった」

「人の寝顔を見てたのか。趣味悪いな」

「ごめんね。目が覚めちゃったからさ。あたし、眠りが浅いのよ」

「そうみたいだな」おれは寝そべったまま、両手を挙げて体を気持ちよく伸ばす。「眠れないなんて、気の毒だよ。おれなんか、どんな状態でも熟睡できるぜ」

「羨ましい。でも、佑ちゃんと一緒に暮らすようになってから、これでもよく眠れるようになったんだよ。それ以前は、ほとんど不眠症だったんだから」

「あ、そう。そりゃあ大変だなぁ。今はもう大丈夫なのか」

「うん。たぶん、佑ちゃんが横にいるから安心なんだと思う」

「こんなおれでも、頼りにしてくれるってわけだね」

おれは照れ臭く感じると同時に、誇らしくもあった。このささやかな幸せを守るためなら、どんなことでもしようと思う。

それなのに絢子は、いたずらっ子のような顔をしてつけ加えた。

「頼りないから安心なのよ」

「言ったな」

　翌朝、朝食を抜いたまま区役所の出張所に向かった。考えてみればおれは、絢子の身分証明の類を一度も見たことがない。運転免許証は持っていないと言うし、風邪にもかからない丈夫な体だから健康保険証も見せられたことがない。もちろん住民票や戸籍謄《とう》本《ほん》など目にする機会もなく、絢子の本籍がどこにあるのかと問われても何も答えられなかった。それは、おれが絢子に関心がなかったためだろうか。断じて違うと否定したかったが、自分の気持ちを証明する手段を持ち合わせていない。だからおれは、行動で示すしかないのだ。

　申請用紙に必要事項を書き込み、受付に出した。しばらく待った末に、名を呼ばれる。発行された住民票の写しを受け取ってそれで終わりかと考えていたら、予想に反して受付の女性は奇妙な表情を浮かべていた。

「大変申し訳ないんですが、委任状はお持ちでしょうか」

「は？　委任状？」

　何を言われたのかわからず、尋ね返す。女性は困惑を隠さないまま、重ねて説明した。

「ご自身の住民票ではなく、第三者の住民票を請求しているのですよね。その場合、ご本人の委任状が必要なのですよ」

「そうなんですか？　だって、おれ、その佐藤絢子の夫ですよ」

「でも、名字が違いますよね」

「事実婚という奴です。一緒に暮らしています」

「何かそれを証明するものはありますか」

「証明」

そんなもの、あるわけがない。一緒に写っている写真でも持ってくれば、それで証明されたことになるとでも言うのだろうか。

「ですから、ご本人が書かれた委任状が必要なんです。簡単な文面でかまいませんので、一筆書いていただいたものをお持ちいただけませんか」

まさか、その当人はどこにいるかわからないとは言えなかった。こちらの身許《みもと》を怪しんで杓子《しやくし》定規なことを言っているのに、本人が行方不明などと答えてはますます不審な目を向けられてしまう。仕方なく、わかりましたと引き下がった。

このときほど、入籍していないのを悔いたことはなかった。自分のだらしなさに、ほとほと嫌気がさす。絢子がなんと言おうと、是が非でも入籍しておくべきだったのだ。夫婦別姓が可能になる法改正を待とうなどと、悠長なことを言っていた自分が恨めしい。すごすごと、アパートに帰り着いた。腹が減っていたが、何かを作る気にもなれない。そのまま万年床に寝そべり、ぼんやりと天井を眺めた。

もう一度、これまでわかったことを整理してみよう。何もすることがないので、せいぜい頭を働かせることにする。おれの鈍い頭で何かがわかるとは思えないが、混沌《こんとん》としたままでいるよりは遥かにましだろう。動かないでいれば、これ以上腹も減るまい。

まず、発端は絢子の家出だ。おれは単に愛想を尽かされたのだと考えていたが、どうやらそう単純なことではなさそうだ。家出ではなく、失踪と表現した方が適切かもしれない。問題は、その失踪が絢子自身の意志なのか、それとも誰かに強いられたことなのか、だ。

一応置き手紙があったのだから、無理矢理拉致《らち》されたわけではないだろう。その点だけが、まだ救いだった。書き置きもなく姿を消していたなら、おれは今頃焦慮のあまり気が狂っていたかもしれない。何しろ絢子の失踪には、日本の二大暴力団が関係しているようなのだから。

もうひとつの発端は、新井の失踪だ。新井は明らかに、誰かに追われているようだった。おれをその追っ手と間違えるくらいだから、身に迫った危険を相当強く感じていたのかもしれない。実際、新井は冷たくなって発見されたのだから、彼が特別臆病《おくびょう》だったわけではないのだ。

新井は、渡辺組の貴島に繋がる携帯電話の番号を持っていた。新井の死に、ヤクザが関与していることは間違いない。だが新井を殺したのが渡辺組なのか、それとももうひとつの勢力である神和会なのか、現段階では判断がつかない。いずれ神奈川県警が明らかにしてくれるだろう。

この新井の死亡事件と絢子の失踪の間に関連性があるのか、今のところ定かでない。単に新井が絢子の古い知人だったというだけのことで、関係などないと信じたかった。だが状況は、どうやらそんな推測が楽観的すぎると語っていそうだった。

不可解なのは、絢子の妹とおぼしき女性の動きだ。絢子のそっくりさんは、元川育子を捜していた。元川育子は、渡辺組組長・渡辺大吾を狙撃《そげき》した犯人の妹である。そんな人物に、絢子のそっくりさんはどんな用があったのか。ここで、新井の一件と絢子の失踪が、渡辺組というキーワードを介して間接的に繋がってくる。

さらに奇妙なのは、その絢子のそっくりさんを神和会が追っていることだ。神和会は今のところ、渡辺大吾狙撃事件には関係していないという。ならば絢子のそっくりさんを捜しているのはなぜか。調べれば調べるほど、謎は深まる一方だ。

もう一度整理してみるなら、一連の出来事には三つの端緒があると見做《みな》すことができる。絢子の失踪、新井の死亡、そして絢子のそっくりさんの登場。このうち新井の死亡には、少なくとも渡辺組が関与している。そして絢子のそっくりさんは渡辺大吾狙撃事件に興味があり、神和会に追われている。しかし絢子の失踪は、それらの断片的な情報のどこに当てはまるのだろう。関係があるようでもあり、またまったく無関係とも思える。様々なデータが手に入った割には、絢子の行方を突き止める手がかりはまるで見つかっていないのだ。そのことに、おれは軽い焦りを覚える。果たしてこんなことで、絢子に行き着けるのだろうか。

寝ているだけなら腹も減らないと思ったが、頭を使えばそれなりにカロリーを消費するようだ。このまま動かないでいると、立ち上がる体力すら失われてしまいそうだった。しかたなくゆっくりと起き上がり、何か食べ物を物色することにした。確か、何日か前に買った食パンがあったはずだ。それを齧《かじ》れば、少しは腹の足しになるだろう。

電話がかかってきたのは、おれがぼそぼそと食パンを食べ終えた頃だった。面倒だと思いながらも、絢子かもしれないと考えると無視するわけにもいかない。力なく受話器に手を伸ばし、取り上げた。

「……あたし、細井忍《ほそいしのぶ》と申します。昨日、《エン・ミ・コラソン》でお会いした」

おれは背筋を伸ばした。あの後起きた様々なことに気を取られ、ウェイトレスにメモを渡したことを失念していた。

「よくお電話してくださいました。おれが昨日お邪魔した迫水です」

丁寧に応じると、細井忍と名乗ったウェイトレスは、少しほっとしたように息をついた。緊張していたようだ。

「あのう、もし何か知っていることがあるなら電話をして欲しいということだったので、ご連絡差し上げたのですが」

「ええ、そうです。あなたは元川育子さんに関することを何かご存じなのですか」

「それもありますが、育子を訪ねてきた女性のことなんです」

胸が高鳴った。おれは受話器を握り締めた。

「あたし、その女性と会って話をしたんです。支配人には内緒で」

「ふたりで話をしたのですか」

「そうです。あたしが仕事を上がったところに声をかけられて。喫茶店で少しだけお話をしました」

《椎の木》以来の確かな証言だ。おれはそれにしがみついた。

「電話では細かいことが訊けませんので、もしよろしければおれとも直接会っていただけませんでしょうか」

「……あのう、あなたは育子とはどういうご関係なのですか」

心配そうに尋ねてくる。電話をかけた自分の判断に、未だ自信が持てないでいるようだ。

「直接元川育子さんと面識はありません。育子さんを捜している女性と会いたいのです。おれはその女性の身内なのです」

その説明で、忍はようやく決心がついたようだった。一拍おいて、「そういうことなら——」と続けた。

「あたし、今日は午後から授業がありますから、その前だったらお会いできます。十一時頃、青山《あおやま》でお目にかかることはできますか」

時計を見上げた。今がちょうど十時だから、一時間もあれば青山には着ける。おれは大丈夫だと答えた。

忍は青山通りと骨董《こっとう》通りの交差点に面する喫茶店を指定した。忍は青山学院短大の学生だそうだ。自分は少し早めに喫茶店に行くから、こちらさえ十一時前に着けるなら、それだけ長く話ができるとのことだった。おれは承知して電話を切った。

手早く着替えて部屋を飛び出そうとしたとき、玄関の呼び鈴が鳴った。舌打ちして覗き窓から外を見ると、そこには見知らぬ女が立っていた。

「どちら様でしょうか」

言葉がつっけんどんになっていた。急いでいるときに、つまらぬ訪問販売などに煩《わずら》わされたくはなかった。

ところが女は思いがけない名を名乗った。

「あたし、新井麗子《れいこ》と申します。《フィフスムーン》に勤めていた新井の妹です」

「新井さんの妹？」

20

突然の訪問者の素性は、充分におれの意表を衝いた。しばし言葉を失い、気づいてみればドアを開けていた。

相手の姿を見たとたん、軽く面食らった。こちらが無警戒だったせいもあるが、新井の妹という自己紹介からとっさにイメージを作り上げていたらしい。そのイメージと、眼前の女性との間のあまりのギャップに戸惑った。

女性は、道ですれ違えば思わず振り返りたくなる美人だった。こんな美人なら、見かけただけでなんとなく得した気分になれる。作り物のように端整な顔立ちは、新井の鬚《ひげ》面《づら》とは似ても似つかなかった。昨今はやりの似非《えせ》美人など、ごめんなさいと頭を下げて逃げ出しそうな迫力ある美しさである。

しかしおれは、すぐに我に返った。確かに眼前の女性は美人だが、整いすぎた顔は冷たげにすら見える。おれにとっては、親しみやすい笑顔を浮かべる絢子の方がよほど魅力的だ。まあ、絢子と比較してはどんな女性にも気の毒なのだが。

一瞬とはいえ女性の美しさに見とれてしまったことにばつの悪さを覚え、ドアを大きく開けて女性を三和土《たたき》に迎えた。新井の妹と名乗る女性は丁寧に低頭して、一歩おれに近寄った。

「突然お邪魔して申し訳ありません。あたしは新井の妹で、親と一緒に北海道に住んでいますが、今度の兄の死を聞いて驚いて東京に出てきたのです。そのとき警察に迫水さんの名前を聞きまして、失礼とは思いましたがちょっとお話しできたらと、こうして伺わせていただきました」

「あ、そうですか」

じっと見つめられ、おれはつまらない返事しかできなかった。新井に妹がいたとは初耳だったので少なからず驚いたが、今はそれどころではない。おれは時間だけが気になっていた。

「申し訳ないのですが、今これから出かけるところなのです。お話があるのであれば、また後日にお願いできないでしょうか」

「どちらにお出かけですか。兄の死の真相を、まだ調べてらっしゃるのですか」

「どこでそのことを?」

「保土ケ谷警察で聞きました」新井麗子は硬い表情でそう言った。「兄を殺した犯人は、まだ捕まっていないのです。もしあなたが生前の兄と何かの関わりがあり、今もまだ兄の死について調べているのなら、ぜひご一緒させていただけませんか」

麗子の顔には、軽く拒絶することを許さない真摯《しんし》な色があった。おれはちらりと時計を見た。もうあまりぐずぐずしているわけにはいかない。

「しょうがない。急ぐので、移動の途中でよければお話を伺います。それでもいいですか」

「はい、かまいません」

麗子は少しだけ口許を綻《ほころ》ばせて頷いた。すると、作り物めいた印象がわずかに減じる。またおれの目は麗子の顔に吸いつけられそうになり、慌てて逸らした。

そのまま麗子を促して、外に出た。後ろについてくる彼女に、少し気になったことを尋ねる。

「新井さんのご遺体は、もう戻ってきたのですか」

「ええ、両親が引き取りました」

「新井さんの前の奥さんには連絡されましたか」

「一応、親がしていると思います。たぶん、こちらで仮葬儀をすることになるでしょうから」

おれは新井の遺体が発見されてからも、彼の前妻には連絡していなかった。あのときの述懐を思い出せば、卑怯《ひきょう》ではあるが真っ先に新井の死を知らせてやる気にはなれなかったのだ。いずれ警察から知らせが行くとは思っていたが、葬儀に出られるのならおれとしても安心だった。

少し早足で歩いたが、麗子は負けずに並んでついてきた。おれは続けた。

「保土ケ谷警察の刑事が、向こうからおれのことを話したのですか」

いくら遺族にとはいえ、そこまでぺらぺら警察が情報を漏らすとは思えない。実はおれは、眼前の女性がヤクザの回し者ではないかと、一抹《いちまつ》の疑いを抱いていたのだ。

ところが麗子は、おれの勘ぐりをあっさり一蹴《いっしゅう》した。

「《フィフスムーン》に連絡先を残しておられたでしょう。それが知らない名前だったので、不審に思って警察に尋ねたのです。そうしたらこういうことだと教えてくれました」

なるほど。おれは新井が遺体で発見された後も、《フィフスムーン》からメモ書きを回収しなかった。ヤクザに連絡先を知られたからには、放っておいても問題ないと思っていたのだ。まさかその線を追って、新たな人物が現れるとは予想もしなかった。

「こちらで葬儀を行うなら、ご両親のお手伝いをしていた方がいいんじゃないですか」

やんわりと指摘すると、麗子は少しだけ顔を曇らせた。

「兄の死が納得できなかったんです」声には沈鬱《ちんうつ》な響きがあった。「兄は病気を抱えていましたから、それほど長くは生きられないだろうと家族も覚悟していました。でもまさか、こんな最期《さいご》を遂げるとは誰も考えていませんでした。あたしの家は北海道で牧場を経営しているのですが、兄はそうした地味な仕事を嫌って、東京に出ていきました。

心臓の弱い人には酷な仕事ではあるし、先が長くはないのだからと、両親は兄の自由にさせました。兄は東京で、あまり真っ当でない生活を送っていたようでしたが、だからといって誰かに殴り殺されるような目に遭っていいというわけではありません。兄の死はあたしにとって、納得のいくものではないんです」

「とはいえ、まさか自分で犯人を捜すわけにもいかないでしょう。警察に任せるより他ありませんよ」

「わかっています」麗子はきっぱりと言い切った。「もちろん、知らない土地でひとりで何かができるとは思っていません。あたしが警察に先んじて犯人を見つけられるなどと、そんな自惚《うぬぼ》れたことは考えていないです。でも、このまま真っ直ぐ郷里に帰る気にはなれなかったのです。自分で納得するために、調べようとしているんです。いけませんか」

麗子は切り込むような口調で問いかけた。おれは首を振った。

「いけなくはないですけどね。あなたの判断に口を出す筋合いじゃないですから」

「迫水さんは奥さんの行方を捜しているんですよね」

麗子はそんなことまで警察から聞いているのか。気恥ずかしく思い、「まあ」と曖昧に応じると、麗子はこちらの気持ちなど斟酌《しんしゃく》せず続けた。

「奥さんの失踪と兄の死は、何か関わりがあるのでしょうか」

「わからない。それを今、調べているんですよ」

駅に着いたので、JRへの連絡切符を買って改札口をくぐった。麗子も同じ金額を払っている。あくまでついてくる気のようだ。

「今からどこに行こうとしているのですか」

麗子にかまわず先に進むおれを、彼女は小走りで追ってきた。

「表参道《おもてさんどう》ですよ。青山だ」

「誰かに会うのですか」

「そう」

「誰ですか」

あなたには関係ない、という言葉が喉まで出かかったが、おれはかろうじてそれを飲み込んだ。まったく関係がないとは言い切れないのだ。

「説明すると長くなりますよ」

「かまいません。あたしはそれを聞かせてもらいに来たのです」

あくまで麗子はおれから情報を奪い取るつもりのようだった。仕方ないので、順を追って最初から話して聞かせた。新宿で山手線《やまのて》に乗り換え原宿《はらじゅく》で下車し、明治神宮前《めいじじんぐうまえ》駅から千代田《ちよだ》線で表参道に到着するまで、ずっとおれだけが喋《しゃべ》る羽目になった。

麗子は複雑な話を頭の中で整理するように、いちいち頷きながらこちらの話に聞き入っていた。表参道駅で降りて地上に出ると、思い詰めたように言った。

「――それでそのアルバイトの女の子に、今から会うわけですね」

「そう。どんな話が聞けるかわからないですけどね」

「あたしも同席させてください」

当然の権利だとばかりに、麗子は言い放った。おれは思わず彼女の顔を見たが、こちらが何かを言う前に麗子は畳みかけた。

「その女の子は、たぶんまだ迫水さんのことを警戒していると思うんです。だったら女のあたしが同席した方が、彼女も口を開きやすいはずです。決して迫水さんの邪魔はしませんよ」

何か反論の言葉がないかと探したが、麗子の申し出は至極もっともだったので、そのまま受け入れるしかなかった。どうやらなかなか押しの強い女性のようだ。これだけの美人に懇願されれば、どんな男も断れないだろうが。

約束した喫茶店はすぐにわかった。時刻は十時五十分だった。ハプニングがあった割には、十分も時間を浮かせることができた。

果たして細井忍が本当に来ているかと不安だったが、彼女は約束を守っていた。授業のノートらしきものをテーブルの上に広げ、シャープペンシルを弄《もてあそ》びながら紙面に目を落としている。ちょうど顔を上げた瞬間におれと目が合うと、立ち上がってこちらの注意を引いた。

おれは頭を下げ、忍に歩み寄った。

「迫水です。お電話いただき、ありがとうございます。感謝しています」

「いえ、そんな……」

忍は小さく首を振って答えてから、おれの後ろに立つ麗子に視線を向けた。見知らぬ女に不審を覚えたのだろう。取りあえずおれは、麗子を友人と紹介した。詳しく話すには時間がもったいなかった。

「電話では連れがいることを言わないで、すみませんでした。彼女もどうしても話を聞きたいと言うのです」

「いえ、かまいません」

忍は少し安堵したような表情で、おれの詫びに応じた。麗子が予想したとおり、おれひとりと会うよりは気分が楽なようだ。ノートをしまうと、未だあどけなさが残る童顔を引き締めて、生真面目《きまじめ》な顔つきでおれたちを見た。

「元川育子さんに会いに来た女性について、何か教えていただけるということでしたが」

おれは前置きなしに切り出した。時間に余裕がない上に、女子大生とどんな世間話をしたらよいのか見当もつかない。本題に取りかかった方がお互いのためだった。

「ええ」

忍はどこから話を始めるべきかと逡巡《しゅんじゅん》するように、小首を傾げた。ちょうどウェイトレスが注文を取りに来たので、会話に間が空く。オーダーが済むと忍は、「何からお話ししたらいいでしょうか」と逆に訊き返してきた。

「その女性が《エン・ミ・コラソン》に来たのは、いつ頃のことですか」

おれが話の端緒を与えると、忍は口許を引き締めて語り始めた。

「ちょうどあの事件があった直後——あの、育子のお兄さんが暴力団の組長を銃撃した事件からすぐのことです」

「支配人に育子さんの行方を尋ねに来たのですね」

「ええ、でも支配人は、昨日迫水さんに接したように、育子の話は迷惑だと突っぱねるだけでした。あたし、テレビで事件のことを知ってびっくりして、何度も育子の家に電話を入れたんですけど繋がらなくて、すごく心配していたんです」忍は緊張のあまり喉が渇いたのか、コーヒーをひと口啜《すす》ってから続けた。「あたしと彼女、おない年なんです。でもそんなふうには思えないくらい、育子はしっかりしてました。地方から高校卒業と同時に東京に出てきて、昼は喫茶店でアルバイトをして、夜は《エン・ミ・コラソン》で働いていたんです。両方とも生活のためで、あたしみたいにお小遣いが欲しくて遊び半分で働いていたのとはぜんぜん違うんです。彼氏が司法試験を目指しているとかで、その人が試験に合格するまでは自分が働いて援助するんだって言って、がんばってました。あたしはいつも偉いなあと思うだけでしたけど」

「お店で育子さんと一番仲が良かったのが、あなただったのですね」

おれが確認すると、忍はこくりと顎を引いた。

「あそこはああいう大人の雰囲気の店だから、あまり若いアルバイトは使わないんです。一番若いのが、あたしと育子でした。だから一緒にお店に出るときは、支配人の目を盗んで小声でお喋りしてました」

「事件が起きて以来、育子さんからの連絡はないのですか」

「ええ、一度も」忍は顔を強張らせて頷く。「ニュースを聞いて初めて、育子がヤクザに狙《ねら》われていたことを知りました。何度電話しても繋がらないんで、どうしたらいいんだろうって本当に困っていたところに、育子のことを尋ねる女性が店に来たんです」

「あなたは育子さんのことが心配だったから、その女性と話がしたかったんですね」

「ええ。あたし、育子のために何かをしたかったけど、何もできないでいたんです。育子は悩みなんて打ち明けてくれなかったし……、もし打ち明けられていても力になれたとは思えないけど、でもそんな自分が悔しくて、どうにかしたいと思ったんです」

「その女性は、事件の概要に詳しかったですか」

「いいえ、特別詳しいというわけではありませんでした。その人は——お名前を横内《よこうち》さんといいましたが——横内さんはテレビとかで報道されている程度のことしか知らなくて、むしろもっと詳細な事情が知りたくて育子を捜しているようでした」

「横内、とその女性は名乗ったのですね」

ようやく名前が判明した。絢子と姓が違っているが、腹違いなのだから不思議はない。姉妹であることを否定する材料にはならなかった。

「これを見ていただけますか」

おれは用意してきた絢子の写真を取り出し、忍に見せた。黙っておれたちの会話を聞いていた麗子も興味を覚えたのか、一緒に身を乗り出して写真を覗き込む。

「この女性に、その横内さんは似ていましたか」

「そうです。似てました」

忍はひと目で認めた。忍の言う横内という女性は、どうやら絢子の血縁者であることは間違いないようだった。

「この女性はどなたなんですか？」

忍は逆に問い返してくる。おれは少し鼻が高い思いで、答える。

「実は妻なんです。ちょっと事情があって、妻に妹がいることをつい最近知ったんですよ。で、その人を捜し出そうとしたら、どうやら渡辺組組長狙撃事件について調べているようだということがわかったのです」

「はあ」

こんな説明では、なんのことだかわからないだろう。忍は不得要領な面もちで頷く。おれはかまわず続けた。

「その横内さんは、あなたにどんなことを尋ねましたか」

「横内さんは、事件には知人が関わっているかもしれないと言いました。そのために、どうしても世間に報道されている以上のことが知りたいのだと。だから育子に直接会って尋ねたいと、そう説明しました」

《椎の木》で語ったことと同じだった。知りたいのは、さらに詳しい情報だ。

「その知人というのは誰か、横内さんは言いませんでしたか」

期待を込めて尋ねたが、忍は首を振るだけだった。

「いいえ、それについては……。でも言葉の感じとか、切羽詰まった様子から、特別に身近な人なんだろうなとは思いましたけど」

「どうして自分が事件について調べているのかは、それ以上詳しい理由を言わなかったということですね」

「ええ」

「その話をあなたは信用しましたか」

「信用と言いますと？」

忍はおれの言葉の意味がわからなかったようだ。ぽかんとした表情でこちらの顔を見た。

「つまりその女性を、育子さんを追っているヤクザかもしれないとは思わなかったのか、ということです」

「いいえ、ヤクザだなんて、そんな」忍は大袈裟に手を振って否定した。「ぜんぜんそんな感じじゃありませんでした。だからあたし、お話にお付き合いしたんです」

そして忍は、少しためらうように視線を落としたが、すぐに顔を上げて続けた。

「正直に言いますが、実はあたし、迫水さんのことは疑っていました。横内さんは女性だし、どう見てもヤクザと関わりがありそうじゃなかったから信用しましたけど、今日はずいぶん考えました」

「でも電話をくださったということは、信用してもらえたわけですね」

「というよりも、やっぱり育子のことが心配だったんです」言って楽になったのか、忍は正直に続けた。「あたし、育子を捜し出したら必ず教えてくださいって、横内さんに頼んだんです。誠実そうだったし、それにすごく思い詰めているようだったから、きっと信頼して大丈夫だろうと思ったんで。でもあれからもう一週間にもなるのに、結局一度も連絡はないんです。だから何かがあったんじゃないかって、あたしがよけいなことをしたばっかりに、また育子に迷惑がかかったんじゃないかって、あれ以来ずっと悩んでいました」

「育子さんを捜す手がかりを、横内さんに教えたのですか」

「手がかりというほどのことじゃないけど……。でも自分では何もできなかったし、横内さんがそれをきっかけに育子を見つけてくれるならというつもりで——。そう考えたんですが、でも未だに連絡がないということは、結局駄目だったのかもしれません」

「あなたが教えたことで育子さんが見つからなくても、横内さんは連絡をするとは言わなかったのですか」

「言いました。あたしもそうしてくださいって頼んだんです。それなのにまだ連絡がないんですよ。いい加減そうな人には見えなかったけど、結果を教えてくれないのは何か悪いことがあったからなのか、それとももしかしたら、あの人も育子を襲ったヤクザの仲間だったのかもしれないとか、あたし、いろいろなことを考えちゃったんです。そうしたらまた、今度は横内さんのことを尋ねる迫水さんがやってきたんで、すごく不安だったけど思い切って電話してみたわけなんです」

忍はくどいばかりに、自分の判断の理由を説明した。忍は忍なりに、真剣に友人のことを心配しているのはわかった。自分では何もしていないに等しいが、ヤクザが絡んだ事件に若い女の子が首を突っ込むなら、この程度が限界だろう。おれは忍の判断が間違っていなかったことを認めてやった。

忍はようやく安堵したように微笑んだ。

「迫水さんも、育子が見つかったら教えてください。それと、あたしが会いたがっていることも伝えてもらえませんか」

「わかった。あなたが心配していたことは、ちゃんと伝えます。そのためにも、あなたが横内さんに教えたことを、おれにも打ち明けてくれませんか」

頼むと、忍は当惑げに眉を顰《ひそ》めた。

「大したことじゃないんです。ぜんぜん参考にならないかもしれません。ただ、育子が以前、東京にはひとりだけ親戚がいるって言ってたのを思い出しただけなんです」

「親戚」

「ええ。あたしたちくらいの年の女の子が、身を隠すとしたら、友達か親戚のところの可能性が高いですよね。だから、あやふやだとは思ったけど、それを横内さんに教えたんです」

「その親戚はどこにいるのか知りませんか」

「いいえ、そこまでは」

忍は首を振るだけだった。おれは諦めずに、質問を重ねる。

「名前とか、漠然とした住所くらいは聞いてません？」

「父方の親戚だと言ってたような気はしますが、自信はありません。あやふやな話ですみません」

「横内さんに話したことというのはそれだけですか」

「そうです。それしか話していません」

期待していた割には中身の乏しい情報だった。横内という女性は、これだけの断片的な手がかりで元川育子捜索を続けたのだろうか。そして忍が心配するように、その後連絡が途絶えたのはどういうわけなのだろう。何かがその身に起こったのか。

おれが口を閉じると、それまで黙って会話を聞いていた麗子が「ちょっと失礼」と言って席を立った。ポーチを手にしたところを見ると、トイレのようだ。おれはそれを無視して、質問を続けた。

「昨日、おれがお店を訪ねる前にも、同じような質問をしに来た男がいたでしょう。その男とは何も話をしなかったのですか」

忍はおれの質問に、怪訝そうに眉を寄せた。

「いいえ、知りません。あたしが店に出たのは、迫水さんがいらした五分くらい前だったんです」

すると忍は、神和会の犬飼には会わなかったわけだ。あいつの剽軽《ひょうきん》そうな外見であれば、もしかしたら忍は騙《だま》されていたかもしれない。となれば、おれは奴らに一歩先んじられていたのだ。危ないところだった。

麗子は一分ほどで戻ってきた。時刻を見ると十一時半だった。そろそろ切り上げなければならない。

「今日はどうもありがとうございました。さっきの約束、必ず守ります」

「お願いします」

忍はノートの切れ端に自分の電話番号を書いて、差し出した。おれはそれを受け取って立ち上がり、ここの代金はいいからと忍を先に帰らせた。忍は恐縮しながらも、必ず連絡をくれと念を押して店から出ていった。

レジに立って代金を払っていると、すっと麗子が体を寄せた。

「振り向かないで聞いてください。客の中に、ちらちらこちらを見ている男がいます」

21

麗子が小声で囁《ささや》いた。おれは一瞬手を止め、そして何も聞かなかった振りをして財布を取り出し、会計を済ませた。

並んで店を出ながら、親しいカップルのように麗子の腕を引き寄せた。麗子は何も言わない。おれもさすがに、役得と喜んでいる余裕はなかった。

「ヤクザかな」

「たぶん。客は学生っぽい若い子ばっかりなのに、ひとりだけ浮いてます」

迂闊《うかつ》だった。尾行がついていたのだ。どこから尾けられていたのかわからないが、おそらくアパートを出たときからだろう。麗子がトイレに立たなければ、いつまでもお供を連れて歩いているところだった。大声で会話していたつもりはないが、聞き耳を立てていればこちらの言葉は聞こえたかもしれない。どこまで情報が漏れたかが心配だった。

おれたちは外に出て、そのまま信号を渡った。ヤクザが追ってくるのは間違いない。素知らぬ顔で、ゆっくりと散策するように歩いた。

喫茶店の斜め前にあった、洋書専門の古本屋の前で立ち止まった。

「あなたはここに入ってくれないか。そしてしばらく店内にいたら、そのまま帰った方がいい。後でまた連絡をください。電話番号はわかってるでしょ」

「どうするつもり」

麗子は心配げに尋ねた。おれは安心させてやるつもりで笑みを浮かべたが、それがどれほど効果があったか定かでなかった。何しろ、顔が引きつっているのが自分でもわかるのだから。

「なんとかヤクザを撒《ま》いてみる。このまま連れ歩くのはいやだからね」

「危ないわ」

「大丈夫。無茶はしないから」

麗子が事件と関わりのある人物だと、ヤクザたちに知られるわけにはいかない。もう手遅れかもしれなかったが、努力しないよりはましだった。このまま初台のアパートまでヤクザを連れ帰ってもいいのだが、その場合今度は麗子が後を尾けられるだろう。そのためには、ここでヤクザを引き離しておく必要があった。

麗子を無理矢理店内に押し込み、おれは骨董通りを先に進んだ。適当な路地で曲がり、そのときにちらりと後方を見た。気づかぬうちにいなくなっているのではと淡い期待を抱いたが、むろんそんな願いが天に通じるわけもない。おしゃれな周囲の雰囲気からすっかり浮いている頭の悪そうな男が、素知らぬ顔でついてきた。

今だとばかりに全力で走り出した。またすぐに角を曲がり、力の限り駆ける。こんな全力疾走は、先日の新宿以来のことだ。どこまで息が続くか、それが心配だった。走り始めると同時に、追う足音も大きくなった。こちらに尾行を悟られたからには、音を殺す必要もなくなったということだろう。ちらりと振り返ると、恐ろしいばかりの形相でおれを追走していた。

命懸けの鬼ごっこだった。捕まったら、何をされるかわからない。これまで幾度もヤクザと接触して、ほとんど暴力を振るわれなかったことが不思議なのだ。今度こそ、奴らも容赦しないかもしれなかった。そう考えると、頭がパニックに陥り何も考えられなくなる。

だから、おれが自分の失敗に気づいたのは、しばらく走り続けた後のことだった。気づいてみれば、自分からどんどん人通りの少ない方へと向かっている。おまけに案じたとおり、息が上がってきた。大学を卒業してからこちら、まともな運動などまったくしていないのだから当然のことだ。目の前に星が散り、今にも失神しそうだった。

対するにヤクザの方は、体の鍛え方が違うのか、ちっともスピードが落ちなかった。互いの距離はどんどん縮まり、ついに荒い息が間近に聞こえるまでになる。ここまでか——、おれは絶望のあまり天を仰いだ。

「待て、こら」

粗暴な声と同時に、背後から襟首を摑まれた。勢い余って、首が絞まる。このまま死ぬと、本気で覚悟した。

「おう、ちょっと待てよ。なんで逃げるんだよ」

ヤクザも息が上がっていた。走らされたことに腹を立てているように、声に怒気が籠っている。こちらはと言えば、ヤクザ以上に息が切れて、とてもではないが受け答えできる状態ではなかった。

「ふざけんなよ。どうして逃げるんだよ。疲れるじゃねえか」

ヤクザは二十代半ばくらいの年格好だった。派手な紫色のシャツの胸元を、思い切り広げている。そこから覗くじゃらじゃらとしたアクセサリーは、いっそあっぱれなほど悪趣味だった。ひと目でヤクザとわかってもらえるくらいでないと、何かと不自由があるのだろう。ヤクザもなかなか大変である。

「ぼ、ぼ、ぼくに何かご用でしょうか」

我ながら間抜けな返答だと思うが、他に答えようがない。まかり間違って向こうが正直に答えてくれれば、それこそ儲けものと考えた。

「おめえに訊きたいことがあるんだよ。いいか、正直に答えろ」

ヤクザはおれを壁に押しつけ、キスでも迫るように顔を近づけてきた。おれは男とキスをする趣味などないので、精一杯顔を背ける。

「な、な、なんですか」

「なんですかもねえだろう。わかってるんだろうが。アレだよ、アレ。お前、持ってるんだろう?」

「は?」

ヤクザが何を仄《ほの》めかしているのか、見当がつかなかった。おれは身の危険も忘れて、問い返した。

「アレって、なんですか? なんの話でしょう」

「とぼけるんじゃねえ」ヤクザは道の左右に目を走らせ、誰もいないことを確認してから囁いた。「シャブだよ、シャブ。お前、預かってるんだろう」

「シャブ?」

すぐには、それが何を指しているのかわからなかった。普通の生活を送っていれば、まず耳にしない類の隠語だ。だがそれでも、まったく意味が理解できないわけではない。シャブとはつまり、覚醒剤《かくせいざい》のことだ。

「そ、そんな物持ってませんよ」

ぶるぶると首を振った。いったい、ヤクザは何を勘違いしているのだろう。

「白を切るのもいい加減にしろや。あの女が持ってないんなら、お前が預かってるんだろうが。もうわかってんだよ」

「あの女、って絢子のことですか！」

愕然としたおれは、逆にヤクザに掴みかかりたくなった。絢子に関する情報ならどんなことでも知りたいが、こんな言いがかりはとても容認できない。なぜ絢子が覚醒剤など持っていなければならないのか。どんな経緯で、ヤクザはそんな見当違いのことを言い出したのか、はっきり確かめたかった。

「そうだよ、おめえの女房だよ。あの女が、覚醒剤を持って逃げたんだ。おめえだって知ってるんだろう」

「嘘言うな！　どうして絢子が覚醒剤なんて持ってるんだよ。あんたたちが勝手にそんなふうに勘ぐってるだけだろう。おれたち夫婦は、あんたたちのようなヤクザとはなんの関わりもないんだよ」

身の危険すら忘れて、おれは言い返した。それほどに、怒りで我を忘れていたのだ。もうおれたち夫婦のことは放っておいてくれ。ヤクザに向かって、あらん限りの声で叫びたかった。

そのときだった。おれたちのやり取りに、突然割って入る声が響いた。不意を衝かれ、おれもヤクザもともにそちらに顔を向ける。

「やめなさい！　手を離さないと、大声を上げるわよ」

麗子だった。おれたちのことを追いかけて走ってきたらしく、肩で息をしている。なぜ逃げなかったのかと、おれは舌打ちしたくなった。

ヤクザは突然の闖入者《ちんにゅうしゃ》に戸惑い、こちらの胸倉を摑んでいる手の力を緩めた。おれはその隙を見逃さなかった。

両手を下から突き上げ、ヤクザの手を払いのけた。そしてそのまま、逆に相手の胸を強く突く。こちらの反撃などまったく予想していなかったのか、ヤクザは驚いた顔でよろめいた。

「逃げるんだ！　警察を呼んでくれ！」

麗子に向かって叫んだ。それがこの場を救う最善の方法だと、なぜわからないのか。おれは混乱のあまり、麗子にまでそんなふうに苛立ちを覚えた。

おれはついこの前まで、顧客にへこへこと頭を下げるサラリーマンだった。殴り合いの喧嘩など、生まれてこの方一度も経験がない。むろん、命に関わるような危険とは、まったく縁のない生活を送っていた。だから、眼前の相手にすべての注意を集中していなければならないときに、よけいなことを考えてしまった。ヤクザはすぐに体勢を立て直し、今度は麗子に摑みかかった。

ヤクザは鮮やかな手際《てぎわ》で、麗子の手を捻《ひね》り上げた。そのまま麗子の背後に回り込み、おれを睨みつける。瞬時の出来事に、おれは指一本動かすことができなかった。麗子を巻き込んでしまったことを悔やんでも、もう遅すぎた。

「この女の腕を折ってやる。どうだ。それでもまだ白を切るか」

「ほ、本当なんだ。覚醒剤なんて知らない。嘘じゃない。信じてくれ」

ほとんど懇願するような口調で、おれは言い募った。自分が殴られる程度なら、まだ辛抱できる。だが無関係な麗子に、おれのせいで怪我《けが》を負わせてしまうのはとても耐えがたかった。もし本当に持っているなら、覚醒剤など熨斗《のし》をつけて差し出してやろう。だがおれは、そんな物など見たことも舐《な》めたこともないのだ。こちらの言葉を信じてもらうためならば、土下座でもなんでもする心境だった。

「この人は嘘なんてついてないわ。覚醒剤は、あたしが持ってるのよ」

唐突に、麗子がそんなことを言った。捻り上げられた腕が痛いらしく、顔を顰《しか》めている。おれはそれを聞いて、この場限りのでたらめだろうと考えた。だがヤクザは、麗子の言葉を真に受けた。

「本当か？　嘘じゃねえだろうな」

「嘘じゃないわ。だから、迫水さんにつきまとうのはやめて」

「嘘だよ！　その人はなんの関係もない。手を離せ」

麗子はおれを庇《かば》おうとしているのだ。その気持ちは嬉しいが、だが甘えるわけにはいかない。なんとかヤクザの注意をこちらに向け、麗子を解放させなければならなかった。いったいどうすれば、この場を切り抜けることができるのか……。

なんのアイディアもなく、ただ無力に立ち尽くすだけだった。このときほど、自分の行動力のなさを情けなく思ったことはない。もしおれがもっと気丈だったなら、腕力にものを言わせて麗子を救い出すことができただろう。いや、そもそもこんな窮地に陥るような、間抜けな行動はとらなかったはずだ。心に浮かんでくるのはそんな繰り言ばかりで、事態を解決する抜本的な妙案はまるで思いつかなかった。

そんなおれを救ってくれたのは、まったくの第三者だった。人通りが少ないとはいえ、真昼の青山である。誰も通りかからないわけもなかったのだ。その通行人は角を曲がっておれたちの視野に入ってくると、そのただならぬ雰囲気に驚いて立ち止まった。若いカップルで、女の子の方がすかさず男性の腕に縋《すが》りつく。幸いにも男性は、おれとは違って筋骨隆々の逞《たくま》しい体格をしていた。男性は瞬時に状況を見て取ったらしく、「何をしてるんだ！」とヤクザに向かって怒鳴った。

「ちっ」

ヤクザは舌打ちをして、麗子を突き飛ばした。そしてそのまま踵《きびす》を返し、猛然と逃走する。逞《たくま》しい通行人が「待てよ！」と声をかけても、一度も振り返りはしなかった。

「大丈夫ですか？　何があったんですか」

女の子が、心配げに麗子にそう話しかけた。麗子は頷いて答えている。おれも男性の方に、心底感謝して礼を述べた。

男性は怪訝そうな面もちを隠さなかったが、深く詮索はしなかった。警察に通報した方がいいのではないかと控え目に言っただけで、そのまま女の子を連れて立ち去っていく。おれはその後ろ姿に、最敬礼をしたくなった。あの男性が通りかからなかったらと想像すると、冷や汗が背中を伝う。

安堵のあまり、思わず目を瞑《つむ》った。すると今度は、恨み言が胸に浮かび上がってくる。麗子とて被害者なのだとわかってはいても、それでもひと言言わずにはいられなかった。

「どうして追ってきたんだよ。危ない目に遭うのは、わかり切ってるじゃないか」

「ごめんなさい。でもどうしても心配で……」

さすがに麗子はしおれて、神妙に言う。おれも責めたくはなかったが、口が止まらなかった。まったく、自分でもひどい性格だと思う。

「心配してくれるのはありがたいけどさ、君が来たからってどうなるものでもないでしょ。さあ、今のでわかったろうけど、危ないからもうおれのところに来るのはやめた方がいいよ。早く北海道に帰りな」

「そういうわけにはいかないのよ。ちょっとよけいな荷物を預かってるから」

「よけいな荷物？」

麗子が何を示唆《しさ》しているのか、見当もつかなかった。そんなおれに、麗子は爆弾発言を投げつけてくる。

「そう。覚醒剤よ」

22

「か、覚醒剤？　さっき言ってたことは、嘘じゃなかったのか」

あまりに思いがけないことを言われ、我を忘れるほど面食らった。それと同時に、淡い期待が湧き上がってくる。なかなかこれという手がかりを得られないでいるおれの探索行だが、ようやくまともな情報を提供してくれる人に出会えたのではないかと考えたのだ。

「嘘じゃないわよ。どうして嘘だって思うの？」

麗子は自分の言葉を疑われたことが不満のようだ。腕をさすりながら、口を尖《とが》らせるようにしてそんなふうに言う。

「だってさ、普通、覚醒剤なんて持ってないだろ。そんなこと突然言われても、『あ、そう』なんて本気にするわけないじゃないか」

「まあ、そうね」

麗子は納得して、頷いた。おれは先ほどまでの恨みがましい気分など綺麗に忘れ果て、擦り寄らんばかりに話しかける。

「あのさあ、まだ時間ある？」

「あるわよ。詳しい話が聞きたいんでしょ」

麗子はこちらの気持ちなどお見通しのようだ。そんな言い方をされると、臍《へそ》曲がりのおれはまた反発したくなる。

「なんか、さっぱりわからないんだけどさ、おれに関係する大事な話なんでしょ。それだったら、最初からそう言ってくれればいいのに」

「だって、忙しいって言ったのはそっちじゃない。それに、あたしとあなたはつい数時間前に会ったばかりなのよ。信用できるかどうか、はっきりしないうちは迂闊《うかつ》なことも言えないわ」

なるほど、いちいちごもっともだった。もともとおれの方が子供みたいなことを言っているのだから、論理的に言い返されるとぐうの音も出ない。そもそもおれは、こういう学級委員長みたいな物言いをする女性は苦手なのだ。内心で早くも白旗を揚げてしまう。

「じゃあ、もう信用してくれたのかな」

「少なくともヤクザ関係者じゃないってことはわかったわ。あたしもいろいろ情報を仕入れさせてもらったから、今度はお返ししてあげる」

「そりゃ、どうも」

美人にはついつい親切にしたくなるたちだが、それで得をしたことなど生まれて初めてだ。これからも励行《れいこう》すべきだと、新たな人生観を密かに培《つちか》う。

「たくさん訊きたいことがあるよ。正直に話してくれるね」

「もちろん。でも、それはそちらも同じことよ」

「承知した。じゃあ、どこで話そうか。あまりこの場でぐずぐずしてると、またヤクザが戻ってくるかもしれない」

「喫茶店で話せるようなことじゃないわ。あたし、新宿のホテルに泊まってるから、そこで話しましょう」

「ホテル」

女性とふたりで個室に籠ることなど、絢子に逃げられてからはついぞなかった。思わず反応してしまうと、麗子は呆れた顔を隠さなかった。

「変なこと考えないでよね。もし考えてるんなら、この話はここでお終《しま》い」

「考えてないよ。ただ、君の方が気にするんじゃないかなと心配したんだ」

「そんなこと言ってる場合じゃないでしょ。まったく、能天気なのね」

自覚はあるが、面と向かってこんな美人に言われると身を縮めたくなる。おれは人差し指一本で額を掻いて、「じゃあ、行こうか」と促した。

麗子はしょうがないとばかりに肩を軽く竦め、歩き出した。後を追うおれに、「大きな通りはどっち？」と尋ねる。

「駅まで戻る時間がもったいないから、タクシーを拾いましょう」

「えっ、タクシー？」

正直な話、ここに来るまでの電車賃すら、おれには痛手だったのだ。タクシーになど乗る余力は、逆さに振っても出てこない。

「実はさぁ、おれ、失業中なんだよね。タクシーなんて贅沢《ぜいたく》なものに乗る金はないんだけど」

隠してもしょうがないので、正直に告白する。これには麗子も微苦笑を浮かべた。

「まったくもう。しょうがないわね。タクシー代くらいあたしが持つから、さっさと行きましょうよ」

「面目ないなぁ」

「ホント、面目ないわよ」

会ったばかりの女性にここまで言われてしまうとは、人生の悲哀をしみじみと感じる。失業状態など早く脱却せねばと、強く心に誓った。

おれたちは足早に大通りに出て、タクシーを拾った。麗子はホテル・センチュリー・ハイアットに泊まっていると言う。そこまでの道中、おれは口をついて出てきそうな質問の洪水を、精一杯抑えつけなければならなかった。覚醒剤だのヤクザだのといった言葉が混じる会話を、運転手の耳のあるところでするわけにはいかない。

二十分ほどで、タクシーはホテルのロータリーに着いた。麗子が料金を払うのに恐縮しながら、一緒に車を降りる。フロントで鍵を受け取る麗子を待って、おれたちはエレベーターで部屋へと向かった。

エレベーターケージでふたりきりになると、麗子はまじまじとこちらの顔を眺めた。まだおれの品性を疑っているのかもしれない。多少心外に感じて、大丈夫だよと力説しようとしたときだった。

「本当に後悔しない？」

麗子は唐突に、そんなことを訊いてきた。意味がわからず、「どうして」と尋ね返す。

「なんで後悔しなくちゃいけないんだ？　そんな、おれに聞かせたくないようなことなの？」

「知らない方がいいかもしれない」

いやな仄《ほの》めかし方を、麗子はする。しかしそんなことを言われて、はいそうですかと引き下がれるわけもなかった。

「世の中には知らない方がいいことなんて、めったにないんだよ。おれは自分の責任において知ろうとしているんだから、知らなきゃよかったなんて思わないさ」

「そう。なら止めないけど」

強がってはみたものの、いきなり不安を掻き立てられたのは事実だった。いったい麗子は、どんな情報をおれにもたらすのだろうか。

「迫水さんに見てもらいたいものがあるのよ。まずそれを読んでみて。話はその後」

「読む？　覚醒剤だけじゃないのか」

「うん」

麗子は頷くだけで、それ以上説明しようとしなかった。その沈黙が、ますますこちらの不安を煽《あお》る。おれは居たたまれなくなって、無意味にエレベーターの階数表示を眺めた。そろそろ目指す階に着こうとしている。

ドアが開くと、麗子は真っ直ぐに部屋に向かった。鍵を開けて、おれを中に入れる。シングルベッドが中央に置かれている部屋は、ほとんど余分なスペースがないほど狭かった。仕方ないので、ベッドにそのまま腰を下ろした。

麗子は作りつけのクローゼットを開けて、そこから一通の封書を取り出した。それを無言でおれに差し出す。反射的に受け取ったが、封書には何も書かれていなかった。

「何、これ？　読んでいいの？」

「ええ」

硬い顔で頷いて、麗子はひとつだけしかない椅子に腰を下ろした。おれは不安に押し潰されそうになりながら、封筒から便箋《びんせん》を取り出した。男の筆跡と思われる乱雑な字が並んでいる便箋は、思いがけずけっこうな量だった。一枚目から順に、目を通していく。どうやらこの手紙を書いた人物は、新井のようだった。まず最初に麗子を始めとする家族全員の健康を気遣う文章が続き、そしてすぐ本題に入った。

《――改まってこんなことをおれが書くのも、実はもう親父《おやじ》やお袋、お前にも二度と会えなくなるかもしれないと思うからだ。心臓のせいじゃない。どうもおれは、面倒なことに巻き込まれてしまったようなんだ。

順を追って書く。そもそもの発端は、三年半ほど前のことだった。おれの方から、歌舞伎町の外れを歩いている女に声をかけた。その女は行く当てもなさそうに、ただふらふらしていた。すれ違ったときになかなかいい女だと思ったんで、おれは呼び止めてみた。それが始まりだった。

女はおれに、自分の名前を佐藤絢子と告げた。後でそれは本名じゃないことがわかったが、取りあえず今は絢子と記しておく。絢子はおれが話しかけると、案の定別に行く当てはないと答えた。おれはその女を自分の部屋に連れていった。

詳しい経緯は省くが、まあそういうわけでおれと絢子が親しくなったと思ってくれ。絢子は無口な女で、なかなか自分から喋ろうとはしなかったが、一ヵ月もするとぽつりぽつりと身の上を話すようになった。絢子は自分のことを、日本人ではなく台湾人だと言った。本名はなんとかと言っていたが、憶えていない。どういう字を書くかもわからないから、ここに絢子の本名は書けない。どうでもいいことだから、おれはその後も絢子と呼び続けた。

絢子はヤクザの知り合いはいないかと、おれに訊いた。それも覚醒剤を扱うヤクザだと言う。おれはそんな物騒な奴らと関わるようなことはしていなかったから、

『なんでそんなことを訊くんだ』

と絢子を問いつめた。すると絢子は無表情なまま、

『覚醒剤をたくさん持っているから、それを金に換えてアメリカにでも逃げたい』

と言うんだ。最初は冗談かと思ったが、絢子の顔は真剣だった。見せてみろと言うと、確かに大量の白い粉を、大事そうに鞄の奥にしまっていた。おれはそれが本物かどうか、

見極める知識がなかったが、その後絢子から話を聞くにつれて嘘じゃないと信用することにした。

絢子は白い粉をしまうと、とんでもない話を始めた。自分は元、台湾マフィアのボスの愛人だったと言うのだ。そのボスと一緒に日本に来たついでに、覚醒剤を持ち逃げしたんだそうだ。

どうしてそんなことをしたのかと尋ねると、絢子は怖かったからだと言った。なんでもそのボスは愛人をすぐに取り替える奴《やつ》で、いなくなった女はどうなっているのかわからないらしい。どうもマフィアが経営している売春窟《くつ》に払い下げられているようだと絢子は言う。自分は今のところかわいがられているが、いつ飽きられるかわからない。飽きられて売春を強いられるよりは、チャンスを見計らって逃げ出した方がいい。それもただ逃げ出すだけではなく、その後の生活を保障してくれる物を一緒に持ち出したかったんだ、と絢子は説明した。その、生活を保障してくれる物というのが、覚醒剤だったわけだ。

台湾マフィアのボスが日本に来たのは、日本のヤクザとの間に覚醒剤密輸の太いパイプを作るためだった。新興の台湾マフィアは、日本との繋がりを太くすることで自分の国での勢力を伸ばそうと考えていたらしい。その取引の下準備のために、ボスは絢子を連れて日本に来た。絢子が持ち出した覚醒剤は、日本のヤクザに渡す見本だったそうだ。

つまり絢子は、台湾マフィアと日本のヤクザの両方に追われている女だったのだ。とんでもない奴を連れ込んでしまったと後悔したが、もう遅い。いろいろ聞いてみればかわいそうなところもあるので、おれはどうしても絢子を叩き出す気にはなれなかった。おれでできることならば、少しは協力してやろうと思ったんだ。

とはいえ、覚醒剤を売りつけられるような相手を知っていたわけじゃない。それに、ある程度ほとぼりが冷めるのを待つ必要がある。台湾マフィアは自分の国に帰ったかもしれないが、まだ日本のヤクザが残っている。そいつらの動きを探らなければ、こちらから何かをするわけにもいかなかった。

取りあえずおれは、絢子の働き口を見つけてやった。絢子はどういうわけか、なかなか流暢《りゅうちょう》に日本語を話した。知らなければ、純粋な日本人と思っただろう。日本進出を考えている台湾マフィアが、愛人にも日本語の勉強をさせていたそうだ。だからおれは、絢子の身許を偽って、従姉《いとこ》の春江《はるえ》のところで預かってもらえるよう手配した。家も借りてやり、どうにか自活できるような環境を整えさせた。

そのうちに、絢子に惚《ほ》れて店に現れる男ができた。おれはその頃、絢子に同情はしていたものの、厄介事を持ち込んでくれた女にいささか閉口していた。その少し前から違う女との付き合いも始まっていたので、ちょうどいいとばかりに絢子が男とできるのを許した。おれと付き合っているより、絢子にとってもその方がいいんじゃないかと思ったんだ。

絢子はその男と暮らし始めた。噂《うわさ》で耳にする限りでは、それなりに幸せな生活を送っているようだった。覚醒剤はおれが預かっていたが、そんな物がなくても幸せならばかまわないんじゃないかと考え始めた。絢子も覚醒剤については、その後何も言おうとしなかった。

絢子と連絡をとり合わなくなって、半年ほど経った。おれも預かっている覚醒剤のことをつい忘れがちになっていたが、突然絢子から電話があって思い出した。なんでも台湾マフィアの連中がまた日本に来て、まずいことに絢子はそいつらに見つかってしまったんだそうだ。

絢子はもうすべておしまいだと泣いていた。自分はこのままマフィアどもに捕まって殺される、そうなれば一緒に暮らしてる亭主にも迷惑がかかる。だからこのまま、何も言わずに姿を消す、と絢子は言った。自分が消えればすべて片づくから心配する必要はない、おれが持っている覚醒剤も、捨てるなり売るなり、好きにしてかまわないとも言った。

おれは絢子に同情したが、してやれることなどなかった。逃走資金を用意してやる余裕すらなかったんだ。絢子は大丈夫だとだけ言って、電話を切った。おれはただ、絢子の幸運を祈ってやるだけだった。

だが、それですべてが終わったわけではなかった。ヤクザどもはまずいことに、おれと絢子に繋がりがあったことを突き止めた。おれが覚醒剤を持っているとまでは確信していないようだったが、疑いは充分にかけられていた。あいつらはやがて、おれの前をうろうろするようになった。

ヤクザはどうあってもこの覚醒剤を取り返したいんだ。おれはそのうち捕まって、ひどい目に遭わされるかもしれない。その前に逃げるつもりだが、覚醒剤を持って歩くわけにもいかない。だから取りあえず、これをお前に送る。焼き捨てるなり埋めるなりしてもらってもいいが、もし万が一、おれがヤクザに殺されるようなことがあったら、この手紙と一緒に警察に届けて欲しい。そうならないように願っているが。

近いうちにおれも行方を晦《くら》まそうと思っている。そうなれば、お前や親父たちにも連絡をとるわけにはいかなくなる。それでも、連絡がないのは元気だという証拠だと思ってくれ。なんとか逃げられるだけ逃げてみるつもりだ。九州の果てまで行って細々と暮らしている分には、ヤクザたちの目も届かないと思う。

それでは元気で暮らしてくれ。そろそろいい男でも見つけて結婚しろ。おれみたいなのじゃない男をな》

長い手紙はそこで終わっていた。おれは文面を読み終えても顔を上げることができず、何度も何度も文字を目で追い直した。何かとんでもない勘違いをして、文意を読み違えているのではないか。そんな、絶対にあり得ない期待を抱いて、手紙を読み直す。

「――そういうことなのよ」

おれが読み終わったのを見計らって、麗子が声をかけてきた。おれは頭を振って、手紙をベッドの上に投げ出した。

「嘘《うそ》だよ、こんなの。おれ、信じないぜ」

「だから知らない方がいいと言ったのに。ショックでしょ」

「うるさいよ」

何もかもお見通しと言いたげな麗子の口調が、癇《かん》に障って仕方なかった。麗子が悪いわけでもないのに、つい八つ当たりをしてしまう。麗子にしてみれば理不尽極まりない言われようだろうが、おれはただひたすら放っておいて欲しかった。

「おれのことなんか心配しないで、兄さんが言うとおり警察にこの手紙を見せればよかったじゃないか。どうしてそうしなかったんだ」

「そうして欲しい？」

麗子は逆に問い返してくる。おれは返事ができず、唸り声を呑み込んだ。

「被害者とはいえ、兄は長期間覚醒剤を所持していたわけでしょ。そんなことを警察に教えたら、面倒なことになるわ。両親はこの手紙を見ていないから、こんな話を聞いたらきっと目を回しちゃう。だから、何か知ってそうなあなたにまず会って、善後策を考えようと思ったのよ。いけなかった?」

「いけなくないよ。心から感謝しておりますです」

「ずいぶん嫌みな口調ね。会いに来なけりゃよかったわ」

さすがに麗子も気を悪くして、つんと顎を反らした。それでもおれは、ご機嫌をとる気になれない。ぶっきらぼうに、言葉を重ねた。

「で、覚醒剤はどこにあるんだ? まさか持って歩いてるんじゃないだろうね」

「あるわよ。家に置いとくわけにもいかないでしょ」

そう言って麗子は、立ち上がるとふたたび作りつけのクローゼットを開けた。鞄の中から、紙袋を取り出す。

「これ」

ほとんど投げ出すようにして、おれの前にその紙袋を置いた。手を伸ばし、口を開けてみる。そこにはビニール袋いっぱいの、白い粉が見えた。

「これが覚醒剤なのか。初めて見たな」

「あたしだってそうよ」

麗子はうんざりしたように言って、椅子に坐った。おれはビニール袋を開けてみたい誘惑を、なんとか抑え込んだ。

「いくらくらいするんだろう。高いんだろうな」

「そんなこと、あたしが知るわけないでしょ。でもああやってヤクザが尾け回すくらいだから、安いものじゃないんでしょうね」

「一億くらいかな」

「わからないって言ってるでしょ」

すっかり機嫌を損ねてしまったようである。ふだんのおれであれば、美人にここまで嫌われてしまえばショックで立ち直れないところだが、今はそれどころではなかった。新井の手紙がおれに与えた衝撃は、些細なことなどどうでもいいと思わせるほど甚大《じんだい》だった。

「おれの方の事情を説明しよう。おれは覚醒剤のことなんて、絢子から何も聞いていなかった。もちろん台湾マフィア云々《うんぬん》もそうだ。ここに書いてあることは、すべて初耳だ。とても信じることはできない」

「兄が嘘を書いたって言うの？」

「君の兄さんが嘘を書いたのかもしれない。絢子に何か事情があって、こんな嘘をつかなければならなかったのかもしれない。どちらにしても、おれはとうてい信じられない」

「ダチョウみたいね」

「ダチョウ？」

「そうよ。ダチョウは危険が迫ると、頭を砂の中に埋めてしまって自分の視界を塞ぐって言うでしょ。見えなくなれば危険もなくなるって、単純に考えるのよ。今のあなたは、まさしくそのダチョウみたいだわ」

「言ってくれるね。人の気も知らないで」

「想像くらいはつくけどね。でも現実逃避だけはしないでよ。わざわざ会いに来た意味がないじゃない」

麗子は辛辣《しんらつ》だった。おれには返す言葉がない。

「わかったよ。じゃあ、おれに何を訊《き》きたいんだ。さっさと訊いてくれ」

「この新しい事実で、何かわかったことはないの？　兄を殺したのは、どの組織なのよ。渡辺組？　それとも神和会？」

「台湾マフィアと接触していたのは、神和会だそうだ。だから新井を殺したのも、おそらく神和会だろう」

「間違いないの？　じゃあどうしてあなたの奥さんの妹は、渡辺組組長狙撃事件を調べているわけ？」

「知らないよ、そんなこと。おれの方が教えて欲しいくらいだ」

最初の衝撃が和らいでくると、今度は徐々に事態の重みが身に応えてきた。まるで大きな鉛を丸飲みしたみたいに、胸の底に重苦しい感覚が横たわっている。このまま横になって、何もかも忘れて眠ってしまいたいほどだった。それが麗子の指摘するとおり、ダチョウのような現実逃避だとしても。

「——ちょっと、おれに検討させてくれないか。どうせすぐに警察に通報する気がなかったんなら、少しくらい待つ時間はあるだろう。考えさせて欲しい」

「考えるって、何を？」

「いろいろだよ」

吐き捨てるように答えると、さすがに麗子もそれ以上あれこれ言わなかった。ベッドの上の紙袋を顎で指して、おれの顔を見る。

「それはどうするの？　まだあたしが持ってなくちゃ駄目？」

「おれが預かるよ。君はヤクザに顔を知られてしまった。こんな物を持ってると危ない」

「じゃあ、預ける」

麗子は素直に応じた。おれは手紙を畳んで彼女に返し、紙袋を手にして立ち上がった。「じゃあ」とだけ言って部屋を出ようとすると、最後に麗子は「気をつけてね」と声をかけてきた。おれは振り返りもせず頷《うなず》いて、後ろ手にドアを閉めた。

23

考える、とは言ったものの、もはや改めて考えることなどほとんどなかった。要は自分の気持ちの確認だけである。知ってしまった事実をそのまま受け入れるか、嘘だとあくまで否定するか。もし受け入れるならば、そのことで絢子に対する気持ちが変わるか、否《いな》か。それを自分で、はっきり確かめなければならない。

安アパートの部屋に帰り着くと、おれにはそこが他人の住みかのように見えた。人間が住んでいるとは思えないほど乱雑で、饐《す》えた臭《にお》いが籠っている。こんなところに入っていくのはとても耐えられず、おれはまず窓を大きく開け放って、それから大掃除を始めた。

布団をベランダに干し、ポリ袋にコンビニ弁当の食べかすなどゴミをどんどんぶち込む。そうしてようやく人がくつろげるスペースを作ると、押入から掃除機を引っ張り出し、畳の上を塵《ちり》ひとつなくなるほど丁寧に清掃した。ついでに埃《ほこり》の積もった家具などにも雑巾《ぞうきん》をかけ、その勢いで窓まで拭《ふ》く。小一時間余りの格闘の末、部屋は絢子が住んでいた頃の状態にようやく戻った。

掃除が終わってみると、達成感よりも脱力感の方が大きかった。おれはただ呆然と、畳の真ん中に坐り込んだ。視線の先には、ステレオラックの上に置かれた写真立てがある。その中には、付き合い始めた頃のおれと絢子の写真が入っていた。おれは緊張した顔で、絢子は少しはにかんだ笑みを浮かべて写っている。ふたりでディズニーランドに行き、同じくカップルで来ている人に撮ってもらった写真だった。こんな写真を見ていると、情けないことに涙が出てきた。絢子がいなくなったことが悲しいのか、それとも絢子の過去を知ってしまったことに泣いているのか、自分でも判然としない。それでもおれは、誰も見ていないのをいいことに、いつまでもただべそべそと泣き続けた。こんなふうに泣いたのは、ほとんど記憶にないほど久しぶりだった。

　できることならこのまま永遠に泣いていたかったが、悲しいかな、涙はいずれ尽きるものなのだ。自然に気持ちが落ち着いてきて、気づいてみればあれほど直面することを避けていた当面の事態について、あれこれ考察していた。人間の心とは、自分で思うよりもずっと強いものだと感心する。

　絢子の訛《なま》り、入籍を拒んだ意味、突然の失踪、新井の死、それに絡む神和会と台湾マフィアの動き――すべてが今や、ひとかけらの矛盾もなく繋がった。絢子が姿を消してまで隠そうとした過去を、おれは容赦なく暴《あば》いてしまったのだ。そのことは、もはや疑いようもない。

　神和会が何を狙っていたのかも、改めて推理するまでもなく明らかだった。神和会は新井を締め上げ、彼が覚醒剤を持っていないことを確認した。ただ痛めつけるだけのつもりだったのに、新井が持病で死んでしまったのは奴らにとっても誤算だっただろう。いずれにしても、新井から覚醒剤を取り返すことはできなかったのだ。となると、神和会の疑いは絢子と一緒に暮らしていたおれに向くのが普通だった。しかしおれには、警視庁のマル暴に籍を置く兄貴がいた。そんな人物を身内に持つ人間には、ヤクザもおいそれと接触しにくかったのだろう。だから神和会は、絢子の友人を装うような迂遠《うえん》な方法でおれに接触してきたのだ。

神和会は次善の策として、絢子の身内に目を向けた。経緯はわからないが、絢子の妹もまた日本にやってきていたのだ。おそらく妹は、台湾マフィアとは無関係の人間なのだろう。日本に来て、ただ普通の生活をしていたのではないだろうか。そのために神和会は、改めて妹を捜す必要に迫られた。

ここまではいい。すべてはなんの矛盾もなく符合する。しかしそれだけでは説明のつかない要因がふたつある。横内と名乗る女性の動きと、渡辺組の動向だ。

横内という女性は絢子の妹であると仮定する。横内と会った人は皆、絢子とそっくりなことを認めているのだからそれはほぼ間違いないだろう。問題は、なぜ横内は渡辺組組長狙撃事件を調べているのかということだ。そしてまた、渡辺組の貴島は組の内部が混乱している今、なぜわざわざおれの前に姿を現し警告をしたのか。

絢子が持ち逃げした覚醒剤を巡る一連の動きと、渡辺組組長狙撃事件との間には、今のところ接点らしきものは見いだせない。強いて挙げれば、渡辺組が身動きできなくなったところを狙って、神和会が積極的な動きを見せ始めたという、間接的な因果関係があるだけだ。

絢子の妹の心配事と、絢子の失踪は関係がないのだろうか。たまたま時期が重なったために、おれが勝手に関連づけているだけなのか。

普通に考えればそうであり、またそれ以外の推測も成り立たない。神和会と台湾マフィアを相手にするだけでも一般人のおれには荷が重いのに、この上渡辺組まで絡んでくるようでは絶望的だ。おれができるのは、すべてを兄貴に打ち明け、覚醒剤を手放すことだけだった。

そんなことはわかっていた。新井の手紙を読んだときから、いやになるほどわかり切っていた。それでもおれは、ひとつしかないはずの結論に飛びつこうとはしなかった。もちろんそれは、麗子が兄の名誉を守ろうと考えたように、絢子を司直の手に渡したくなかったからだ。兄貴にすべてを打ち明ければ、おそらく弟の妻に対する情実などまったく加味せず、非情に捜査に当たるだろう。絢子は警察に捕まり、司法の場で裁かれる。そんな結果が見えているのに、誰が警察にすべてを委《ゆだ》ねられるだろうか。自分の妻を警察に売るような真似を、他の人間ならいざ知らず、このおれは絶対にできなかった。

最初の問いに立ち戻り、改めて自問してみた。今やおれは、新井の手紙に書かれていたことを事実として受け入れている。麗子に指摘されたとおり、ダチョウのように現実を直視することを避けているわけにはいかない。すべてに説明がついたからには、これは嘘ではなく事実なのだ。そう、認めざるを得なかった。

もうひとつの問いに対する答えも、自分でも意外なほどあっけなく出すことができた。真実を知ってもなお、絢子に対する気持ちが変わらないかどうか。

変わらない。それがおれの答えだ。寸分の迷いも、一瞬の躊躇もなく答えることができる。ならば、これからとるべき行動はひとつしかないではないか。おれはうじうじと泣きべそをかいていた自分を強く叱咤《しった》する。

絢子を捜そう。もう一度絢子に会って、助けの手を差し伸べるのだ。おれの目的は、最初から決まっていたではないか。何も迷うことはない。

絢子を見つけ出せたとしても、状況が絶望的なことには変わりなかった。絢子は神和会や台湾マフィアだけでなく、警察の目も避けなければならないのだ。どちらにも捕まりたくないなら、どこか小さな田舎町に行き、身許を隠してひっそりと暮らすしか方法はない。外国に逃げるような経済力は、残念ながら持ち合わせていなかった。

それでもおれは、絢子に会いたかった。たとえ前途に絶望しか待っていないとわかっていても、おれはもう一度絢子に会いたい。自分の率直な気持ちだけは、偽ることも欺《あざむ》くこともできなかった。

なんだかおれは嬉しくなってきた。こうまではっきり気持ちを確認できたことが、嬉しく感じられたのだ。他人からさんざん情けないと言われ、自分でも自覚があるおれだが、なかなかどうしてまんざら捨てたものじゃないと思えてくる。絢子への気持ちの強さだけは、誰にも負けないという自負があった。

　夕食のカップラーメンを啜《すす》っていると、電話が鳴った。絢子がいなくなって以来、電話が鳴るたび期待に胸が膨らむ。もちろんそんなおれの期待は、今のところ百パーセント裏切られているのだが、それでも電話の相手が絢子ではないかと思わずにいられなかった。おれは柄にもなく緊張して、子機を取り上げた。

「よう、三行半《みくだりはん》亭主。元気に生きてるか？」

「ほっといてくれ」

　失望には慣れているので、おれはただ苦笑しただけだった。後東の声を聞くのも、情けないとさんざん罵《ののし》られたあの夜以来である。本当ならこちらからまめに連絡をとって、絢子捜しの進捗《しんちょく》状況を報告しなければならないところだったが、ついつい後回しにしてしまった。おそらく後東は、気にかけてこうして電話をくれたのだろう。ありがたいことだが、そんな感謝の気持ちを伝えたら図に乗るだけなので黙っておく。

「あれ以来音沙汰《おとさた》ないとはひでえじゃねえか。お前のことを世の中で一番心配しているのが、おれなんだぜ」

　後東は遠慮なくおれの不義理を責める。こちらとしては、ただ平謝りするだけだった。

「ごめん、ごめん。忘れていたわけじゃないんだけど、こっちもいろいろあってさ」

「いろいろあるってことは、なんか手がかりが見つかったってことか」

「うーん、見つかったと言えば見つかったような、見つからないような……」

「相変わらずじれったい奴だな。お前がそういう態度だから、絢子さんも逃げ出すんだぞ。おれがお前の女房だったら、我慢できるのも三十分までだな。入籍して三十分で離婚だ。日本新記録が作れるぞ」

そんなに相性が悪いなら結婚などしなければいいし、そもそもおれの方だって後東が女でも結婚したくない。

「気色悪いこと言わないでくれよ。お前に言われたとおり、絢子の昔の勤め先に行ってみたんだ。そこから転々と探って、けっこう大変なことになってるんだよ」

「大変なこと？　なんだってんだよ、大袈裟な奴だな」

何も知らない後東はそんなふうに言うが、事情を知ればおれの言葉が決して誇張ではないとわかるはずだ。おれはどこまで説明すべきか迷ったが、面倒なのでいっさい明かさないことにした。後東はおれが結婚した当初から、絢子のことをまるで女神様のように崇《あが》めていた。「こんな情けない男と結婚するとは天使のような人だ」と、よく評したものだが、表現はともかく絢子に一目置く気持ちは本当なのだろう。長い付き合いになるおれに対するよりもずっと、絢子の方に親近感を抱いているような節が見られた。

そんな絢子の過去を後東が知れば、大変なショックを受けるのは間違いない。ゴリラのような無骨な顔をしている後東だが、これでなかなか繊細な面もある。真実を話して落ち込ませるには忍びなかった。

「いや、まあ、いろいろね。絢子を連れ戻せたら、まとめて話すよ」

曖昧にごまかしておいた。こういう物言いはいつものことなので、後東は特に怪しまない。

「連れ戻せたら、ねぇ。お前、本当に大丈夫か。もし絢子さんを見つけられても、戻ってくるよう説得できなかったら、おれも口添えしてやるぞ。こんな馬鹿で間抜けを憐《あわ》れんでくださるのは絢子さんしかいません、って泣きついてやる」

「いいよ。大きなお世話だ」

そう言い返したものの、後東の言っていることは間違いではなかった。こんなおれと一緒にいてくれるのは、世の中に絢子しかいない。それはおれ自身が、誰よりも強く感じていた。

「まあ、そう言うなよ。本気で心配してるんだぜ。本当に見つけられる目処《めど》は立ってるのか？」

「なんとも言えないよ」

「うちのかみさんも心配してるんだよ。絢子さんのこともそうだけどさ、お前のことを心配してるんだぜ、うちのかみさんは。どうせカップラーメンとか、そんなもんしか食ってないんだろ。うちに遊びに来れば、ちゃんとしたもの食わせてやるぜ。かみさんもぜひ来てくれと言ってる」

「そりゃ、ありがとう。遠慮なく伺わせてもらうよ」

座卓の上に置いてあるカップラーメンのカップを見やって、おれは頷く。見抜かれているのはいささか情けなかったが、長い付き合いの相手には隠し事もできない。

明日にも来いと後東は言うが、おれにはまだやることがあった。予定を入れてしまうわけにはいかないので、ありがたく辞退する。日を改めて必ず行くからと言うと、後東は「きっとだぞ」と念を押した。電話を切ってから、おれは子機に向かって軽く手を合わせた。

後東の奥さんが作ってくれる食事を夢想しながら、床に就いた。一夜明けると、よく眠れたのか眠れなかったのか自分でもよくわからないような、中途半端な睡眠だった。それでも頭はいつになくはっきりしている。顔を洗い、手早く着替えてアパートを出発した。

玄関に鍵をかけるとき、覚醒剤をどうしようか一瞬迷ったが、こんな物を預かってくれる相手もいないのでこのまま部屋に置いておくことにした。もし万一ヤクザに侵入され盗み出されても、おれの腹が痛むことではない。むやみに警戒するのも馬鹿馬鹿しかった。

新宿を経由して、東北沢に出た。記憶にある道をもう一度辿《たど》る。《椎の木》は今日も営業していた。

「あれ、いらっしゃい」

マスターはおれの顔を憶えていたのか、親しげに声をかけてきた。店内に客はいない。マスターは暇そうに週刊誌を広げていた。小柄な夫人の姿は見えなかった。

「どうしました。奥さんは見つかりましたか？」

開口一番マスターは問いかけてきたが、おれは首を振って椅子《いす》に腰かけた。

「まだわからないんですよ。そのことでもうひとつ、訊きたいことができたんです」

「奥さんが見つからない割には、楽しそうな顔してますね。どうしたんです？」

「肚が据わっただけですよ。それよりも、おいしいコーヒーをください。またキリマンジャロ」

おれの返事に首を傾げながらも、マスターは立ち上がってパーコレーターを準備し始めた。おれは勝手に水をもらい、冷水を喉に流し込んだ。

「訊きたいことってなんですか？　育子ちゃんの件では、もう知ってることはありませんよ」

マスターは難しげな顔でお湯を注ぎながら、尋ねる。おれはすぐに本題を切り出した。

「元川育子さんの親戚がひとり、東京に住んでいるらしいんだけど、どこにいるか話を聞いたことはありませんか」

「親戚?」

マスターは眉根を寄せて考えたが、「いや、知らないなぁ。聞いたことはないですねぇ」と答えた。

「その後、例の女性も来てない?」

「来てないですね。一度も」

さして期待していたわけではなかったが、実際にこうも簡単に言われると失望が大きかった。手がかりがこれで尽きたとなると、この広い東京から見知らぬ人ひとりをどうやって捜したらいいのか、その雲を摑むような果てのなさに疲れを覚えた。

「まあ、そんなにがっかりせずに、ゆっくりコーヒーでも飲めばいい考えが浮かぶかもしれませんよ」

マスターがそのような魔法のコーヒーを淹《い》れてくれるなら、百万円払っても惜しくない気分だった。もちろん、そんな金など逆さに振ってもないので、気分だけだが。

マスターは柱の時計を見上げて、「もう十一時か」とひとりごちた。

「そろそろ女房が帰ってくる頃だけど、あいつが何かを知ってるかもしれません。もし急ぎの用がないんなら、ちょっと待っててください」

マスターはおれの気を引き立たせるように言った。熊のような体軀《たいく》の割には、なかなか細やかな神経を持っているようだった。

マスターの妻が帰ってくる間、元武道家だったというマスターがどうして喫茶店経営をすることになったのかという話を聞かされた。武道などとはまったく無縁の人生を送ってきたおれにはちんぷんかんぷんだったが、マスターの話術のお蔭か、ただ聞いているだけでも楽しかった。

十分ほどすると、夫人はスーパーの買い物袋をぶら下げて帰ってきた。おれを見ると、「いらっしゃいませ」と頭を下げ、カウンターに戻る。マスターはおれを手で指し示して、言った。

「こちらはお前が帰ってくるのを待ってたんだよ」

まだ女子大生でも通りそうな幼い容貌の夫人は、なんの用かというように小首を傾げてこちらを見た。おれはマスターにしたのと同じ質問を繰り返した。

「そういえば……」

夫人は眉根を寄せて真剣な表情を作り、記憶を引き出そうとしてゆっくり口を開いた。

「確か、前にそんな話を聞いたことがあったわ」

「どこに住んでるか、わかりませんか」

おれが腰を浮かせると、しばらく考え込んだ末に「当てにしないでくださいね」と前置きして続けた。

「ずいぶん前だからはっきり憶えてないけど、世田谷に住んでるのはひとりだけ親戚がいるからだ、って話を聞いたことがある気がするんですけど」

「つまり、その親戚の人が世田谷区内に住んでいるということですね」

「ええ」夫人はこくりと頷く。「だからもし何かがあっても安心だとか、確かそういう話だったような気がします」

「世田谷のどこかは聞きませんでしたか」

「さあ、そこまでは」

夫人が首を傾げると、「おい、もっとちゃんと思い出せよ」と横からマスターが口を挟んだが、夫人も負けずに「だってそれしか聞いてないもの」と言い返した。

「すみません。電話帳はありますか」

おれはふたりのやり取りに割って入った。マスターは太い指で、「そこにあります。その電話の下」と、店の角にあったピンク電話を指し示す。おれはそれを持ってきて、〝も〟の項目を開いた。

細井忍が言うには、育子の親戚は父方だということだった。となれば、姓は元川である可能性が強い。元川という名字は決して有り触れたものではない。世田谷区内と限定されるなら、一軒一軒回ってみるのにそれほど労力はいらないかもしれなかった。

「ああ、なるほどね」

おれが元川の名前を捜し始めると、マスターは覗き込んで声を上げた。ページを捲《めく》るうちに、元川姓の人が数人見つかった。

五人いる。住所が近い人間はひとりもなく、それぞれがばらばらの場所に住んでいるようだった。おれはすべてを回ってみるつもりだった。元川育子の親戚が電話帳に名前を載せているとは限らなかったが、それはすべてを当たり尽くした後で考えることにした。今は手がかりがこれしかないのだ。

ピンク電話の脇からメモを取ってきて住所を写そうとし始めたときだった。突然、「あ、そうだ」と夫人が声を上げた。

「なんだよ、びっくりするじゃねえか」

マスターの抗議を無視して、夫人はカウンターに両手をついた。

「思い出したけど、その親戚って確かおばさんだったわ。独身のおばがひとりいるって言ってたから」

「独身のおば、なんですね」

貴重な手がかりだ。一挙に範囲が狭まった。電話帳を見ると、五人の元川姓のうち、女性はふたりだけだった。ひとりが松原《まつばら》に住む元川糸子《いとこ》。もうひとりは三軒茶屋《さんげんぢゃや》の元川佳枝《よしえ》だった。

この場で電話を入れようかとも考えたが、やはり直接訪ねることにした。電話では、育子なんて姪《めい》はいないと言われればそれまでだ。たったの二軒ならば今日中に回れる。おれはその二軒の住所を書き取り、礼を言って席を立った。

「育子ちゃんが見つかったら、うちに顔を出してくれと伝えてくれませんか。おれたちが心配してるって」

会計をするときにマスターがぼそりと言った。おれは必ず伝えると約束して、店を後にした。どこに行っても元川育子を心配する声が聞こえる。未だ会わぬ育子の人柄が偲《しの》ばれるような気がした。

24

井《い》の頭《かしら》線の東松原《ひがしまつばら》駅に着いたときに、新井麗子のことをすっかり忘れていたのに気づいた。昨日ホテルで別れたときに、覚醒剤をどうするか決めたら連絡を入れると約束していたのに、ついうっかり放ったらかしにしてしまった。駅を出て、目の前にあった薬局の公衆電話で自宅に電話を入れてみると、案の定留守番電話には怒ったような麗子のメッセージが入っていた。

《連絡も寄越さないでどこに行ったのでしょうか。電話があるまでいつまでもホテルに籠って待ってます》

そんな伝言が、三十分おきに三度も入っていた。仕方ないので一〇四でホテル・センチュリー・ハイアットの電話番号を聞き、麗子の部屋に連絡を入れた。

「どうしたのよ。朝からどこに行ってたの」

麗子は咎める口調を隠さなかった。

「ごめん。いろいろ立て込んでて、連絡する暇がなかったんだ」

詫びると、麗子は憤懣《ふんまん》を押し殺すように息を吐いた。

「それはいいわ。で、例の物はどうすることにしたの？　そのまま警察に届けるの？」

麗子は覚醒剤の処分はおれの判断に任せると言ってくれていた。おれが警察に届ける気になったのならば、それでもいい。もし他の考えがあるなら相談して欲しい、ということだった。

「うん。それなんだけど、もう少し保留にさせてくれない？」

「保留？」おれの歯切れの悪い返事に眉を顰《ひそ》めているような、そんな声音だった。「保留って、どういうことよ。警察には届け出ないの」

「もうちょっと待ってよ。もう少し、自分で調べてみたいことがあるんだ」

「何を調べるのよ。あなたが知りたいことはすべてわかったんでしょ」

「まだ妻の行方がわからない。せめて妻を見つけるまで、警察には通報しないでおきたいんだ。もし忙しいようなら、北海道に帰ってもいいよ。詳しいことは電話で知らせるから」

「もうちょっとこっちにいるけど……。でも捜す当てなんてあるの?」

「なくはない」

「じゃあ、あたしも一緒に行く」

「駄目だよ。君には関係ないじゃないか」

「関係あるかどうかは、あたしが判断するわ。今、どこにいるのよ。そっちに行くから教えて」

「駄目。君はもう関わらない方がいい。昨日みたいな危ない目に遭わないうちにね」

「そんなタフぶって見せたって、自分だってヤクザ相手に何もできなかったじゃない。ひとりよりふたりの方が、何かと助かる局面もあるはずよ」

「いいって。これはおれひとりの問題なんだから」

なおも言葉を重ねる麗子に耳を貸さず、おれは受話器を置いた。ほとんど喚き声のような呼びかけが聞こえたが、あえて無視する。麗子の安全を考えるなら、どんなに怒鳴られようと懇願されようと、行動をともにするわけにはいかなかった。

結論から言うと、元川糸子は外れだった。気を取り直して駅に戻り、渋谷まで出た。そこで新玉川線《しんたまがわ》に乗り換え、三軒茶屋駅で降りる。そのまま玉川通りに沿って進み、適当なところで左に折れた。

もうひとりの元川である元川佳枝の住所には、番地の末尾に部屋番号がついていた。一軒家でなくマンションかアパートなどの集合住宅なのだろう。おれはビルの間を、番地表示を見逃さないように注意しながら歩いた。

ほどなく《ステイパーク三軒茶屋》というマンションが見つかった。番地で調べるなら、ここが元川佳枝の住まいのはずだった。エントランスに入りメールボックスを見たが、目指す部屋番号に名前はない。それを確認してから、エレベーターで四階に上った。

四〇六号室が元川佳枝の部屋だった。おれはインターホンを押し、反応が返ってくるのを待った。しばらくしてもう一度鳴らし、さらに二度続けてボタンを押した。

返事はない。頭上を見上げ電気のメーターを見ても、激しい回転はしていなかった。誰もいないようだ。

三分ほど粘ってみたが、帰ってくる人はいなかった。並びの住人が戻ってきて、所在なく廊下に立っているおれに不審そうな一瞥《いちべつ》をくれた。それを機に、いったん引き上げることにした。

エントランスを出て、下から元川佳枝の部屋を見上げた。洗濯物はかかっていない。電気も点いていなかった。しかし、だからと言って人が中に潜んでいないとは限らない。

おれは駅前の商店街に戻り、本屋に入って雑誌を立ち読みした。財布の中身に余裕があるのなら喫茶店にでも入って時間を潰したいところだったが、今日はすでに《椎の木》でコーヒーを一杯飲んでいる。一日に二度も喫茶店のコーヒーを飲むわけにはいかなかった。

レジの店員に白い目で見られながら、一時間を立ち読みで潰した。時刻は三時を回った。おれは店を出て、ふたたび《ステイパーク三軒茶屋》に戻った。

エントランスに入る前に、もう一度窓を見上げた。電気は点いていない。だが南向きのこのマンションでは、まだこの時間は照明の必要もないはずだ。おれは無駄足を覚悟の上で、エレベーターに乗り込んだ。

ドアを閉めようとしたときに、芥子《からし》色のスーツを着た三十代後半ほどの女性がエントランスに見えた。こちらを見て慌てたように小走りでやってくる。おれはボタンを押して、扉が閉じないようにした。

「すいません」

女性は軽く頭を下げて、ケージに飛び込んできた。

「何階ですか」

尋ねると四階だと言う。おれはそのまま《閉》ボタンを押した。

四階に着いたとき、おれは先に女性を外に出した。女性はふたたび優雅に一礼して、廊下に出た。右側に折れる。おれも少し間を置いて、その後についていった。

女性は四〇六の前に立ち止まり、インターホンを奇妙な操作で押した。二度続けて鳴らしてから、間をおいてもう一度、今度は長く押したのだ。女性は応答を待たずに「あたしよ」とスピーカーに向かって告げた。「ちょっと待って」という返事が聞こえた。

「元川佳枝さんですか」

おれは近づいて声をかけた。女性はびっくりしたように振り向き、こちらを見てさらに目を瞠《みは》った。

「はい、そうですが、どちら様でしょうか」

女性は反射的に足を動かし、ドアの前に立ちはだかるようにした。

「元川育子さんのご親戚《しんせき》の方ですね」

おれが言うと同時に、内側から扉が開いた。

「開けちゃ駄目」

佳枝は叫んで、背中で扉を押した。すぐに扉は閉じ、施錠する音がした。

「なんのご用ですか」

佳枝は眦《まなじり》を決して、おれに相対した。何者もここを通さないぞという気概が、スーツをまとった体に溢《あふ》れていた。

「突然で申し訳ありません。驚かすつもりはなかったのです。私はヤクザではありません。迫水と申す者で、ある事情があって育子さんを捜していたのです」

「育子なんて者はおりません」

佳枝はなおも頑なに否定した。自分のミスで育子がここにいる事実を気取られてしまったことに、強い後悔を覚えているようだった。眉が険しいまでに顰《ひそ》められている。おれは扉の内側にいる育子にも聞こえるように、大きな声で説明を続けた。

「正確に言うと、育子さんを捜していたわけではありません。育子さんを捜していた、横内と名乗る女性を捜しているのです。こちらにはそのような女性は現れませんでしたか」

「育子なんて者はおりませんから、そのような方もいらっしゃってません」

「私はヤクザではありません。事情があって姿を消した妻を捜しているだけです。決して怪しい者ではありません」

「あたしはヤクザなどと関わりはありません。あなたのおっしゃることはよくわかりません。お引きとりください」

「こちらのことは、《椎の木》のマスターと、細井忍さんに伺ってきました。おふたりとも育子さんのことを心配していました」

「存じません。お引きとりください」

岩のような頑固さで、佳枝は同じことを繰り返した。怪しい者は一歩も中に入れないという、雛《ひな》を守る母鳥のような猛々《たけだけ》しさを漲《みなぎ》らせていた。

「育子さん、聞いてらっしゃいますか。おれは《椎の木》のマスターと、細井忍さんに教えられてここがわかったのです。みんな、あなたのことを心配しています。あなたに会ったら、そのことを伝えて欲しいという伝言を預かっています。どうか話を聞いてくれませんか」

「これ以上お帰りにならないなら、警察を呼びますよ」

ほとんどヒステリックに佳枝が言ったときだった。錠の回る音がし、扉が内側からおずおずと開かれた。

「駄目よ、開けちゃ」

佳枝はなおも背中で扉が開くのを防いだが、「いいのよ、叔母さん。開けるわ」と中からか細い声が聞こえた。

「何を言ってるの。今開けちゃまずいわ」

「いいのよ」

内側の声は小さかったが、断固たる響きを持っていた。佳枝は渋々身を動かし、扉が開くのを許した。

中からは、青白い表情の女性が姿を現した。顔に化粧っ気はまったくなく、長い髪もただ無造作に後ろで結んでいる。頬がいささか痩《こ》け、その痛々しい窶《やつ》れ具合がここ十日ほどの心労を如実《にょじつ》に物語っていた。

「元川育子さんですね」

おれが尋ねると、女性は無言で顎を引いた。間違いなかった。ようやく元川育子に出会えた。

「おれは迫水と言います。横内という女性を捜しています。おれの身内の者なのです」

「横内さんの身内の方……」

こちらの言葉をただ繰り返す育子の口振りには、知る者を語る気配があった。おれは意気込んで問うた。

「横内と名乗る女性はこちらに来たのですね」

育子はこくりと頷いた。

「はい、確かにあたしを訪ねていらっしゃいました」

25

「お手間はとらせません。その女性について、少しお話を聞かせていただけませんでしょうか」

おれはなんら駆け引きをせず、ただ強い願いを込めて頭を下げた。育子も佳枝もいささか戸惑いを覚えているようだった。

「身内の方ということは、横内さんは行方不明になっていたのですか」

育子がドアノブに手をかけたまま、訊き返した。おれは首を振った。

「いえ、おれが彼女の所在を知らなかっただけなのです。彼女はおれの妻の妹なのですが」

「所在を知らない……？」

「ええ。姿を消した妻は、妹がいることをおれに教えていませんでした。おれは妻の行方を突き止めるために、妹を捜しているのです」

おれの言葉を聞き、育子と佳枝は顔を見合わせた。嘘をついているにしては込み入っていると思ったのだろう。怪訝そうな表情は消えなかったものの、どうやらおれがヤクザではないと見做《みな》してくれたようだった。

「叔母さん、上がってもらってもいいかしら」

育子は佳枝に顔を向けた。佳枝は未だ反対の意志を隠さなかったが、さりとて口に出して咎《とが》めはしなかった。育子は体を引いて、おれを室内に招き入れた。

綺麗に片づけられたリビングのソファに身を落ちつけた。育子はテーブルを挟んで正面に、膝を生真面目に揃えて坐った。佳枝はコーヒーを淹れると、おれの斜め前に裁判官のように席を陣取った。少しでもおれが辻褄《つじつま》の合わないことを言えば、すぐその場で一一〇番しかねない雰囲気だった。

「順を追ってお話しします」おれは自分から口を開いて説明した。「そもそもの始めは、妻の知り合いが《椎の木》で妻にそっくりの女性を見かけたことでした」

おれはそこから始め、細井忍と《椎の木》のマスター夫人から得た情報でここまで辿り着いた経過を簡潔に伝えた。

「横内と名乗る女性は、妻の唯一の身寄りであると思われます。いなくなった妻が、妹の許に身を寄せている可能性がある限り、おれは妹を捜さずにはいられないのです」

新井の死や覚醒剤については省いた。ハリネズミのように警戒で身を鎧《よろ》ったこのふたりに、そこまで打ち明けるのはまだ早いと判断したのだ。

「これがおれの妻です」おれは写真を差し出して、ふたりに見えるようにテーブルの上に置いた。「あなたを訪ねてきた横内という女性は、これにそっくりなのではないですか」

ふたりとも身を乗り出して写真を覗き込んだ。育子は一瞥するなり、おれの言葉を肯定した。

「そうです。この女性によく似ています」

「やはり」

おれは頷いた。横内と名乗る女性も、どうにかここまでは辿り着いていたのだ。

「妻の妹は、なぜか渡辺組組長狙撃事件について調べていました。自分の知り合いが事件に関与しているかもしれないと言うのです。そのことを詳しく知るために、あなたと会おうとしているようでした。妹はやはり、ここを訪ねてそのような話をしましたか」

「ええ」育子は硬い表情で頷いた。「確かに横内さんは——横内秋絵《あきえ》さんとおっしゃいましたが――事件の真相を知りたがっていました」

「横内秋絵、と妹は名乗ったのですね」

ようやくフルネームがわかった。絢子の妹の名は秋絵というのか。

「そうです。横内さんは、警察が発表しているあたしの兄の単独犯行説を疑っていました。自分の知り合いが兄を唆《そそのか》したのではないかと心配していたのです」

「唆した？　つまり世間で言われている動機とは違うのではないかと考えていたのですね」

「そのようです」

育子は少し眉を顰め、苦しそうな表情で認めた。未だ心の傷が癒《い》えないでいるようだった。

「その知り合いとは誰か、横内秋絵は言いませんでしたか」

「いえ、特には」

育子は首を振った。首から鎖骨にかけて、痛々しいほど筋が浮いた。不自然な痩《や》せ方をしてしまったようだ。

「結論から言いますが、横内さんの心配は杞憂《きゆう》に過ぎなかったのです」

「あなたのお兄さんを唆したような人物は存在していなかった、ということですね」

「そうです。兄は自分の判断で、渡辺組の組長を狙撃しました」

育子はいったん言葉を切ってから、忘れていたようにつけ加えた。「あたしのために」と。

するとすべては、横内秋絵の取り越し苦労だったというわけか。ではなぜ、秋絵はそのような思い込みをしてしまったのか。横内秋絵がヤクザと関わりのない普通の生活を送っていたのならば、そんな心配で動き回る必要もなかったはずだ。何を根拠に、自分の知り合いが事件と関わっていると思い込んだのか。

おれがその疑問を口にすると、育子は黙っている佳枝にちらりと目を向けた。佳枝は目顔で黙っていろという意志を示した。

「何かご存じなら教えていただけませんか。横内秋絵はヤクザと関わりのある人物なのですか」

「いえ、そういうわけではないと思います。横内さんはそのような感じの方ではありませんでした」

育子は即座に否定した。おれはなおも追及する。

「では、なぜ横内秋絵はそんな勘違いをしたのですか。何か理由がなければ、一般の人間がヤクザの狙撃事件を知って、自分の知り合いが関わっているかもしれないなどと考えるわけがないと思うのですが」

追及は功を奏した。育子は仕方ないとばかりに口を開く。佳枝が遮るように体を動かしたが、育子はそれを押し止めた。

「いいのよ。横内さんに話したことは、すべてお話ししようと思うの。それでいいの」

育子の物言いは、なぜか自分に言い聞かせているかのようだった。おれは黙って続きを待った。

「横内さんが勘違いされた原因は、兄が拳銃を使ったことにあると思います。拳銃の入手先が未だ不明である点が、横内さんが気にされた一番の理由のはずです」

「横内秋絵の知り合いで、拳銃を所持する人間がいるということですか」

「そこまでは知りません。ただ勘違いの理由はそこにあるようでした」

「あなたは、お兄さんが拳銃をどのように手にされたか、知っているのですね」

「ええ」

育子の顔は緊張していた。表情が乏しくなり、瘦けた頰と相まって悲壮感すら漂わせる面もちになっている。

「兄が使った拳銃は、あたしが一緒に暮らしていた野田俊輔が持っていた物なのです」

「野田俊輔が」

思いがけない名前が出てきた。野田俊輔と言えば、狙撃事件のそもそもの原因を作った男ではないか。その男が、なぜ拳銃などを所持していたのか。

「そうです。俊輔はヤクザから拳銃を一挺《ちょう》、預かっていました。兄はそれを俊輔から奪い取り、渡辺組組長を撃ったのです」

「どうして野田俊輔がそのような物を持っていたのですか。野田はヤクザに追われていたのではないですか」

育子はその問いに答えて口を開こうとしたが、割って入ったのが佳枝だった。

「いいの、育子ちゃん？　それを話してしまっていいの？　警察にも話さずに隠していたことでしょ」

育子はひどく達観した顔で、「いいのよ」と叔母に答えた。

「警察に話さなかったことは、今になって後悔しているの。やっぱりすべて、警察にちゃんと話すべきだった」

佳枝は姪の言葉に黙り込んだ。育子はおれに顔を向けた。

「警察が発表している事件の背景は、真実とは違っています。あたしが俊輔を庇って、嘘の証言をしたのです」

「嘘の証言？」

「そうです。あたしが本当のことを警察に話せば、俊輔はヤクザに殺されていました。俊輔の身を守るためには、あたしは警察に嘘をつかなければなりませんでした」

おれは思いがけない話に膝を乗り出した。

「詳しく聞かせていただけませんか」

育子は目を一度瞑《つむ》り、そして思いを吐き出すように続けた。

「俊輔はギャンブルで借金を作り、そのためにヤクザに追われる羽目になったということになっています。しかし本当は違います。最初のきっかけはギャンブルでしたが、俊輔はもっと危険なことに手を出していたのです」

「危険なこと」

「はい。俊輔は高校時代から趣味で中国語を勉強していたので、ほとんどネイティブの人と変わりないほど流暢《りゅうちょう》に喋ることができました。ギャンブルで知り合ったヤクザはそのことを知ると、俊輔を通訳として使おうとしたのです」

「中国語ということは、台湾や香港《ホンコン》のマフィアとの取引ですか」

手にしているデータが思いがけず繋がりそうな予感に、おれは思わず確認を求めた。

育子は肯定した。

「そのようです。俊輔は司法試験の合格を目指して、大学を卒業した後もあえて就職せずに勉強をしていました。ですがその期間が一年二年と延びるうちに、経済的に困るようになってきたのです。勉強のためにアルバイトもできず、かといって国許《くにもと》からの仕送りでは足りず、俊輔は次第に危ない方向に足を踏み入れてしまったのです」

「そのヤクザの組織名はわかりますか」

「ええ。神和会です」

やはり。データが繋がった。

「神和会は俊輔を使い、台湾マフィアと覚醒剤の取引を成立させようとしていました。もちろん本物の通訳が台湾側から来たのですが、神和会の側でもある程度会話の内容を把握しておく必要があり、そのために俊輔は雇われたようです」

取引であるからには、台湾マフィアが連れてきた通訳だけでは、公平なやり取りが成立しているかどうかわからない。いつのまにか神和会に不利な条件でまとまっているかもしれないのだ。かといって、まともな通訳を雇えるわけもない。そこで、俊輔のようなモラトリアムが担《かつ》ぎ出されたわけなのだろう。

「そこにどうして渡辺組が絡んでくるのですか」

「渡辺組は神和会と対立していますよね。その対立組織が、台湾マフィアと手を組んで覚醒剤市場で一挙に勢力を持つことを、渡辺組は恐れたのです。神和会が台湾マフィアと接触しているという情報を耳にした渡辺組は、どうにかしてその取引を潰そうとしていました。ですが神和会のガードは固く、詳しい情報は手に入れられなかったようです。そこで目をつけられたのが、俊輔でした」

「野田俊輔が通訳の仕事をしていることが、渡辺組にばれてしまった。渡辺組は取引がいつ行われるのか、どのような内容の契約が結ばれるのか、それを教えろと野田に迫ったのですね」

「そのとおりです。俊輔は渡辺組のヤクザが身辺にうろつき始めたのを知ると、すぐに身を隠そうとしました。でもあたしが捕まってしまって、逃げるに逃げられなくなったのです」

育子は唇を嚙《か》み締めて俯《うつむ》いた。そのときに受けた屈辱を思い出したのだろう。おれはその詳細については尋ねなかった。

「それを知ったあなたのお兄さんは、単身渡辺組組長の狙撃を決意したのですか」

「そうです。兄は無謀なことをしました」

下を向いたまま、沈痛な面もちで育子は首を振った。佳枝も聞くに耐えないとばかりに、額に手を置いて瞑目《めいもく》した。

「野田俊輔は、いまどこにいるのですか」

尋ねると、育子は自虐《じぎやく》的な仕種で「さあ」と首を傾げた。

「俊輔は事件以来、あたしの前から姿を消しました。たぶん、神和会の許に逃げ込んだのでしょう」

「野田は取引の内容を喋ったのですか」

「おそらくそうだと思います。あたしを助けるために」

「だからあなたは、事件の真相を警察に話せなかったのですね。警察に話せば、野田が神和会を裏切ったことがばれる。そうなれば野田は間違いなく粛清《しゆくせい》されるでしょうから」

「そうなんです。あたしは自分のために組織を裏切った俊輔を守ろうとしました。俊輔が警察に追われて、神和会に殺されたりしないように、適当にそれらしい話を作り上げたのです。ですが今はそれを後悔しています。あたしはやっぱりすべてを警察に話し、俊輔が立ち直る機会を与えるべきだったんです。兄があんな暴挙に走り、そして俊輔が連絡を絶ってから九日にもなります。あたしは未だ、こうして叔母の厄介になって身を隠しているだけです。このままでは何も解決しないような気がしてきたのです」

「それで、横内秋絵の訪問を受け入れたわけですか」

「ええ。横内さんはヤクザの関係者には見えませんでした。ただ誰にも言えない、深い心痛を抱えているようでした。あたしがすべてを話すことで、横内さんには平穏な生活に戻れるようになって欲しかったのです」

「横内秋絵は、あなたの話で納得しているようでしたか」

「はい、本当に安堵しているような表情でした。長い間の胸のつかえが取れたようにしていました」

「横内秋絵は、自分の連絡先を言いませんでしたか」

「それは伺いませんでした。あの人はやはり、ヤクザなどと関わりのない人だったのです。ですからもうこれ以上あたしなどと接触しない方がいいので、特に連絡先も尋ねませんでした」

「彼女はなぜ、こちらにあなたがいることを知ったのですか」

「都内の電話帳を片っ端から調べたそうです。元川という姓はありふれたものではないですから、すべてに電話を入れるのはそれほど手間ではなかったと言っていました。電話の感じで、明らかに隠し事をしていないと思われる人を消して、少しでもおかしな応対をした家を一軒一軒回ったそうです。ここに来たのは四軒目だということです」

するとやはり、おれは横内秋絵が辿ったと思われる捜索の道順を、そのまま手繰ってきたことになるようだ。おれは途中で《椎の木》に立ち寄ったがために近道ができたが、秋絵は辛抱強く足で調査をしたわけだ。しかしここで秋絵の目的が達せられたのなら、手がかりの糸がついに途切れることになる。横内秋絵はいったいどこに消えたのか。

「彼女はこちらを失礼した後、どこかに行くようなことを言っていませんでしたか」

「いえ、聞いてません。あたしはなるべく、自分からは横内さんのことを尋ねないようにしていましたから」

「なんでもいいのです。彼女に関することを何か聞いていませんか」

「申し訳ありません。本当に何も聞いていないのです。横内さんはあたしの話を聞き終えて、丁寧なご挨拶だけを残してお帰りになりました」

どうやら完全に手詰まりになったようだった。新たな情報は得られたが、横内秋絵に関係がなかったのだから、意味はない。おれの捜索は、これで振り出しに戻ったのだ。

時間を割いてもらったことに礼を言い、腰を浮かせた。育子は縋《すが》るような目で、やはりすべてを警察に話すべきだろうかと尋ねてきたが、おれはそれに答えなかった。ただ、一度決めたことに対しては、後で後悔したりしない方がいいとだけ言い添えた。柄にもない偉そうなことを言うと自分でも思ったが、育子は思い詰めた顔で、子供のようにこくりと頷いてくれた。

帰り際に、元気でいることを《椎の木》と細井忍に連絡した方がいいと告げると、ようやく育子は笑みを浮かべた。労苦のために無惨に窶《やつ》れていた顔が、初めて年相応の明るさを取り戻したように見えた。

26

次に打つ手も見つからず、すごすごと家に帰り着いた。昼飯を抜いていたことに途中で気づいたが、いい加減カップラーメンにも飽きていたので、コンビニでおにぎりをひとつだけ買った。こんな量ではとうてい満腹にはなれないが、見る見る目減りしていく貯金額を考えると、おにぎりをふたつ食べるなどという贅沢《ぜいたく》はとうていできない。食費を削っても、今は活動費に回すべきだった。

アパートの鍵を開けたときには五時半になっていた。水を飲みながら、買ってきたばかりのおにぎりをゆっくりと食べる。たった一個のおにぎりでも、味わって食べればそれなりに満足できるものだ。絢子を見つけるための粗食だと考えれば、自分のこんな境遇も惨《みじ》めとは思わない。

食べ終えて、改めて今日一日の行動の成果を反芻《はんすう》してみた。元川育子に会えたことは大きな収穫だったが、しかし絢子に到る手がかりとなると、いやになるほど実りは少なかった。絢子どころか、横内秋絵に繋がる糸すら、すべて途切れたのだ。後はせいぜい、一〇四で訊いてみることくらいしか思いつかない。おそらく無駄だと思うが。

八方塞がりの状況に嫌気がさし、畳にそのまま寝そべろうとしたときだった。留守番電話のメッセージランプが点滅していることに、今頃気づいた。立ち上がって再生してみたが、言葉は何も入っていない。そんな無言の電話が二回あった。

電話が鳴ったのは、操作を終えておにぎりの食べかすを始末しようとしたときだった。気軽に受話器を取り上げ、とたんに顔が引きつった。受話器からは「やっと帰ってきたか」という低い男の声が聞こえた。

「手間かけさせやがって。何度電話したと思ってるんだ」

聞いたこともない声だったが、耳にしただけで男がどういう類の人間かわかった。相手を威圧することに慣れた口振り。声の主はヤクザだった。

「どこの組の人ですか。渡辺組ですか、神和会ですか」

何度も接触するうちに、こちらもヤクザに対する免疫《めんえき》ができてきた。威圧的な物言いも、電話ならばおれにはもはや効力がない。もちろん、相手を目の前にしていたならこんな冷静な受け答えはできないが。

しかしヤクザは、おれの質問に答えてくれるほど親切ではなかった。無視して、自分の用件を一方的に続ける。

「貴様が持っている物に用がある。それの正当な所有者は我々だ。返してもらおうか」

どうやら神和会のようだ。しかしなぜ、おれが覚醒剤を持っていることに気づいたのだろう。青山でのやり取りから類推したのだろうか。

「なんのことですか」

「とぼけるんじゃねえ。そんな駆け引きをしてる暇はないんだ」

「あのう、最初から説明してくれませんか」

「新井の妹を預かった。貴様のアパートの前をうろうろしているのを捕まえた」

「なんだと」思わず声を荒らげた。「新井麗子を連れ去ったと言うのか」

「そうだ。素振りのおかしい女だったから、捕まえてみたら新井の妹だと白状した。シャブは貴様に預けたともな」

歯を食いしばった。昼間にかけた麗子への電話を思い出した。おれは彼女の言うことをまともに取り合おうとせず、適当にあしらってしまった。麗子はそんなおれの言動に不安を覚え、ここを訪ねてきたのか。そして運悪く、神和会の連中に捕まってしまった。悔やんでも悔やみ切れない、おれのミスだった。

「どうだ。それを聞いてもとぼけるか」

ヤクザはただ淡々と、事務的に尋ねる。爬虫類《はちゅうるい》のように体温を感じさせない声だった。なまじ凄《すご》まないだけに、かえって剣呑な気配が伝わってきた。

「新井麗子と覚醒剤を交換するってことですか」

小細工を弄《ろう》する余裕はなかった。麗子がヤクザに拉致《らち》されているのなら、どのような要求にでも応えて彼女を解放してやらなければならない。おれの浅慮のために、麗子を危険な目に遭わせてしまったのだ。一瞬にして、すべての責任を負う覚悟ができていた。

「そのとおりだ。今夜十時、これから言う場所にシャブを持ってこい。そこで女と交換してやる」

ヤクザは東雲《しののめ》の、ある倉庫のひとつを指定した。江東《こうとう》区の、埋め立て地の中の一角だ。豊洲《とよす》駅からの道筋を懇切丁寧に指示し、こちらが場所を把握したことを幾度も確認した。おれは都合三度も、聞いたばかりの道順を復唱させられた。

「新井麗子は無事なんでしょうね」

最も確認したいことはそれだった。おれが問うと、ヤクザはただ機械的に、「今のところ手荒な真似はしていない」と応じた。

「だが貴様の出方次第では、女がどうなるかはわからない。狂犬のような男は、こちらに何人もいる。そいつらに与えるのも悪くない」

「指一本でも触れたら、取引はご破算にします。いいですね」

「わざわざ言うまでもないと思っていたが、必ずお前ひとりで来るんだ。警察に知らせたとわかった時点で、女は無事では済まなくなる。そのつもりでいろ」

ヤクザはこちらの返事も待たず、一方的に電話を切った。おれは無機的に鳴り続ける機械音を聞きながら、ただ受話器を握り締めていた。

神和会が素直に取引に応じるとは思えない。おれはあまりに深入りしすぎた。奴らの目的は覚醒剤を取り戻すことだけでなく、おれの口を封じるという狙いもあるはずだ。奴らを信頼してのこのこと取引現場に顔を出せば、その場でおれは殺される。

それがわかっていながらも、おれは神和会の要求を無視できなかった。麗子を見捨てることなどできない。しかし、ただ犬死にするわけにもいかない。おれが死ねば麗子が助かるという保証があるなら、少しは検討してみてもいいが、ヤクザはおれと麗子をまとめて殺してしまうかもしれないのだ。ヤクザとの約束など、守られると考える方が悪い。

どうしたらいいのだろう。おれにはなんのアイディアもなかった。ついこの前まで平凡な人生を送っていた小市民のおれに、こんな事態はあまりに荷が重すぎる。せめて知恵だけでもいい、誰かの援助を仰ぎたかった。

真っ先に浮かんだのは、兄貴の顔だった。こんなとき、兄貴ほど頼りになる人はいないだろう。何しろ彼は、ヤクザと渡り合うプロである。頼るのに、これほどの適任者はいない。

しかしおれは、すぐに泣きつこうとはしなかった。心にわだかまりがあり、こんな際にもかかわらず素直に頼る気になれない。むろん、絢子の身を心配するからだ。兄貴にすべてを打ち明ければ、絢子は覚醒剤不法所持の咎《とが》で逮捕される。もし日本に不法滞在していたのなら、台湾へ強制送還されてしまうかもしれないのだ。もちろんそうなっても、台湾まで絢子を追いかけていく覚悟はできているが、現実問題としてはかなりの困難が伴うことくらいわかっている。麗子を救うために絢子を警察に売るような真似は、最後の最後まで選択したくなかった。

となると、相談を持ちかけるべき相手は、後東しか思いつかなかった。後東は一線で働く刑事ではないとはいえ、曲がりなりにも警察官である。おれよりはずっと、こんな際に正しい判断ができるだろう。加えて後東は、絢子のこともよく知っている。絢子を庇うためならば、警察官としての自分を一時抑えて、最善の策を考えてくれるかもしれなかった。そう期待して、おれは後東に電話をかけた。

まず、警視庁の後東の所属する部署に直接かけてみたのだが、今日は非番だとの返事だった。慌てて自宅の方に電話をしてみる。すると幸いなことに、奥さんが明るい声で応じてくれた。

「あら、久しぶりね。今度遊びに来てくれるんでしょ。いつ来てくれるの?」

奥さんはそんなふうに、親しみを込めて言ってくれる。おれは恐縮して、「そのうち必ず」とだけ答えた。

「すみません。ちょっと後東に急用なんですけど、いますか」

「はいはい、ちょっとお待ちくださいね」

陽気に言って、すぐ後東に代わる。後東は例の調子で、「腹が減って死にそうなのか」と憎まれ口を叩いた。

「それなら今すぐ来いよ。カップラーメンなら食わせてやる」

「そうじゃない。カップラーメンくらい、うちにもあるよ。そうじゃなくって、大変なことになっちゃったんだ。知恵を貸してくれないか」

「大変なこと? お前はいつも大袈裟だな」

後東はこちらの言葉を本気には受け取らなかった。おれは焦って、そうじゃないんだと言葉を重ねる。

「本当に大変なんだ。おれひとりじゃどうにもならない。助けて欲しい」

「――なんだ、絢子さん絡みのことか」

「そうなんだ」

「絢子さんがトラブルに巻き込まれていたのか」

「たぶん、それは間違いないんだけど、危険が迫っているのは絢子の身じゃない。本来無関係の第三者が、危ない目に遭ってるんだ」

「じゃあ、一一〇番通報しろ。それが一番賢い判断だ」

「できるなら、とっくにやってる。事情があって、すぐ警察を頼るわけにはいかないんだ」

「なら、兄さんを頼ったらどうなんだ。あの人ほど頼れる人もいないだろう」

実は後東は、おれの兄貴に憧《あこが》れて警察官を志望したのである。だが実際には、兄貴はマル暴の刑事で、後東の仕事は資料整理だ。後東自身は大いに不満でならないようだが、おれは人事課の評価に敬服する思いだった。後東はわざと粗野な口を利いてタフぶってみせるが、実は人情に篤《あつ》い。一度は本庁の捜査二課に配属されたものの、務まらずに今の部署に回されたほどだ。本当に冷徹な兄貴とはまったく違う性格なので、いくら憧れても同じ仕事をできるわけがなかった。

「兄貴にはいずれ相談しなくちゃいけないと思っている。でもその前に、お前に話を聞いて欲しいんだ。駄目か？」

「駄目じゃないよ。いいよ。お前の尻拭《しりぬぐ》いにゃ、もう慣れっこになった」

「すまない」

「なんだよ。お前が謝るなんて珍しいじゃないか。どうせ謝るんなら、これまでおれにかけた迷惑全部をまとめて謝れ」

「冗談言ってる場合じゃないんだよ。どこかで落ち合って、話を聞いてもらえないか」

「わかったよ。じゃあ、おれの家に来い」

「奥さんの耳には入れたくない。どこか、ゆっくり話ができそうな喫茶店がいい」

後東はすぐに応じようとはしなかった。おれの言葉を反芻して、事の重大さを自分に理解させようとしているような、沈黙の長さだった。

「……よし、わかった。今から言う喫茶店なら、いつも空《す》いているから、小声で話せば周りを気にする必要もない」

そう言って後東は、喫茶店の場所を指定した。今すぐ家を出るので、三十分後には落ち合えると言う。おれは最大限の感謝を口にして、子機を架台に置いた。

そのままアパートを飛び出そうとした。だが少し思いとどまり、考えた末に覚醒剤を持ち出した。実物があった方が、後東も納得しやすいだろう。紙袋に入れ、それを手に出発した。

指定された新宿の喫茶店は、すぐに見つかった。なるほど、広い店内に客の姿はまばらで、これならゆっくり話ができそうだ。一番奥の席に陣取り、運ばれてきたメニューを見て、空いている理由を理解した。場所が新宿という点を加味しても、目の玉が飛び出るほど高いのだ。コーヒー一杯にこれだけ払うくらいなら、コンビニでおにぎりが十五個は買える。そんなみみっちいことを考えながら、その中でも一番安いコーヒーを泣く泣く頼んだ。

後東は約束よりも早くやってきた。手を挙げて注意を惹くと、難しい顔で近づいてくる。後東がこんなに真剣な表情をしているのは、珍しいことだ。おそらくおれも、同じような顔なのだろう。

「待たせたな」

後東は言って、おれと向き合って坐る。メニューも見ずにコーヒーを注文し、身を乗り出した。

「それで、どういうことなんだ」

「すまない。せっかくの休みに呼び出したりして」

「そんなことはどうでもいい。何があったか説明しろよ」

後東は先を促す。それに甘えて、おれは最初から順を追ってすべて打ち明けた。絢子が台湾人で、マフィアから覚醒剤を持ち出して逃げたと説明したときには、なにやら唸るような声を上げたが、それ以外は終始じっと聞き役に徹していた。

「……信じられないかもしれないけど、それはおれだって同じ思いなんだ。でも現実に、おれの周囲にはヤクザが現れて、新井麗子さんは巻き込まれてしまった。本当ならお前の言うとおり、警察にすべて打ち明けるべきなんだと思う。でもそうしたら、絢子も覚醒剤不法所持で逮捕されちゃうだろ。そんなの、おれはいやなんだよ」

「――お前、おれは警察官なんだぞ。そんな話を聞いて、見過ごしにできると思うか？」

後東は厳しい顔で問い返してきた。おれは言葉を失う。

そうか。後東もまたそういう判断をするのか。考えてみれば当たり前の話で、ことさらそれに失望することも、友達甲斐がないと腹を立てることもない。後東の助言を得られると期待したこちらが甘かったのだ。やはりおれは、ひとりで麗子を救い出さなければならない。

「わかったよ。でも、ひとつだけ頼みがある。今聞いた話は、一日だけ忘れてくれ。明日になったら、兄貴に報告してくれていい。でも今日だけは、何も聞かなかったことにして欲しいんだ」

「お前ひとりだけで、何ができるって言うんだ。ヤクザの罠《わな》の中に突っ込んでいって、玉砕するつもりか」

「おれが行かなきゃ、麗子さんは大変な目に遭う。向こうが欲しいのはこれなんだ。これさえ持っていきゃ、無下《むげ》に命まで取りはしないだろう」

おれがちらりと紙袋を示すと、後東は信じられない物を見たとばかりに目を丸くした。

いっそう声を低めて、言う。

「それがそうなのか。そんな物、持ち歩いたら危険だろう」

「お前が話を信じてくれないかもしれないと思ったんだ」

「馬鹿。信じるよ。ちょっと見せてみろ」

後東は無理矢理紙袋を奪い取ると、口を少しだけ開いて中身を覗き込んだ。そしてまた、小さい唸り声を上げる。

「これはおれが預かる。お前が持ってたら、相手に奪われてお終いだ」

「でも、それがないと麗子さんを返してもらえない」

「馬鹿正直に持っていく奴《やつ》があるか。頭を使え、頭を」

「おれが馬鹿なのは、お前がよく知ってるだろう！」

後東の力を借りることは諦めた。期待したおれが甘えていたと反省している。だからもう、おれのことは放っておいて欲しかった。今のおれには、一分一秒が貴重なのだ。

「冷静になれよ、迫水。我を忘れたら終わりだ。いいか、これはお前のただひとつの切り札だ。最初から簡単に切っていいものじゃない。人質を救い出したいなら、相手の注意を逸らす必要があるだろう。そのためには、これは打ってつけじゃないか」

「いいんだよ、もう。相談を持ちかけたおれが悪かった。今の話は忘れて、帰ってくれ」

「まあ、聞け。相手は暴力沙汰《ざた》に慣れている上に、人数も多い。こっちはたったのふたりだ。だからこそ、向こうは油断をしている」

「どうしてふたりなんだよ。おれひとりじゃないか」

「手伝わないなんて、誰が言った。一日だけ黙っていてくれなんて、何をかっこつけてやがるんだ。手伝わないくらいなら、お前の兄貴に今すぐすべてを打ち明けるよ」

「……手伝ってくれるのか」

「しょうがねえじゃねえか。お前のためじゃないぞ。絢子さんのためだ。もっとも、おれは絢子さんがそんな後ろ暗いことに関わっていたとは、これっぽっちも信じちゃいないけどな」

後東は親指と人差し指をくっつけて、自分の言葉を強調する。おれは唖然《あぜん》として、すぐに感謝の言葉を口にすることもできなかった。

「いいのか。後でばれたら、お前の経歴に傷がつかないか」

助けを求めておいてこんなことを言うのもいまさらだが、おれはそのことに初めて気づいたのだ。自分の都合ばかり考えていて、後東の迷惑を考慮しなかった。

「うるせえよ。おれが出世街道に乗ってるかどうか、お前だってよくわかってるだろう。庁内の資料整理をしているような奴がどんなへまをしようと、経歴に傷なんてつくもんか」

後東は腹を立てているような、吐き捨てる口調で言った。おれはその顔をしばらく見つめ、黙って頭を下げた。

27

戦略を練るには、現場の下見が必要だ。後東がそう主張するので、おれたちは足を確保するために後東の家に向かった。出迎えてくれた後東の奥さんは、いつもと変わらぬ親しみの籠った笑顔を浮かべてくれる。小柄で丸顔の奥さんは、後東と並ぶとまるで親子のようだ。それをからかうと後東はムッとするが、彼が自分の妻をでれでれに愛していることは、身近にいるおれがよく知っている。

奥さんはおれが遊びに来たものと思ったようで、しきりに食事をしていけと誘ってくれたが、残念ながらそんな時間はないのだ。おれたちは挨拶もそこそこに、後東が運転する車でふたたび出発した。

「もう、ヤクザたちが集まってるんじゃないかな」

下見などする余裕があるのだろうかと疑問に思い、おれはそう口にした。後東はハンドルを握りながら、ぴしりと言う。

「行ってみなくちゃわからねえだろ。でも、たぶんまだいねえよ。昼間のうちは、人目もある。ヤクザたちが続々集まってきたら、目立っちまうからな」

「そうだといいけど」

それきり、おれも後東も言葉を発しようとしなかった。緊張を孕《はら》んだ沈黙が、車内に満ちる。おれは口の中がからからに乾いていたが、後東もまた緊張していることは手に取るようにわかった。後東は口は悪いが、それほど肝が太いわけではない。こんな面倒に巻き込んでしまったことを、いまさらながら後悔した。

東雲の倉庫街には、一時間ほどで着いた。適当なところで車を停め、徒歩で指定された倉庫を探す。もちろん、ヤクザたちの目につかないよう、周囲への警戒は怠らなかった。

一直線に倉庫には向かわず、わざとジグザグに道を縫って進んだ。ぐるりと迂回《うかい》する格好で倉庫の周辺を見て回ったが、ヤクザが見張っている様子はない。後東の読みは当たったようだ。

指定された倉庫は、すでに使われなくなって久しいことが外からも見て取れた。車寄せのためのスペースが大きく取られているが、そこには黄金色に枯れた雑草が繁茂している。目を引くのは、ぽつんと一本だけ残っている、葉をすべて落とした裸木だった。敷地一帯を囲んだ塀の上には有刺鉄線が張られ、正面の門扉も頑丈な錠で固く閉ざされていた。

敷地内には倉庫がふたつあった。大きな鉄の扉には、それぞれ15と16の数字が振られている。付近に車の姿はなく、倉庫の中からも物音はいっさい聞こえてこなかった。

「どうする?」

横に立つ後東に、そう問いかけた。後東は道の左右を見て、通行人やヤクザがいないことを確認する。そして、門扉に向けて顎をしゃくった。

「登ろうぜ。登らないと、中に入れないだろう」

「やっぱり中に入るのか。じゃあ、おれが入るから、お前はここで待っててくれよ」

「阿呆。お前なんかに任せられるかよ。おれが一緒に行かなきゃ、駄目だ」

後東はおれの返事も待たずに、門扉に取りついた。そのままぐいぐいと登っていく。おれも慌てて後に続いた。

扉を乗り越えると、後東は中腰になって裸木の下へと進んだ。同じ姿勢で後を追う。後東は根元に辿り着くと、家から持ってきた軍手をふた組、背中に背負っているデイパックから取り出した。一方をおれに投げて寄越す。

「ここを登るから、それをした方がいいぞ。素手だと怪我する」

そう言うと同時に、後東は幹にしがみついた。小器用に登っていき、太い枝に体を移動させる。そして下を見て、早く登れと急《せ》かした。おれも見様見真似で、なんとか後東のいるところまで辿り着いた。枝は、大人ふたりの体重にも充分に耐えられるほど太かった。

「あそこに行くぞ」

後東は顎で前方を指し示した。後東の視線の先には、倉庫の屋根がある。枝の先と屋根の縁は、ほんの三十センチほどの距離しか空いていなかった。後東はぎりぎりのところまで枝を伝い、そして屋根へと飛び移った。

後東の冒険は成功した。着地の時にずるずると落ちそうになったが、両手両足を踏み締めて、どうにかこらえた。こちらを向いて手を振り、おれにも同じことをしろと要求する。おれは及び腰になりながら、屋根に向けてジャンプした。落ちそうになったところを、後東が支えてくれる。背中を冷や汗が伝った。

ひと息ついてから、四つん這《ば》いになって移動を開始した。屋根には窓がひとつ開いている。空気取り程度の小さな窓だが、人ひとりが通れなくもない。後東は窓枠《まどわく》に手をかけて引っ張ってみたが、残念なことにそれはびくともしなかった。

後東はそれも予想済みだったようで、慌てずにデイパックから次なる道具を取り出した。ただのガムテープである。何をするのかと見守っていると、後東はでたらめにテープを窓に貼《は》りつけた。そして持参した登山ナイフの柄で、ガムテープの上からガラスを叩く。三度叩くとガラスの割れる音がしたが、破片は飛び散らなかった。

「プロの泥棒みたいだな」

感嘆して、おれは感想を漏らす。後東はそんなこちらの言葉を無視して、破片のついたガムテープを窓枠からむしり取った。

割れた窓の隙間《すきま》から、中を覗き込んだ。すぐ下は、幅の広い回廊だった。大きな段ボール箱が、いくつも積み重ねられている。その回廊を下りた一階の空間は、逆にほとんど物らしい物がなかった。何かの機械が入り口の左手に、入って正面の奥にやはり積み重なった段ボール箱、そして十脚ほどのパイプ椅子が二列になって並べられていた。椅子には面白くもなさそうな表情で漫画雑誌を読んでいるチンピラがふたり坐っていたが、麗子の姿はなかった。距離があるのが幸いだったようで、チンピラはこちらに気づいた様子もない。

もしかしたら取引の時間前に麗子を奪還できるかもしれないという期待もあったが、奴らもそうそう甘くはなかった。しばらく内部の様子を見渡してから、後東は戻ろうと無言で促す。順番に、先ほどとは逆の経路を辿って地上に戻った。枝に飛び移るときに小枝をへし折ってしまい、思いの外に大きな音がしたのにはひやりとしたが、倉庫の中のチンピラたちには聞こえなかったようだ。おれたちは鉄の扉も乗り越え、停めてある車に戻った。

「買い出しに行くぞ」

後東はエンジンをかけると同時に、そう言った。同じものを見てきたはずなのに、おれは後東の考えがわからない。どんな道具があれば、あそこから麗子を奪還できるのだろう。

「何を買うんだ」

「いろいろだ。説明するのが面倒臭い。黙ってついてこい」

主導権は完全に後東に握られてしまった。おれはただ、言われるままに従うだけだった。

後東は車を有楽町《ゆうらくちょう》に向けた。デパートの地下駐車場に車を入れ、そのままエレベーターに乗る。後東はまず、防災用品売り場を目指した。

そこで後東は、発煙筒を五本買い込んだ。その次にはスポーツ用品売り場に行き、登山用のザイルを買う。それでなんとなく後東のやりたいことは見当がついたが、まだ計画の全容は見えてこない。これらと覚醒剤を組み合わせ、どうやってヤクザたちを混乱させようと考えているのか。

「まだ時間はあるな。腹ごしらえでもするか」

後東は腕時計を見て、そうひとりごちた。おれに異存はない。車はそのままに、デパートを出て近くのラーメン屋に入った。

後東はチャーシュー麺《めん》、おれはただのラーメンを頼み、ふたりでカウンターに並んで坐った。出されたお冷やを飲みながら、これからおれたちが直面しなければならない困難を思う。つい数時間前までは、頭に血が上って柄にもない決意を固めていたが、こうして時間が経ってみるとつくづく無謀な挑戦だとわかってくる。やはり今からでも、警察にすべてを託すべきだろうか。

「なあ、迫水。絢子さんを見つけたら、お前、どうするつもりなんだ」

目の前の黄ばんだ壁を見つめながら、後東がぽつりと問いかけてきた。おれは後東の横顔に目をやり、すぐに俯《うつむ》く。

「逃げる。ふたりでどこか小さな田舎町に逃げて、ひっそり暮らすよ」

「そんなことができると思うのか。素人は田舎に籠ればどうにかなると考えるが、そういう場所ほど周囲の目がうるさいものだぞ。いつまでも警察の目を避けて、逃げ続けられるもんじゃない」

「わかってる。わかってるよ……」

そうは答えたものの、後東の言うとおり、やはりおれは何もわかっていないのかもしれない。決意だけが頑固に居坐ってしまい、前途の展望などまるでない。警察とヤクザの双方から逃げようにも、そのための資金すらおれは持っていないのだ。考えなしにもほどがある。

「おれはやっぱり、警察にすべてを任せた方がいいと思うんだ。確かに絢子さんは、例の物の不法所持で逮捕されるだろう。それでも殺人などとはわけが違う。情状酌量の余地は充分にあるんだから、執行猶予《ゆうよ》も付くかもしれない。だからいっそのこと、罪を償って綺麗な体になった方がいいと思うんだ。お前だって、絢子さんが戻ってくるまで待ってるだろう」

「でも絢子は、日本に不法滞在しているのかもしれない。もしそうだったら、台湾に強制送還されるだろう」

おれの反論に、後東は答えようとしなかった。沈鬱な顔でお冷やを一気に飲み干し、自分でもう一杯汲《く》みに行く。戻ってくると、おれの顔を正面から見据えた。

「馬鹿馬鹿しいことを訊くと思わないでくれ。もう一度、お前の気持ちを聞かせて欲しいんだ。絢子さんが台湾に強制送還されたら、お前はどうする？　台湾まで追いかけていくか」

「ああ、もちろんだ。でも絢子が台湾に送り返されたら、もう一度会えるとは限らない。会えるまで捜し続けるけど、きっとものすごく難しいだろう。だからおれは、そんな事態は避けたい」

「わかったよ。お前の気持ちはよくわかった。へなちょこのお前にしちゃ、上出来の覚悟だよ」

「ごめん。我が儘《まま》言って」

「お前の我が儘は今に始まったことじゃない。この一件が片づいたら絶交してやるから、安心しろ」

「……ごめん」

おれは繰り返したが、もう後東は返事をしなかった。そこにラーメンが運ばれてきたので、おれたちは無言のままずるずるとそれを啜った。どうしても箸《はし》が震えてしまうので、それを悟られていないかと横目で隣を見たら、後東の箸も震えていた。

食べ終えて、ふたたび車を出した。前方を向いてハンドルを握ったまま、後東は計画を説明し始めた。

「いいか、おれたちはふた手に分かれる。ひとりは囮《おとり》だ。覚醒剤を倉庫の敷地に投げ込んで、いったん立ち去る。もうひとりはさっき開けておいた屋根の窓から中に侵入し、発煙筒で撹乱《かくらん》しておいてザイルで下まで降りる。そして人質を奪還して、外に出るんだ。囮役は車でふたりを拾って、後はただひたすら逃げる。いいな」

もう少し緻密《ちみつ》なプランを練っているのではと期待したが、やはり後東の考えはおれの想像と大同小異だった。しかし文句の言えた筋合いではない。それくらいの一か八かの賭《かけ》に出なければ、勝算などどこにもないだろう。

「わかった。じゃあすまないけど、お前が囮役になってくれ。おれが中に侵入する」

言うと、後東は歯を剝《む》いて罵った。

「てめえにそんなことができるか。倉庫の回廊から下に降りるだけでも、しょんべんちびっちまうだろうがよ。お前は囮役で充分だ。おれが必ず、人質を取り戻してやる。安心しろ」

「それは駄目だ」

おれは頑固に言い張った。手を震わせながらラーメンを食べていた後東の姿が、脳裏に焼きついて離れない。

「中に入るのは、おれの役目だ。絶対お前には譲らない」

「てめえみたいな腰抜けには無理だ。粋《いき》がってないで、全部おれに任せておけ」

「駄目だ。おれが中に入る。囮役は、倉庫から出てきた侵入役と麗子さんを車で拾って逃げなければならないんだろう。おれは車に乗り慣れていないから、機敏な運転ができない。囮役にはなれない」

論理的に反駁《はんばく》すると、後東は唸って黙り込んだ。しばらく考えた挙げ句「仕方ねえな」と呟く。よし、これで役割分担が決まった。後はただ、力いっぱい幸運を天に祈るだけだ。

やがて車は、倉庫街に戻ってきた。昼間とは違う場所に駐車し、徒歩で倉庫に向かう。付近にも敷地内にも誰もいないことを確認して、鉄門をよじ登った。やはり裸木に取りつき、倉庫の屋根に移動する。

開けておいた窓から内部を覗くと、チンピラの数が四人に増えていた。麗子の姿は、依然見られない。おそらく、取引時間ぎりぎりに連れ込まれるのだろう。おれは一秒でも早く麗子の無事な姿を見たかったが、今はただ我慢するしかなかった。

チンピラたちが漫画雑誌に夢中になっている隙に、窓をくぐって回廊に飛び下りた。底の厚いスニーカーのお蔭で、ほとんど着地の音はしなかった。それでもしばらく、積んであった段ボール箱の蔭から下の様子を窺ったが、頭上に注意を向ける者はひとりもいなかった。

後東は背中のデイパックから、買ってきたばかりの登山用ザイルを取り出した。目測で下までの距離を測ってみると、長さは充分に足りるようだ。手摺《てすり》にそれを結びつけ、いつでも下まで伸ばせるように段ボールの脇に隠しておいた。

さらに発煙筒も床に並べ、着火の方法を確認した。後東はおれに、唯一の武器である登山ナイフを預けて寄越した。それを受け取り、鞘《さや》にしまったまま足首に装着する。後は十時になるのを待つだけだ。

「十時ちょうどに覚醒剤を投げ込む。そのタイミングを逃すな。いいな」

後東は囁き声で念を押す。おれが無言で頷くと、不安な面もちを隠さずに窓から外に出ていった。ひとり残ったおれは、膝を抱えて段ボール箱の横に身を潜めた。

28

倉庫の中は冷え切っていた。椅子に坐るチンピラたちも寒さに耐えかねたのか、幾度も身震いして足踏みを繰り返している。おれにとってもそれは同じだったが、こちらは大袈裟な運動をするわけにはいかない。せめて手を幾度も握り、行動を開始したときにスムーズに動けるようにするだけだった。

こんなふうに蹲《うずくま》っていると、いやでも自分の来《こ》し方を振り返りたくなってしまう。ついこの前までおれは、辛い仕事に半べそをかきながらも、分不相応に美人の妻を持って、それなりに幸せな平凡な人生を送っていた。ところが今は、日本最大の暴力団を出し抜き、囚《とら》われている知人を奪還しようとしている。おれはただ、いなくなってしまった妻を捜しているだけのつもりだったのに、なんと遠いところまで来てしまったことか。事態の変転にも目が眩《くら》む思いだが、何よりもこんな異常な状況にそれなりに対処できているる自分に驚いていた。絢子への思慕は、自覚している以上に強かったのだなと、改めて認識する。絢子、もう一度君に会いたいよ。心細くなって、おれは心の中でそう呟いた。

動きがあったのは、九時半過ぎのことだった。表に車の停まる音がして、幾人かの足音が近づいてきた。チンピラたちはとたんに立ち上がり、恭《うやうや》しい態度で倉庫の扉を開けた。

入ってきたのは、見知った顔だった。コメディアンのような、笑っていれば愛嬌のあるとぼけた顔。犬飼だ。

しかし今の犬飼は、とてもコメディアンのようには見えなかった。険しく眉を寄せるだけで、とぼけた顔がとたんに獰猛《どうもう》そうになる。その変化はあまりに劇的なので、おれの目にはとても同一人物とは見えなかった。だがおそらく、今の顔こそ犬飼の本性なのだろう。

犬飼は倉庫の中を睥睨《へいげい》し、チンピラたちになにやら指示を与えた。小声なので内容は聞き取れなかったが、チンピラふたりが表に出ていったところからすると、見回りを命じたのだろう。犬飼自身はパイプ椅子のひとつに腰を下ろし、悠然とたばこをくゆらせ始めた。

続いて断続的に、高級幹部と見受けられる身なりのヤクザたちが五、六人、倉庫に入ってきた。こんな危険な取引には下っ端しか出てこないと踏んでいたので、その勢揃《せいぞろ》いぶりはいささか奇異だった。それほどにあの覚醒剤が大事なのだろうか。

そして九時五十分には、大物らしき男が数人のボディーガードに傅《かしず》かれながらやってきた。犬飼も席を立ち、最敬礼をして男を迎える。遠目からでは顔かたちはわからなかったが、その初老の痩身《そうしん》の男はただの幹部ではなさそうだった。

どうも妙だ。そう感じ始めたときには、もはやこのまま脱出することはできなくなっていた。すでに倉庫内には、人が満《み》ち溢《あふ》れている。ひとりの目にも触れずに、天井の窓から逃げ出すことは不可能だった。

いささか勝手が違う様子に戸惑っているうちに、新たな動きがあった。最後にやってきたグループもやはり、ひとりの肥満した男を囲んで入ってきた。男たちの交わす言葉が、おれの耳にも届いてくる。だがその意味を、おれは理解できなかった。グループの使っている言葉は中国語だったのだ。

どういうことなのか、まったくわからなかった。いくら末端価格で一億を超えるほどの量でも、単に素人から覚醒剤を奪い返すだけでどうしてこれほど大袈裟に勢揃いしなければならないのか。最後にやってきたグループは、台湾マフィアに違いない。犬飼だけならまだわかるが、覚醒剤と麗子を交換するだけのことで台湾マフィアまでやってくる必要はないはずだ。

何か行き違いがあったのだろうか。それともこれは、何かの罠か。とてもひとりでは判断できないので後東の指示を仰ぎたかったが、もうここを動くことすらできない。それに時刻は、約束の十時まであと数分と迫っていた。

おれとしては、後東が異変に気づき、計画を中止してくれることを願うだけだった。ここに隠れていれば、奴らに気づかれることもないだろう。麗子の身は案じられるが、今はここから抜け出すことを優先しなければ、彼女を救うことすらできなくなってしまう。

祈るような気持ちで、時計の分針が十時を指し示す瞬間を待ち受けた。逃げることを考えてしまうと、先ほどまでは固まっていたはずの決意が、とたんに揺らぎ出す。恐怖心が見る見る膨れ上がり、おれを息苦しくさせた。頼む、何事もなくすべて終わってくれ。

だがおれの祈りは、天にも後東にも届かなかった。十時を数秒回ったとき、外からヤクザの怒声が聞こえた。しばらく喚き声が続いてから、血相を変えたチンピラが紙袋を抱えて飛び込んできた。後東は内部の異変に気づかず、計画どおり覚醒剤の袋を投げ込んでしまったのだ。もはや、何事もなくやり過ごすことはできない。おれは瞬時にパニックに陥り、判断力を失った。考えるよりも先に体が動き、屋根の窓枠に飛びついていた。

「誰や」

声と同時に銃声が鳴り響いた。おれのすぐ横を銃弾が掠《かす》め過ぎ、天井に食い込んだ。体が竦《すく》み、手から握力が抜ける。おれは窓枠から回廊に落ちて、そのまま尻餅《しりもち》をついた。見つかってしまった。ヤクザたちに見つかってしまったのだ。奴らはなんの躊躇もなく、おれに向けて発砲した。おれはヤクザに拳銃で狙われたのだ。その事実を頭で認識するより先に、体が敏感に反応した。がたがたと胴震いして、立ち上がることができなくなった。

男たちは怒声を張り上げながら、鉄梯子《てつばしご》を登ってきた。おれは回廊の床に這《は》いつくばったまま、逃げようと精一杯努力した。だが腰も立たない状態では、段ボール箱の蔭に逃げ込むこともできない。あっという間に周囲を囲まれ、いくつもの銃口を向けられた。耐えられず、おれは失禁した。

「なんや、てめえは！」

ヤクザのひとりが喚いて、おれの腰をしたたかに蹴《け》り上げた。激痛が脳天まで走る。だが恐怖に固まった喉では、悲鳴を上げることすらできなかった。おれはただ無言で、回廊の床を転げた。

ヤクザたちふたりに、両脇を捕らえられた。そのまま引きずられ、鉄梯子まで運ばれる。ヤクザは短く、「下《お》りい」と命じた。おれはかくかくと頷き、力の籠らない手足で精一杯梯子にしがみついて、地上まで下りた。

できる限り早く下りているつもりだったが、震える手足では遅々として進まなかった。痺《しび》れを切らしたヤクザに頭上から蹴られ、危うく落ちそうになる。かろうじて持ちこたえたが、ヤクザたちは容赦しなかった。結局地上二メートルくらいの高さまで来たところで、手を離して飛び下りざるを得なかった。まともに着地してしまったので、足首を軽く捻った。

「貴様か」

飛び下りたおれの顔を見て、犬飼が驚きの声を上げた。信じられないものを見たとばかりに、目を瞠《みは》っている。

「なんで貴様がこんなとこにおる?」

その言葉はあまりに奇妙だったが、おれは返事をすることなどできなかった。二本の脚で立っているだけでも、ありったけの勇気を振り絞らなければならないほどだ。何もわからないということを示すために、ただひたすら首を左右に振り続ける。

「こいつを縛りつけえ。訊きたいことが山ほどある」

犬飼は冷然と命令を下した。男たちはおれを乱暴に小突き回し、パイプ椅子のひとつに坐らせた。後ろに手を回させ、椅子の下をくぐらせたロープで手首と足首を結び合わせる。足首に固定しておいたナイフも取り上げられてしまった。唯一の武器を見つけられ、おれは絶望した。ヤクザたちはこうした作業に熟達しているらしく、手際はあまりにも鮮やかだった。おれの自由は一瞬にして奪われ、動かせるのは首と目だけになった。周囲を男たちに囲まれた。誰をとっても、道ですれ違えば避けて通りたい凶悪なご面相をしている。おれは目を開けているのに耐えられなくなり、力いっぱい瞼《まぶた》を閉じた。

「寝てんな!」

目の前に立った男に、髪を鷲掴《わしづか》みにされた。痛さのあまり目を開くと、相手は犬飼だった。犬飼は顔を近づけてきて、静かに問いかけた。

「答えてもらおか。なんでこの場所がわかったんや」

また膀胱《ぼうこう》が開いた。だが先ほどの失禁で水分の大半を放出してしまったらしく、今度は少ししか出てこない。犬飼は異臭に顔を顰《しか》め、摑んでいたおれの髪を離した。

そのときに、素早く周りを見渡した。粗暴な雰囲気の男たちの中にひとりだけ、そうした気配に染まりきっていない男がいるのに気づいた。銀縁眼鏡の下の目は同情の色もなくおれに向けられていたが、狂犬のような猛々しさに欠けている。おれはこの男こそ命綱だと判断した。

「き、君が野田俊輔か」

声が出たのは、我ながら大したものだと思う。声は無様に裏返っているが、体裁など気にしている余裕は一ミクロンもない。

いきなり名指しされた銀縁眼鏡の男は、驚いたように一歩後ずさった。おれはここぞとばかりに喚く。

「元川育子ちゃんは君のことを心配していたぞ。ヤクザなんかと手を切って欲しいと言っていた。育子ちゃんがかわいそうだと思わない――」

喋り終える前に、囲みの中から一歩前に出た男が、顔に思い切り拳《こぶし》を叩き込んだ。がつん、という衝撃とともに、一瞬脳裏が空白になる。軽い脳震盪《のうしんとう》でも起こしたのか、思考がちりぢりになってうまくまとまらなくなった。

「よけいなことを話すな。お前はただ、訊かれたことに答えとればええんや」

男はおれの胸倉を摑み、臭《くさ》い口臭を浴びせてくる。おれは頷いたつもりだったが、相手に伝わったかどうか定かでなかった。

「おら、答えろ」男に代わって、犬飼が質問を続ける。「なんでお前がこんなところにおる。今日のことは、どこで聞いた」

「ここに来いと言ったのは、そっちじゃないですか。だから来たんですよ」

犬飼はおれの返事に満足しなかったようだ。目を細めて、じっとこちらに視線を据える。おれはそれを正面から受け止めることができず、また瞼を閉じた。

「寝るな言うてるやろ」

犬飼に言われ、慌てて目を開けた。その瞬間、視界に火花が飛んだ。自分の身に何が起こったのかすぐにはわからず、一拍おいて強烈な痛みが頬に生じた。犬飼の手許には、拳銃の銃把《じゅうは》が見えた。どうやらそれで、頬を手加減抜きに殴られたらしい。

口の中に金属質の味の液体が広がった。なにやら異物も混じっている。吐き出すと、多量の鮮血とともに奥歯が二本飛び出した。顎が自分の物でなくなったように、ふわふわと浮いている気がした。

「誰に呼び出されたんや」

頭の中で大きな鐘を鳴らされたように、ぐわんぐわんと異音が反響していた。それでもかろうじて、犬飼の詰問《きつもん》を理解することができた。どうやらおれの招待主は、犬飼たちではないらしい。では誰が、おれをここに呼び出したのか。

「あならちりゃなかったんれすか？　人質《ひとりち》を取られて、ここに覚醒剤《かくせいらい》を持ってこいと言われらんれす」

口が思うように動かなかった。それでもおれを嗤《わら》う者など、ひとりもいなかった。

「覚醒剤やと」

なぜか犬飼は、おれの言葉に愕然《がくぜん》とした。対処に迷ったように、少し目が泳ぐ。

「元川育子て言うたな」犬飼はとぼけた顔を、今や能面のように凍らせていた。「元川て言うたら、渡辺大吾を襲撃した男がそんな名前やなかったか」

「そうれす」

犬飼の態度に生じた迷いこそ、おれが生き残るただひとつのチャンスだ。おれは必死に続ける。

「元川育子はその妹れす。そしてその恋人が、そこにいる野田俊輔れす」

「なんやと」

犬飼は目を瞠《みは》り、とっさに野田を見た。野田は真っ青な顔で、頭を振りながら後ずさる。

「な、何を言ってるんだ。犬飼さん、そんな奴のでたらめを信用しないでください」

「嘘じゃないれす。嘘ならろうして、おれが野田の名前を知ってるんれすか」

おれは力いっぱい主張した。ここで野田俊輔に注意を向けなければ、おれはすぐに殺される。

「どういうことか説明しろ、迫水」

犬飼はこちらの話を聞く気になったようだ。おれは溺《おぼ》れる者のように、ままならない口を精一杯動かした。

「これは罠れす。今日の取引の情報は、野田俊輔を通じて渡辺組《わらべぐみ》に漏れていたんれすよ。おれは渡辺組に体《てい》よく利用《りよう》され、ここに飛び込むように仕組まれたんれす。そうら、きっとそうれす」

火事場の馬鹿力か、唐突に真相に思い至った。渡辺組の罠と考えなければ、犬飼の愕然とした表情の意味は説明できなかった。

「渡辺組に漏れてる」

犬飼は驚きを隠さなかった。おれはここぞと畳みかけた。

「そうれす。野田は恋人を盾に取られ、渡辺組に口を割らされていたんれすよ。渡辺組は今日のことを、すべて知っていたんれす」

「嘘だ！」野田俊輔は大声で否定し、おれを指差して叫んだ。「こいつの言うことは全部嘘だ！　信用しちゃいけない！　ごまかされるな！」

野田のその醜態を首を曲げて見ていると、左頬に強烈な痛みが走った。最初におれを殴った男が、たばこの火先を押し当てたのだ。

身も世もなく絶叫した。頬がジュッと音を立てて焼けるのがわかった。首を振ってもがこうとしたが、男は左手でおれの口許を押さえ込み、冷然とたばこを押し当て続けた。

「都合のいいことを言うて、ごまかそうとしても無駄や。お前の言葉を裏づける証拠でもあるんか」

そんなもの、あるわけがない。おれがここにいること自体が、立派な証拠ではないか。だがそう主張しようにも、おれは痛みと恐怖で竦《すく》み上がり、何も言えなかった。

「野田をここに連れてこい」

厳しい叱咤の声が飛んだ。犬飼の一喝で、後ずさっていた野田は両腕を摑まれ、床に跪《ひざまず》かされた。腕を後ろに引き絞られた野田は、その痛みに呻《うめ》きを漏らした。

「すみません。どうもおかしなことになりました。ここはいったん引き取られた方がよろしいかと思います」

犬飼は背後を振り向いて、頭目らしきふたりにそう言った。そのうちのひとりの痩身の男は、「失態やな。きっちり釈明をしてもらうぞ、犬飼」と言い残し、囲みを迂回して入り口に向かった。ヤクザたち数人が、その後に従った。

そのときだった。突然入り口の扉が開き、目映《まばゆ》いばかりの閃光《せんこう》が倉庫内に満ちた。不意を衝かれた男たちが腕を上げて目を守ったとき、轟音《ごうおん》が鳴り響いた。銃声だった。さらにその轟音を追って、新たな声が一同の耳を打った。

「そこまでだ。一歩でも動いたら撃つ。今のはただの威嚇《いかく》じゃないぞ」

目を細めてそちらを見ると、室内に振り向けられたサーチライトを背景にして、数人の男が立っていた。男たちの中から、声の主が数歩前に進み出てくる。おれは声を聞いただけで、相手が誰かわかっていた。捜査四課の鬼刑事、おれの兄貴だった。

「手を挙げて、抵抗の意志がないことを示せ。従わない奴はかまわず撃つ。脅しじゃないぞ」

兄貴の背後からは、武装した警官が続々と倉庫内に飛び込んできた。ヤクザたちはあっという間に銃口に囲まれ、目立った抵抗をする暇もなく武装解除された。ヤクザひとりに対してふたりの警官が飛びかかり、容赦なく次々と手錠をかける。ヤクザたちは個々に逆らったが、しょせん数には勝てず警官隊に打ち据えられた。犬飼も両手に手錠を嵌《は》められ、持っていた拳銃も取り上げられた。

犬飼はまったく抗《あらが》おうとせず、無表情に逮捕劇を観察していた。警官はそんな犬飼の腰を押して、連行しようとする。おれの前を通りかかったとき、犬飼はちらりと視線を向けてきた。

「あほなことをしたわ、おれとしたことが」犬飼は首を曲げて、自嘲するような笑みを浮かべた。「お前みたいな道化者ひとりのせいで、こんなことになるとは、ほんまに驚きやわ。赤坂で見逃してやるんやなかったな」

クックッ、と喉の奥で笑いを嚙み殺し、犬飼は引き立てられていった。おれを縛っていたロープは、警官によってほどかれた。安堵のあまり腰が抜けた状態になって、おれは立ち上がれずにいた。ただ放心して、連れていかれる犬飼を見送る。

陣頭指揮を執る兄貴は、ヤクザたちが全員捕縛されたことを確かめてから、ゆっくり近づいてきた。おれは先ほどまでとは別種の恐ろしさを覚え、顔を上げることができなかった。

「馬鹿が」兄貴はおれの前に立って、冷静に言った。「命を粗末にするのもいい加減にしろ。お前が死んだら、お袋が悲しむ」

言われて、不意に涙腺《るいせん》が緩んだ。自分の意思ではどうにもならず、顔を覆《おお》って泣く。「ごめんらさい、ごめんらさい」と、子供のように何度も謝った。

「もう、いい。大の男が泣くな。みっともない」

兄貴は言い捨てて、踵《きびす》を返した。肩を軽く叩かれたと気づいたのは、しばらくして落ち着いてからのことだった。

29

ヤクザたちが全員逮捕され、護送車に叩き込まれた後に、おれは警官に付き添われてパトカーに乗った。兄貴が乗っているのとは別の車だ。おれは横に坐った刑事に、通報したのは後東かと確認したが、刑事は何も知らなかった。後で兄貴に訊けばはっきりするだろう。

護送車が出発すると、先ほどまでの騒ぎが嘘のように倉庫街は静まりかえった。集結していたパトカーが、次々に立ち去り始める。おれの乗ったパトカーは、ほとんど一番最後に動き出した。助かったことを改めて実感すると、殴られた頰がじんじんと痛み出した。

後東は結局、姿を見せなかった。異変を察知して警察に通報した後、自分は遠方に逃げたのだろう。決めてあった待ち合わせ場所にわざわざ回ってもらったが、やはりそこにもいなかった。今頃は家に帰り着き、ニュースを見るためにテレビに齧《かじ》りついているかもしれない。

パトカーは真っ直ぐに、桜田門《さくらだもん》の警視庁庁舎に向かった。できることならアパートに帰りたかったが、これだけの事件の当事者なのだから当分帰宅できないだろう。おれは道中、どのように言い訳をしようかとそればかりを考えていた。他の警察官ならともかく、相手は兄貴である。下手な嘘など通用しないのはわかり切っていた。

警視庁庁舎に到着して、まず傷の手当を受けた。両頰に大袈裟にガーゼを貼られ、自分で見ても痛々しい。この傷が治らない限り、人前には出られない体になってしまった。

これも自業自得なので、ヤクザを恨む気にもなれなかったが。

傷の手当が終わった頃に、兄貴が様子を見にやってきた。相変わらずクールな無表情だが、弟のおれにだけは内心が読み取れる。どうやら兄貴は、いつになく浮き立っているようだった。それも今日の成果を考えれば、当然のことである。神和会に大打撃を与えるチャンスを作ったのはおれなのだから、もしかしたら感謝してもらえるかもしれない。

などとふざけたことを考えたのも、ほんの一瞬だった。自分がどのような状況に置かれているか、忘れたわけではない。幸いにもおれは無事に救出されたが、まだ新井麗子は行方不明のままなのだ。おれはまず、麗子の救出を兄貴に願い出た。

「話がよくわからんな。ちょっと場所を移そう。こっちに来い」

そう言って兄貴は、おれを医務室から応接室へと招いた。そこには強面《こわもて》の刑事たちが三人、待ち受けていた。おそらく彼らは、マル暴の精鋭なのだろう。ふたりは立っていたが、ひとりだけ椅子に腰かけている初老の男がいる。紹介されて、その人が捜査四課長だということがわかった。課長自ら話を聞きたくなるほど、おれは重要な証人らしい。

「まあ、坐れ」

兄貴はソファを指し示して、促した。言われたとおり腰を下ろすと、兄貴は机を挟んで正面に坐る。課長はおれの斜め前に坐ったまま、じっと静かな視線を向けてきた。

「もう一度説明してもらおうか。どうしてお前が覚醒剤など持っていたんだ」

おれは大幅な省略を加えて説明していた。新井が覚醒剤を持っていて、それが麗子の手を経由しておれの許にやってきたとだけ教えたのだ。兄貴がそんな説明で納得しないのも当然だった。

「だから、もともと新井が持ってた物なんだよ。それを一時預かってただけなんだ。そんなことより、早く新井麗子さんを救出するよう、手配をしてよ。麗子さんを連れ去ったのは、間違いなく渡辺組なんだ。渡辺組は目的が達成されたことを知れば、すぐに彼女を解放してくれると思う。でも、どこでどのような形で解放されるかわからない。だから今すぐ、都内全域に彼女の保護指令を出して欲しいんだ」

おれの言葉をどう受け取ったのか、兄貴は冷ややかな視線をしばしこちらに浴びせてから、背後に控える刑事に顎をしゃくった。ひとりがそれを受けて、部屋を出ていく。

「新井麗子さんは、なぜお前に覚醒剤を預けた」

質問というより、ほとんど尋問である。こんな物々しい雰囲気の中では、せめて相手が身内というのが救いだった。

「心細かったからでしょ。他に頼れる人がいなかったんだよ」

絶対に絢子のことを口にするまいと、おれはすでに決意している。兄貴が怪しもうと、真相を打ち明けるつもりはなかった。

「覚醒剤の出所はどこだ」

「そんなの知らないよ。麗子さんもわからないって」

麗子が口を噤《つぐ》み続けてくれるという保証はないが、一応念のために煙幕を張っておく。兄貴の目からは訝《いぶか》しんでいる色が消えなかったが、訊きたいことが山のようにあるのだろう、すぐ次の質問に移った。

「渡辺組がお前を罠に嵌めた理由は？」

この点に関しては、いくら追及されても大丈夫だった。おれは元川育子の事件から始めて、一部始終を正直に語って聞かせる。渡辺組に関係する話なら、絢子が絡んでくる心配はなかった。

「――筋は通るようだな。だがどうして渡辺組は、お前が覚醒剤を持っていることを知ったんだ？」

黙って聞いていた兄貴は、すぐに疑問を差し挟んできた。さすが切れ者の兄貴だ。話しているおれでさえよくわからない前後関係を、一度聞いただけで理解したらしい。

「そんなのわからないよ。新井から話を聞いていたのかもしれないし、もしかしたら麗子さんが喋ったのかもしれない」

新井は渡辺組の貴島に繋がる携帯電話の番号を持っていた。新井の死に、渡辺組が関与しているのは明らかなのだ。ならば、覚醒剤がどのようにして新井の手に渡ったのか、彼らが知っていてもおかしくない。だから麗子を拉致し、おれを使って神和会の取引をぶちこわそうなどと思いついたのだろう。

「どうしてすぐに、おれに相談しなかった」

兄貴はついに、もっともな質問を向けてきた。おれはそれに対する答えを用意していなかったので、もごもごと曖昧に口籠る。すると兄貴は、相談されなかった自分の不徳と受け取ったらしく、「まあいい」と諦めてくれた。

「それで知っていることはすべてだろうな。他に隠していることはないか」

「推測だったらいくらでも言えるけど、そんなこと、聞きたくないでしょ」

「もちろんだ。お前は事実だけを洗いざらい話せばいいんだ」

「これで全部です」

「本当だな」

「本当です」

兄貴に対して嘘をつくのは恐ろしかったが、こちらの肚《はら》もすでに固まっている。自分でも思いがけないほど、真顔で白を切ることができた。

「それで、捕まった奴らは本当に神和会と台湾マフィアだったの？」

質問される一方では、こちらもフラストレーションが溜《た》まる。これくらいは教えてもらう権利があるだろう。

「そうだ。それもボスふたりを一気に検挙できたんだからな、大変な収穫だったよ」

なるほど。それならばクールな兄貴が浮き立つのも無理はない。今日は警視庁始まって以来の、大変な一日になったわけだ。

「一一〇番通報したのは、後東なんだよね」

「おれは聞いてない。通報してきた男は、名前を名乗らなかったそうだ」

「ああ、そうなの」

後東が名を名乗らなかったのは、おれに気を使ったためだろうか。あいつの出世に響かなければいいがと、改めて心配する。

「どうやら、元川育子にも詳しい事情を聞く必要がありそうですね」

兄貴はおれから視線を外し、傍らに坐っている課長に向けてそう言った。課長は短く、

「そうだな」と応じる。おれは慌てて口を挟んだ。

「事情を考えれば、同情の余地はあります。育子さんは自分でも警察に通報すべきだと思い始めていたところだから、あまり厳しい尋問はしないでくれませんか」

「もちろんだよ。我々はそれほど不人情ではない」

課長はにこりともせず答えた。おれは納得して黙った。

警視庁内は蜂《はち》の巣をつついたような大騒ぎだった。何しろ日本最大の暴力団のひとつである神和会の会長が、覚醒剤取締法違反及び監禁致傷の現行犯で緊急逮捕されたのだ。

黒船がやってきたときの江戸城内もかくやという慌ただしさだった。庁内には大声が飛び交い、走り回る男たちが後を絶たなかった。

そんな中でおれは、麗子発見の報をじっと待ち続けた。課長ともうひとりの刑事は別室に移動し、残されたおれはただ兄貴と睨めっこをする羽目になった。

思いがけない報告が飛び込んできたのは、おれが警視庁に到着してから一時間ほど経った頃のことだった。都営辰巳《たつみ》団地の一角に停められていた車の中に、死亡している男がいるのが発見されたのだ。死体は登山ナイフで心臓をひと突きにされていた。ほぼ即死状態の男は、ハンドルに寄りかかるようにしていたという。

本来捜査一課が取り扱うべき事件が四課にも報告されたのは、もちろん死体発見の現場が取引に使われた倉庫に近かったからだ。最初の報告では男の身許はわからなかったが、続く続報ではっきりした。その名前に、おれは文字どおり息が止まるほどのショックを受けた。

「遺体は総務部の後東巡査部長だ」

報告を聞いて部屋に戻ってきた兄貴は、淡々とおれに告げた。おれはその言葉の意味を一瞬理解できず、口をぽかんと開けた。

「お前は後東巡査部長に覚醒剤の運搬を頼んだと言ったな。後東はそのまま現場から逃げることができず、奴らに追いつかれたようだ」

「なん……だって」

自分の耳を疑った。兄貴の言葉はまるで外国語のように、理解の範疇《はんちゅう》を超えていた。おれはいつのまにか立ち上がり、兄貴の襟首を摑んでいた。

「もういっぺん言ってくれ。何が起こったんだ」

「後東はヤクザに殺されたんだ。現場から逃げ切れず、心臓をひと突きにされて殺されたんだよ」

「ほ、本当に後東なのか」

「ああ、間違いない。運転免許証で確認された」

脳裏が空白になった。怒りや悲しみといった感情は即座には湧かず、ただ耳許で轟音《ごうおん》を鳴らされたような驚愕《きょうがく》だけがおれの身裡《みうち》を駆け巡った。襟首を摑んでいた両手を兄貴に振りほどかれると、糸の切れた操り人形のように床にへたりこんだ。絶望と虚無感が連れ立っておれの周りを飛び交い、すべての喜怒哀楽を奪い去っていった。

体を砕くような自責の念だけが存在した。いっそこの身を焼き焦《こ》がして欲しいと思った。なぜ後東が死ななければならないのか。一連の事件の中で、最も死に近い人間はおれのはずだった。おれは自分の感情のままに行動した。すべては絢子への未練から発していたことだった。それは誰にも関係ない、ただおれひとりの問題でしかない。誰かを巻き込んでいい類の話ではなかった。

にもかかわらずおれは、あろうことか後東を死地に呼び込んでしまった。口は悪いが人情に篤《あつ》い、並べば親子のように見えるほど不釣り合いな妻を溺愛《できあい》している平凡な男を、おれは死の淵《ふち》に導いてしまった。なんたる巨大な罪、なんたる極限の罪悪か。

世の中のすべての呪《のろ》いを与えよ——おれは望んだ。すべての怒り、すべての憎しみ、すべての地獄の業火《ごうか》をもってしても、おれの罪は許されない。誰よりも己自身が、おれが生きている限り悪鬼となって我が身を責め立てるに違いない。消えてなくなれ。己の罪の深さを未来永劫《えいごう》に亘《わた》って思い知るために、無間《むげん》地獄へと堕《お》ちてゆけ——。

後東に会わせてくれと兄貴に懇願したが、それは叶《かな》えられなかった。後東の体は大学病院に搬送され、すぐにも司法解剖を受ける。警官でないおれがそこに立ち会うことはできなかった。おれはただ、爪《つめ》を掌《てのひら》に食い込ませて事態の変化を待つだけだった。

「……うるさい」

突然言われて、おれは顔を上げた。兄貴が何を言っているかわからず、呆然《ぼうぜん》とする。そんなおれを見て兄貴は、もう一度「うるさいぞ」と繰り返した。

「何が」

「ぶつぶつ言うのはやめろ」

「ぶつぶつ？」

ようやく、先ほどから同じことを口の中で繰り返していたことに気づいた。「おれのせいだ、おれのせいだ」と、無意識にただひたすら呟いていた。兄貴はそのひとり言を咎めたのだ。

「お前、おれに非難されたいと思ってるんだろう。だが、そんな甘えたことを望むなよ。他人に非難されれば、少しは自責の念が和らぐ。自分で自分を責めることほど、辛《つら》いことはないからな。だからおれはお前を責めたりしない。自分の罪は、自分でしっかり受け止めろ」

「わかってるよ、そんなこと！」

兄貴の非情な性格にはいい加減慣れているつもりだったが、今ばかりは耐えがたかった。おれは誰にも甘えようなどと思っていない。自責の念を軽減させたいなどと望んでいない。

「おれにとっても後東は、かわいい後輩だったんだ。それがわかっているならいい」

兄貴は淡々と言って、部屋から出ていった。おれは腹立ちのあまり、閉まったドアをしばらく睨み続けたが、やがてそれも筋違いであることに気づいた。兄貴に腹を立てるのは、まさしく兄貴が指摘したとおりの甘えだ。腹を立てる権利は、むしろ兄貴にこそある。兄貴が後東の死に衝撃を受けていることを、おれはひとり取り残されてからようやく感じ取った。おれは馬鹿だ。

一時間が過ぎ、二時間が経っても麗子は発見されなかった。おれの感情は極限まで圧《あっ》搾《さく》され、ぎりぎりと音を立てた。この上麗子までが死んだなら、おれは喜んで悪魔に身を捧《ささ》げよう。殺戮《さつりく》の狂戦士となって、渡辺組に所属するヤクザ全員を血祭りに上げる。もはやそれ以外におれの存在理由などあり得なかった。

一時を回ったときに、天啓のように閃《ひらめ》く思いがあった。

「電話を貸してくれ」

おれは顔を上げ、戻ってきていた兄貴に言った。兄貴はおれの顔を見て驚いたような表情をしたが、無言で頷いて傍らの電話を指し示した。よほどおれの顔が面変わりしていたのだろう。自分ではよくわからなかった。

おれが思い出したのは、午前中に麗子が再三に亘って留守番電話にメッセージを吹き込んでいたことだった。もしやと思い、一縷《いちる》の望みを託して自分の家に電話を入れてみると、果たして麗子はメッセージを吹き込んでいた。

《戸山《とやま》の公園にいます。ヤクザに服を奪われて下着姿なので、公衆トイレの中に隠れています。お願いだから迎えに来てください》

悲壮な声で、麗子は救助を願っていた。おれは叩きつけるように受話器を置き、兄貴に向かって怒鳴った。

「戸山の公園だ。そこの公衆トイレに麗子さんはいる。すぐ救出の手配をしてくれ」

「お前のアパートに知らせがあったのか」

「そうだよ。裸同然で放ったらかされたらしい。今すぐだ。急いで!」

おれの狂ったような怒鳴り声に反応して、兄貴はすぐに部屋を飛び出した。おれは机を拳で思い切り殴ってから、頭を抱えて椅子に坐り込んだ。

二十分ほどで、ふたたび兄貴が部屋に飛び込んできた。

「見つかったぞ」

思わず顔を持ち上げ、兄貴に希望の目を向けた。兄貴はわずかに安堵した顔で頷いた。

「無事保護された。百人町《ひゃくにんちょう》の西戸山公園にいるところを発見された」

「危害は加えられていなかった? 服を脱がされたと言っていたけど、乱暴はされていなかったの?」

縋《すが》る思いだった。ただ命があればいいというものではない。麗子が一生背負わなければならないほどの深い傷を心に受けているのなら、すべてはいずれ同じことなのだ。

「詳しい事情聴取は、また改めてということになっている。だが本人は、さほど動揺していないという話だ。こちらの質問にも的確に答えているらしい。服は脱がされたが、それは脱走できないようにするためで、それ以上の乱暴は受けなかったということだ」

「今、どこにいるの」

「泊まっていたセンチュリー・ハイアットに向かっている。取りあえずそこに落ちつき、明日にでも話ができるようであれば、我々がこちらから出向くことになった」

「どこに監禁されていたんだ。相手はやっぱり渡辺組なの？」

「本人はまったくわかっていないらしい。お前の部屋の前をうろうろしていたら、いきなりヤクザたちに車に押し込まれ、目隠しをされてどこかの事務所に連れ込まれた。そこで服を脱がされ、しばらく放っておかれたらしい。そして夜中になってまた車で運ばれ、公園の近くで捨てられた。ヤクザは服を返さず、十円玉だけを置いていったそうだ。誰ひとり終始顔を見せず、自分たちの身許を知られるようなことも言わなかったということだ」兄貴はそこで少し口を噤《つぐ》み、そして思い出したようにつけ加えた。「新井麗子さんは警察に通報するよりも、真っ先にお前のことが気になったと言っている。自分と引き替えに取引が行われるのはわかっていたそうだ。お前が無事でよかったと喜んでいるらしいぞ」

「そう……」

無事を知って嬉しいのは、おれも同じだった。おれは今すぐセンチュリー・ハイアットに駆けつけ詫びを言いたかったが、重い足枷《あしかせ》がそれを許さなかった。明日また出頭するという約束と引き替えに、ようやく身柄を解放された。パトカーでアパートまで送り届けられたが、もちろんその夜は一睡もできなかった。

30

31

消費者金融の自動現金貸出機から、百万円が吐き出された。無職のおれでも、こんなに簡単に金を借りることができる。そこが消費者金融の怖いところなのだろうが、今のおれにはありがたかった。

札束を摑んで、貸出機の設置してある個室を出た。そしてその足で、世田谷の梅丘《うめがおか》に向かう。そこには警視庁の職員官舎があるのだ。後東夫婦が住んでいるその官舎には、これまで再三足を運んだことがあった。

駅に降り立って北口に出ると、正面に見える羽根木《はねぎ》公園は蕾《つぼみ》が綻《ほころ》びそうな寒梅に満たされていた。気の早い梅見客が訪れているのか、平日にもかかわらず人が多い。おれも去年までは、後東に誘われてよく遊びに来たものだった。だが来年からは、もうこの公園の梅を見ることもない。

警視庁の職員官舎は、公園に面して建っている。おそらく、日本一贅沢な景観を持つ官舎だろう。後東は結婚してこの官舎に入ったのだから、かれこれ五年はここに暮らしていたことになる。だが住み慣れたこの官舎に、まだ後東は戻ってきていない。今日の午後には大学病院から帰ってくる予定だという。

後東の奥さんは今、官舎の中に籠って、物言わぬ姿になって帰ってくる夫を待っているのだろう。おれは奥さんの前に土下座して、自分の罪を深く詫びなければならない。謝って済むことではないが、まず詫びなければ何も始まらない。

しかしおれは、奥さんと顔を合わせる勇気がなかった。卑怯《ひきよう》だと、自分でも思う。これほど己自身を疎《うと》ましく感じたことは、かつてない。それでもおれは、奥さんの前に出ていこうとは思わなかった。おれにはまだ、やらなければならないことがある。それをすべて済ませてから、奥さんの前に額を擦《こす》りつけるつもりだった。

借りてきた百万円のうち、三十万円を別の封筒に入れた。無記名で投函しようかとも一度は考えたが、そんなものを受け取ってもかえって気味が悪いだろうと判断し、自分の名を書き入れる。そしてその封筒を、官舎の郵便受けに落とし込んだ。

これが今の、精一杯の詫びの気持ちだった。こんな形でしか詫びることのできない自分を、情けなく思う。これもまた、兄貴が指摘したとおり自責の念を和らげるための行為なのかもしれない。それがわかっていてもおれは、何かしないではいられなかった。もちろん、この程度の金額で何もかもなかったことにできると考えているわけではない。可能なら一生をかけて罪を償っていきたいと望んでいるが、おれにそんなことが許されるかどうか、まだわからない。

官舎の敷地を出て、後東の部屋を見上げた。いつも明るい気配に満ちていたその部屋は今、人気《ひとけ》もなく静まりかえっている。おれは暗い窓に向かって深く頭を下げ、ふたたび駅へと戻っていった。

電話帳を見て作ったリストを元に、都内の私立探偵事務所を巡った。依頼内容はただひとつ。渡辺組幹部の私生活について詳しい情報屋、いわゆるたれ込み屋を探し出して欲しいというのが、おれの希望だった。むろん、渡辺組の名前を出して探し回ってもらっては、その探偵自身が危険になる。目的を伏せつつ、なおかつ適当な人物を探し出す手腕を持っている探偵を、おれは必要としていた。

簡単にはできない調査だとわかっていた。だからこそ、いくつもの探偵事務所をピックアップしてきたのだ。案の定、行く先々で難色を示された。誰も皆、ヤクザなどとは関わり合いになりたくないのだ。だがそれでもおれは、諦めたりしなかった。いつか必ず、依頼を引き受けてくれる探偵に出会えると信じていた。

都内を転々とした挙げ句、大塚《おおつか》にある小さな探偵事務所がついに請け負ってくれた。難しい仕事だと口では言うものの、どうやら情報屋に心当たりがあるらしい。単に知人を紹介するだけで三十万円とは高い報酬だが、おれは値切ったりしなかった。一日でも早く、その情報屋と接触したかった。

翌日、情報屋と話がついたと大塚の探偵は連絡してきた。今日の午後二時に、初台のオペラシティで情報屋と会えるよう、段取りをつけたという。おれは承知して、電話を切った。すぐに出かける支度をする。

約束の時刻より三十分も早く、オペラシティに着いてしまった。コーヒースタンドで安いコーヒーを買い、ホールに出ているテーブルに運ぶ。仕事の合間に小休止をしているかのような態度を装いながら、周囲に視線を走らせた。もう尾行がついている心配はないと思うが、油断はできない。情報屋から必要な情報を買い取るまで、ヤクザにも警察にもおれの動きを知られたくなかった。

情報屋の顔など知らなかったが、その男がホールに入ってきた瞬間、すぐに見分けることができた。向こうもおれに気づき、近寄ってくる。来る途中のコンビニで目印として買っておいた写真週刊誌も、どうやら必要なかったようだ。

情報屋は臆病な鼠《ねずみ》のように、きょろきょろと周囲を見回していた。ホールを出入りする他の客とは明らかに違う、まともな職業に就いていない人間特有の気配を発散している。だからこそひと目でそうと判別がついたのだが、向こうもこちらにすぐ気づいたからには、おれも似たような雰囲気をまとっているのかもしれない。自分ではよくわからなかった。

「あんたが迫水さんかい」

情報屋はおれの正面に坐ると、しげしげとこちらを眺めた。頷くと、「喉が渇いたなぁ」などとぼやく。

「そこでビールも売ってるみたいじゃないか。一杯やって喉を湿らせりゃ、こちらの口も滑らかになるってもんだがなぁ」

「わかったよ」

露骨な催促に負けて、おれは生ビールを買いに行った。戻ってきて、ジョッキを情報屋の前に置く。情報屋は「えっへっへ」と下品な笑みを漏らして、くいくいとビールを飲み始めた。

「訊きたいことは、渡辺組の貴島の出没先だ。あいつとふたりきりで話をしたい。例えば愛人の家とか、あいつが取り巻きと一緒にいない場所を知らないか」

おれが質問を向けると、情報屋はビールを口に運ぶ手を休め、改めておれの顔を見つめた。

「あんた、そんなことを知ってどうするつもりだ」

「いちいち説明しなけりゃ、情報を買えないのか」

「別にそうじゃねえけどさ。見たとこあんたは、ヤクザなんかと関わりがありそうにないのに、なんでそんなことを知りたがるのかと不思議に思ったんだよ」

「知ってるのか、知らないのか、それだけを答えてくれ」

「確認したいんだが、そのことでおれにとばっちりが来るようなことはないだろうね。おれは面倒なことはごめんだよ」

「何があっても、あんたのことは喋らないよ。第一おれは、あんたの名前も知らないじゃないか」

その説明で安心したのか、情報屋は鼠のような顔を綻ばせて、ふたたびビールを呷《あお》った。

「いくら出す?」

「三十万」

こうした情報の相場がどれくらいかわからないが、ここで金を惜しむつもりはなかった。情報屋の反応からすると、さほど悪いオファーではなかったらしい。情報屋はごくりと喉を鳴らして、わざとらしく「うーん」と唸《うな》った。

「どうやらやばい話みたいじゃないか。そんなことに三十万じゃ、ちょっと釣り合わないな」

「じゃあ、いい。他を当たるから帰ってくれ」

間髪を容《い》れず、冷然と応じる。情報屋は慌てて、言い繕った。

「いや、いいよ。今日は大負けに負けておこう。素人のあんたにゃわからないだろうけど、こんな情報を三十万で売るのは、破格なんだぜ。おれの気前のよさに感謝してくれよな」

「ああ、いくらでも感謝するよ」

応じて、懐から三十万円の入った封筒を出した。情報屋はそれを受け取り、テーブルの下で唾《つば》をつけながら数える。確かに三十万円あることを確認すると、下品な笑みを浮かべた。

「ええと、ちょっと待ってくれよ。思い出すから。確か貴島って幹部の愛人は、四谷《よつや》三丁目のマンションに囲われてるんだったな。あのマンションは、いったいなんていう名前だったか……」

おれは手を伸ばし、相手から三十万円を奪い取った。文句を言いかける情報屋を睨みつけ、半分だけを返す。

「おれが欲しいのは、確実な情報だ。うろ覚えなら、きちんと確認してから連絡をくれ。残りの十五万は、そのときに渡す」

「ひでえよ、そりゃ。そんな話があるかよ」

「あんたの情報が正しいかどうか、こっちは現地に行ってみるまで確認できないんだ。そもそも最初から、ずいぶんあんたに有利な取引じゃないか」

「だから思い出すから、ちょっと待ってくれよ。誰も忘れたなんて言ってないじゃないか」

情報屋はぶつぶつ言いながら、汚い鞄からよれよれの手帳を取り出した。そのページをまた唾をつけながら捲《めく》り、「あったあった」と呟く。

「ええと、《パークステージ四谷》の五〇三号室だ。愛人の名前は小野《おの》。住所も言うから、ほら、ぼやぼやしないで書き取りな」

言われたとおり、おれは用意してきたメモに情報屋が告げる住所を書き取った。それを自分で読み上げて、間違っていないか確認する。

「ああ、間違いないよ。ほら、残り半分をよこせよ」

情報屋はおれから金を奪い取り、椅子を下りた。「まったく冗談じゃないよ」とぶつぶつ言いながら、去っていく。おれは自分のコーヒーを飲み干して、席を立った。

ホールを出て、駅とは逆の方向に足を向けた。新宿中央公園の近くに、作業着を安く売っている店がある。そこに寄って、なんの変哲もない紺色の作業着を買った。さらに近くのスーパーマーケットを覗き、小さな段ボール箱をもらった。これで準備は整った。かさばる荷物を抱えて、いったん帰宅した。

午後四時を過ぎるのを待って、アパートを出発した。新宿を経由し、地下鉄丸ノ内線で四谷三丁目に出る。住所から漠然と見当をつけ、信濃町《しなのまち》方面へと外苑《がいえん》東通りを徒歩で下った。

途中、めぼしいビルの蔭で作業着に着替えた。もらった段ボール箱を組み立て、その中に自分の服を入れる。電柱の住居表示を確認しながらマンションを探し、五分ほど歩いてようやく見つけた。ためらわず、エントランスに入っていく。

通りから一本奥まったそのマンションは、賃貸であれば月に五十万円はしそうな豪華な外観だった。エントランスは見知らぬ他人を拒むように、オートロックの自動ドアが守っている。おれはドアの脇にあるボタンを押して、相手が応じるのを待った。

「はい」

若い女性の声が聞こえた。おれは声を作って、インターホンに話しかけた。

「すいません。宅配便です。開けてもらえますか」

どこかにある監視カメラを意識し、目立つように箱を掲げる。それが功を奏したのか、「ちょっと待ってね」という返事の三秒後には、音もなく自動ドアが開いた。おれは身を滑り込ませた。

エレベーターで五階に上り、目指す部屋のインターホンを鳴らした。スピーカーから聞こえた声に、同じ台詞《せりふ》を繰り返す。

ドアの内側で、ぱたぱたとスリッパの近づいてくる音が聞こえ、鍵が開けられた。ドアがこちらに開かれると同時に爪先を突き出し、框《かまち》との間に差し入れる。右手に持っているナイフの刃を、女の喉許《のどもと》に突きつけた。

「声を出すな」

三和土《たたき》に身を躍らせ、左手に持っていた段ボール箱を投げ出した。後ろ手にドアの鍵をかける。若い女は声も出せないほど驚いているのか、目を大きく見開いてナイフを見下ろしていた。

「奥へ行くんだ。声を上げれば殺す」

おれが顎をしゃくって促すと、女は震えながら頷いて指示に従った。後ろ向きに両手をさまよわせながら、奥へ進む。おれはそれに合わせてリビングルームまでついていった。

リビングは十二畳ほどの、高価そうなサイドボードやソファが備えられた部屋だった。ソファは本革、サイドボードの酒はすべて名の通ったものに違いない。いかにもヤクザの愛人が住みそうな部屋だった。

「今日、貴島は来るのか」

尋ねると、女は刃物に物理的な圧迫感を覚えるのか、口を金魚のようにパクパクさせながら頷いた。何時頃に来るのかと尋ねても、それはわからないと首を振る。おれは念のため、女を先に立たせてすべての部屋を見て回った。巨大なダブルベッドが置かれた寝室、貴島のための部屋らしき書斎、バスルームを順々に調べたが、誰かが潜んでいる様子はない。ひとまず納得して、女をソファに坐らせた。

「あんたに恨みはないが、どうしても貴島とふたりきりで話をする必要があった。おとなしくしていれば危害は加えないから、安心してくれ」

おれも女の正面に腰かけ、なおもナイフの刃先を向けたまま言った。心臓はこれ以上不可能なほど高鳴っているが、それを女に気取《けど》られてはならない。表面上は平静を装い、女に視線を向け続けた。

おれの言葉に女は無言で頷き、腕を回して自分の肩を抱いた。二十三、四と見える、まだ若い女だ。ヤクザの情婦としての覚悟もできていないようで、落ちつかない眼差しでおれを盗み見た。元は美しいのであろう顔も、今は恐怖で歪《ゆが》んでいる。それでもおれは、少しも罪悪感を覚えなかった。

言葉も交わさず、ひたすら貴島が帰ってくるのを待った。女は沈黙が耐えがたいのか、絶えず居心地悪そうに体を揺すった。だがおれはナイフを握り締めたまま、じっと姿勢を変えなかった。同じ姿勢を保ち続けることくらい、今のおれにはたやすかった。

女は一度トイレに行きたいと言ったが、ドアを開けたままでなければ許さないと答えると、諦めたようにそれきり何も言わなくなった。後はただ、音がするほどの濃密な時の流れが部屋の中に漂うだけだった。

貴島がやってくるとしても、そんなに早い時刻ではないだろうと予想していた。ただでさえ組長が危難に遭って、大変なときである。愛人の家で羽を伸ばす余裕など、持ち合わせていないだろう。

それを承知で、おれはここに乗り込んできた。愛人と対峙《たいじ》したまま何時間も無為に過ごすのは苦痛だろうと思っていたが、案に相違してさほどのこともない。おれの心は動じることを忘れ、まるで石ころのようだった。石ころはいくら緊張しようが、それで破裂してしまう心配などない。

女は肝が据わっているのか、それとも気力を失ったのか、まったく抵抗しようとしなかった。ただ呆然とソファに坐り込み、時々こちらに怯えているような視線を向けるだけである。そんな態度はいささか気の毒ではあったが、おれは無視し続ける。ヤクザの愛人などになった我が身の愚かさを、はっきりと痛感すればいいのだ。

重苦しい沈黙を破るチャイムが鳴ったのは、十一時五十二分のことだった。おれはとっさに顔を上げ、女に目を向けた。女ははっとした表情で、こちらの顔色を窺《うかが》った。

「出るんだ。何事もない振りをしろ。少しでもおかしなことを言えば、すぐこの場で刺し殺す」

おれはナイフを振って女を立たせ、インターホンに向かわせた。女は「はい」「ちょっと待って」とだけ答えて、入り口を開けるボタンを押した。

「貴島か」

尋ねると、女は恐怖を浮かべた顔で認めた。

「玄関に行くんだ」

女を促し、三和土で待ちかまえた。左腕を女の首に回し、掌《てのひら》で口を塞ぐ。そのままの姿勢で、魚眼レンズから廊下を覗いた。

靴音が近づいてきた。ドアの前で立ち止まる。おれはチャイムが鳴ると同時にドアを開け、ナイフを貴島に突きつけた。

左腕で女を突き飛ばし、貴島の襟首を摑む。そのまま引きずり込んで、鍵を閉めた。

「驚いたな。とんだお客さんだ」

貴島はナイフを突きつけられたときこそ驚きを隠さなかったが、さすがに動揺は一瞬だった。平然とした口振りで、こちらを冷ややかに見つめる。おれは貴島の背後に回り、後ろからナイフを喉に当てた。

「訊きたいことがあって来たんだ。答えてもらおうか」

「慌てるな。せめてリビングに行こうじゃないか。玄関先じゃ、話もできない」

「いいだろう」

おれは貴島の背後にぴったりとくっついて、リビングに戻った。女はどうしたらよいのかと、両手を握り締めておろおろしていた。

「坐らせてくれよ」

ナイフなどないかのような涼しい顔で、貴島は言った。おれは顎でソファを示し、坐らせた。貴島は持っていたバッグを投げ出して足を組むと、悠然と背凭《せもた》れに寄りかかった。

「お前も坐らせてもらえ。迫水さんも、女を立たせておくほど無粋ではなかろう」

勝手に言って、女をキッチンの椅子に坐らせた。おれは腰を下ろさず、そのやり取りを無視した。

「貴島さん、あんたの狙いどおり、神和会は壊滅したよ。これであんたの、組の中での地位も安泰というわけだ」

「神和会がへまをしたのは知ってるが、それがどうしておれに関係あるんだ」

貴島は眉を吊り上げて、こちらを見上げた。おれはもはや、ヤクザを相手にしていることにも恐怖を覚えなかった。

「とぼけるな。すべてあんたが仕組んだことだというのはわかっている。あんたたちは野田俊輔を通じて、神和会の取引の情報を摑んでいた。そこにたまたま、新井麗子という人質が手に入った。聞いてみれば、覚醒剤をおれに渡したと言う。そこであんたは邪魔なふた組を嚙み合わせて、あわよくば両方とも片づけてしまおうと考えたんだ」

「しかしあんたは、こうして無事に生き延びたようじゃないか。ほっぺたのガーゼは、そのときに怪我したものか」

「おれは死んだってかまわなかった。おれが殺されていれば、どんなによかったことか」

「なにも死に急ぐことはない。世の中はそれほど捨てたものじゃないさ」

「利いたふうなことを言うな。あんたら外道《げどう》にそんなことは言わせない」

思わず声を荒らげた。他の人ならいざ知らず、この貴島からそんなことを言われたくなかった。

「怖いな。ヤクザのおれの方がびびるほどだ」

貴島は気障《きざ》な仕種で肩を竦《すく》めた。おれは息を吸い込んで続けた。

「おれの友人が殺された。この一件とはなんの関係もなかった奴だ。ただおれの頼みを引き受けて、覚醒剤を運んだだけだったんだ」

「そいつはお気の毒だ。神和会の奴らも見境のないことをするものだ」

「神和会は全員、後東殺しを否定している。誰も後東の存在を知らなかったんだ」

「白を切ってるのさ。ヤクザが知らねえと言えば、警察もあんたも『はいそうですか』と聞くのかい」

「神和会の犬飼は、覚醒剤密輸に関しては全面的に認めている。それなのになぜ、いまさら後東殺しの白を切らなくてはならない」

「罪が重くなるからだろ。警察は身内が殺されると向きになるからな」

「白を切ってるのはあんただ。後東を殺したのは、あんたたちなんだからな」

おれが言うと、貴島は大袈裟に目を丸くした。

「何を言い出すかと思えば、とんだ言いがかりだ。神和会の尻をこちらに持ってこられたって、そんなこと知ったこっちゃねえよ」

「とぼける気か」

おれは刃先を肌に当てた。わずかに食い込んで、涙のような血の滴《しずく》が盛り上がった。貴島はすっと目を細め、おれに視線を据えた。瞬時に剣呑な気配が滲み出す。こいつの本性だ。

「後東は以前、本庁の二課にいたことがある。あんたたちの誰かが、後東の顔を知っていたんだ。あんたらは単純に、おれがひとりで乗り込むと思っていた。ところがそこに、本庁の刑事が顔を出した。あんたらにとっては、神和会の取引が始まる前に警察に踏み込まれてはまずかった。ともかくまずおれと神和会を噛《か》み合わせ、ぎりぎりのところで警察に通報する予定だったんだ。狼狽《ろうばい》したあんたらは、後東を追いかけて捕まえた。ここで殺してもどうせ疑いは神和会にかかると思い、いっそのこと面倒がないようにと、ひと突きで後東を殺した。違うか」

「とんでもないことを言うな。もちろん違うに決まってるじゃないか」

「警察を呼んだ男は、名前を名乗らなかった。後東だったら匿名《とくめい》を装う必要はない。最初からすべて、あんたたちが仕組んだ段取りどおりだったんだ」

「もし仮にそうだとしても、そのお蔭であんたは命拾いしたんじゃねえか。逆に感謝をすべきなんじゃないか。まあ、そんなことはどうでもいいが」

「後東を殺したことを認めるのか」

「認めたらどうする。おれを殺すか」

一瞬、貴島の視線が動いた。はっと気づいたときには、背後から衝撃が襲っていた。女はフライパンを振り上げ、渾身《こんしん》の力でそれを振り下ろした。おれはとっさに身を捻ったが、したたかに一撃を左肩に受けた。

貴島が懐に手を入れたのが見えた。拳銃を取り出す気だ。無我夢中でしがみつき、どうにかそれを奪い取ろうとした。貴島は的確な攻撃で、肘や膝をこちらの急所に叩き込んだが、おれも負けていなかった。ひたすら貴島の手首に食いつき、銃口が自分に向けられるのを防いだ。

耳を聾《ろう》する轟音が響いた。気づくと、体の下で貴島がぐったりとなっていた。胸腔《きょうこう》のど真ん中に穴が開き、そこからみるみる鮮血が溢れ出す。貴島はものを言いたげに口を動かしたが、それは言葉にならなかった。数秒後には息絶えて、がくりと首を落とした。

おれは拳銃を持って立ち上がり、女に首を巡らせた。女は「ひいいいっ」と微《かす》かな悲鳴を上げて、絨毯《じゅうたん》にへたりこんだ。徐々に異臭が漂い始める。失禁したようだ。

おれもまた、事態の唐突な展開に認識がついていかないでいた。ただ呆然と、自分が持っている拳銃と動かない貴島の体を見下ろす。どうしてこのようなことになったのか、前後の記憶が一瞬失《う》せていた。

おれを自失から立ち直らせたのは、狂的な勢いで鳴り始めた電話のベルだった。女は飛び上がらんばかりに驚いて、音の方向に目を向けた。ベルは貴島のバッグの中で鳴っていた。

「出るな」

短く言って、銃口を向けた。だが言うまでもなく、女は立ち上がる気力すら消失しているようだった。おれはバッグから携帯電話を取り出し、通話ボタンを押した。

「貴島さんですか」

興奮した男の声が、いきなり飛び込んできた。男はこちらの返事も待たず、一方的に続けた。

「ようやく女を見つけました。今ホテルに連れ戻しましたから、もう大丈夫です。今度は絶対に逃がさないようにしますんで、ご安心ください」

女？　逃げた？　相手の言葉がすぐには理解できなかったが、なにやら重大なことなのはわかった。おれは声を殺し、どうとでも取れる返事をした。

「よくやった。女はどこのホテルに連れ込んだんだ」

「えっ。同じホテルですよ」

「だからどこのホテルだ」

「何を言ってるんですか。本村町《ほんむらちょう》の……」

そこまで言いかけて、ようやく男はやり取りの奇妙さに気づいた。

「てめえ、誰だ」

声を押し殺して恫喝《どうかつ》する。おれはかまわず続けた。

「女というのは誰だ。あんたたちは誰を監禁している」

「てめえは何者だ。どうしてそんなところにいる。貴島さんはどうしたんだ」

男はただ喚くだけだった。これ以上話しても無駄と判断し、おれは通話を切った。

携帯電話を投げ出し、貴島のバッグを探った。厚手の手帳のような物が出てきた。開いてみると、それは電子手帳だった。ヤクザのくせに粋《いき》な物を持っている。

電源を入れて、じっと画面を睨んだ。メモ帳という文字があるので、そこを備えつけのペンでつつく。すると、思いがけない文字が見つかった。

《横内秋絵　ホテルグランドヒル　八〇二号室》

貴島たちが監禁している女性は、横内秋絵だったのだ。それがどうしたことか脱走をし、今ふたたび捕まった。どうやら事態はそういうことのようだった。

部屋番号の後には、桁数《けたすう》の多い電話番号が続いている。どこに繋がる電話かわからなかったが、横内秋絵に関する番号であることは間違いない。電源を切って、携帯電話とともにポケットにしまった。

「あんた、車を持ってないか」

尋ねると、女はびくりと肩を震わせ、涙を溜めた目でこちらを見上げた。おれは辛抱強く繰り返した。

「も、持ってるわよ」

「貸してくれ」

手を差し出す。女は飛び跳ねるように立ち上がり、サイドボードを探ってキーを取り出した。

「どこに置いてある」

「このマンションの地下の駐車場よ」

「車種は」

「赤のアウディ」

それだけ聞けば充分だった。おれは女を引っ張って寝室に連れ込んだ。ベッドに押し倒し、クロークから取り出したガウンの紐《ひも》で両手両足を縛りつける。女は最初こそ抵抗したが、拳銃を向けるとたんにおとなしくなった。

下着を口に詰め込み、猿ぐつわを嵌《は》めた。芋虫のようにベッドに寝そべった女の姿は憐れだったが、こちらもこの女にフライパンでぶん殴られたのだ。少しは我慢してもらわなければならない。

「明日の朝になれば、警察に通報してやる。だが、今すぐは駄目だ。あんたにおとなしくしててもらう必要がある。ひと晩だけ我慢してくれ」

女は声にならない呻きで抗議の意を示したが、おれは取り合わなかった。おれにはまだ、すべきことが残っている。今、貴島殺しの罪で警察に捕まるわけにはいかないのだ。

「逃げようなんて思うな。ひと晩だけ辛抱すれば助けが来る。ヤクザの愛人なんかになった自分の軽率な行動を、今夜ひと晩ゆっくり反省するんだ」

おれは言い残し、貴島の死体に一瞥をくれて部屋を出た。貴島は未だ驚いた表情のまま、虚《うつ》ろに中空を睨んでいた。

32

アウディに乗り込み、外苑東通りに飛び出した。ホテルグランドヒルは市谷《いちがや》本村町にある。車であれば十分ほどの距離だった。

頭の中で、蜂《はち》がぶんぶん唸っているような感覚があった。頬が火照《ほて》り、心臓の鼓動が耳で聞こえるほど高鳴っている。手には貴島を撃った瞬間の、体が跳ね上がるような感覚が残っていた。

四谷三丁目の交差点を左に折れた。そのまま一番右のレーンを走る。ハンドルを握る手が汗ばみ、おれは幾度も握り替えてズボンで掌を拭った。

四谷四丁目の交差点に近づくにつれ、カチカチというおかしな音がし始めた。最初は何か車の中の物がぶつかっているのかと思ったが、じきに音の正体に気づいた。自分の歯が鳴っているのだ。

一度それを意識すると、今度は手が震え始めた。掌は滑るほど汗で濡れているのに、どうしようもなく腕が震える。ほとんど痙攣《けいれん》しているかのようだ。歯の鳴動と腕の痙攣《けいれん》は、やがて胴体にまで伝染した。ヒーターに手を伸ばし、最強にして車内を暖めたが、震えは止まらなかった。まともにハンドルが握れないほどだった。

車を真っ直ぐ走らせることにすら困難を覚え始め、ハザードランプを出して路上に駐車した。サイドブレーキを引き、ハンドルを離した両手を思い切り握り締めたが、震えはいっこうに収まらない。力の限り歯を食い縛っても、今度は顎全体ががくがくと上下動し始める始末だった。

おれは貴島の家に押し入ると決心したときから、奴を殺すつもりでいた。貴島はなんの罪もない後東を、ただゴミ屑《くず》のように始末した。後東には、殺されなければならない理由など何ひとつなかった。あの場面では、渡辺組がそのまま見逃したところで奴らにはなんら不利な点はないはずだった。だが渡辺組は、思いがけないハプニングに対応できず、極端な選択をした。後東はただ犬死にしたのだ。

おれは渡辺組を絶対に許さない。貴島をこれ以上生かしておく気はなかった。すべては覚悟の上の行動だった。

そしておれは、この手で貴島を殺した。多分に僥倖《ぎょうこう》のお蔭であることは否《いな》めないが、それでも自分の力で復讐《ふくしゅう》を果たしたのだ。こんな情けないおれにそのような大それた真似ができたのは、後東の無念が乗り移ったからだとしか思えない。だからおれは、自分の行いに対して後悔などは一片も感じていなかった。

だが実際に貴島の死を目前にすると、心よりも体が拒否反応を示し始めた。狼狽しているのでも、恐怖を覚えているわけでもない。にもかかわらず、体がどうしようもなく現実に逆らい始める。人間は他人を殺して平気でいられるようにはできていないのだ。

握り締めた拳を、腿《もも》の間からシートに力いっぱい押しつけた。体を前に倒し、震えに打ち勝つべく全身の力でねじ伏せようとした。声に出して数字を数え始めた。一、二、三、四、と大声を上げると、不思議に気分が落ちつくようだった。五百まで数えて、震えが幾分収まり始めたような気がした。千まで数えたときには、少なくとも手の握力は戻っていた。

おれはゆっくり掌を開き、そしてふたたびハンドルを握った。

ホテルグランドヒルの手前で車を停め、電子手帳と携帯電話を取り出した。先ほど見つけた電話番号にダイヤルしてみる。どうせ出るのはヤクザに決まっていたが、その反応次第ではホテル内の状況がわかるはずだった。もし横内秋絵が部屋の中にひとりでいるのなら、直接電話を入れることも不可能ではないかもしれない。

回線が繋がる音がし、コール音三回で通じた。なるべく作り声で「もしもし」と声を送ると、意外にも女性の声で返事があった。

「横内秋絵さんですか」

まさかと思い尋ねると、女性は怪訝な声を隠さず、「そうですが」と認めた。間違いない、本人だ。これはどうしたことか。

「おれは迫水と申す者です。佐藤絢子と一緒に暮らしていました」

「迫水さん……！」

息を呑む声がした。おれの名前を知っているのだ。横内秋絵は慌てたように問い返してきた。

「ど、どうしてこの電話番号を知っているのですか」

「詳しい説明をしている余裕はありません。あなたは今、ヤクザに監禁されているのですか」

「自由を奪われているということでは、監禁されているも同然です」

「近くにヤクザはいないですか」

「ええ。部屋の中にいるのはあたしひとりです」

「そこから逃げ出す手伝いをします。おれの指示に従ってください」

「そんな——。今あたしは、ヤクザたちの目を盗んで逃げ出したばかりなのです。でも、すぐに捕まってしまいました。逃げるなんて無理です」

「さっき逃げたばかりだからチャンスなのです。奴らは、またすぐにあなたが逃げ出すとは思っていない。油断しているはずです」

「でも――」

「お願いします。おれはあなたと話をする必要があるのです。そのためにずっと捜していました」

言葉に力を込めると、横内秋絵の逡巡《しゅんじゅん》はすぐに晴れたようだ。硬い声で、「わかりました」と答える。おれは一瞬で考えをまとめた。

「部屋の中に非常ベルがあるはずです。探してください」

「あります。これを押すのですか」

「そうです。そして、精一杯大声で火事だと叫んでください。叫びながら廊下に飛び出すのです。おれは非常階段から八階に上ります。あなたは走って、そちらに向かってください」

「わ、わかりました」

「地下の駐車場に車を用意しておきます。それに乗って逃げます」

横内秋絵は、すぐに非常ベルを鳴らすと約束した。おれは電話を置き、サイドブレーキを下ろした。手を上げて車の流れを遮り、強引に走り出す。すぐに左折してホテル地下の駐車場に飛び込んだ。駐車している車の数は少ない。一度切り返して鼻先を出口に向けてから、鍵をかけずに車を降りた。

ホテルグランドヒルは、中ランクのビジネスホテルだ。この時間に駐車場に守衛を置いておくほど、警備に力を入れているわけではない。おれは階上への扉を開け、誰にも咎められることなく非常階段に向かった。

二階に上ったときに、早くもヒステリックな警報が鳴り始めた。急がなければならない。おれは二段飛ばしに階段を駆け上がり、八階を目指した。たちまち体が悲鳴を上げたが、意志の力で押し殺す。人間は気合で体を従わせることができるのだ。

八階のスティールドアに飛びつくと、同時に内側から開かれた。驚いた顔の女性と顔を突き合わす。ひと目でわかった。横内秋絵は絢子にそっくりだった。

「迫水です。さあ、早く」

返事を待たず肘を摑み、踊り場に引きずり出した。廊下を覗くと、秋絵の脱走に気づいたヤクザがひとり、血相を変えてこちらに向かってくるところだった。おれは秋絵を先にやり、ヤクザが手の届く範囲に近づいてくるのを待った。そして貴島から奪ってきた拳銃をゆっくりと取り出し、威嚇《いかく》した。

ヤクザは顔一面に驚きを浮かべ、つんのめるように立ち止まった。おれは拳銃を握り替え、銃把でヤクザの首筋を手加減なしにどやしつけた。ヤクザは声もなくくずおれた。

急いで秋絵の後を追い、五階で追いついた。そこから先はおれが先頭に立ち、一気に地下まで駆け下りた。つんざくような警報音に煽《あお》られ、ホテル内はパニックに陥っているようだった。誰もおれたちの行動を見咎めなかった。アウディに飛び込み、エンジンをかける。そのまま思い切りアクセルを踏み込んで、路上に走り出た。

出て右、信号ですぐに左、そしてバックミラーで追跡者がないことを確認してから、ようやく通常の速度で車の流れに乗った。そのまま真っ直ぐ外苑西通りを下る。手の震えは完全に止まっていた。

「横内秋絵さん、ですね」

おれはちらりと横目で彼女を見て、呼びかけた。

「そうです」

秋絵は青ざめた顔で、こくりと頷いた。絢子に似ている。これならば誰が見ても、絢子との血縁関係を疑わないであろう。だが秋絵は、絢子が鋭角的な美しさであったのに対し、女性的な曲線で構成された容貌をしていた。姉妹であることに疑いはないが、よく見れば両者の違いは歴然としている。絢子に比べ、どこかはかなげな雰囲気をまとっているのは、ヤクザに捕まり監禁されていたせいだろうか。それともこの楚々《そそ》たる気配が、秋絵の人格の多くを占めているものなのか。

「ずっと捜していました。あなたに会って、訊きたいことがあったのです」

おれが言うと、秋絵もまた真摯《しんし》な眼差しでこちらを見た。

「あたしこそ、迫水さんには一度お会いしなければと思っていました。姉がお世話になっていたことを、あたしはつい最近まで知らずにいたのです」

「やはりあなたは、絢子の妹なのですね」

確認すると、秋絵ははっきりと認めた。

「そうです。あたしは佐藤絢子の実の妹です」

ようやく辿《たど》り着いた。その思いに、おれは軽く眩暈《めまい》を覚えた。

「あなたを捜していました。実は数日前から、絢子が行方不明なのです。絢子の行方をご存じないか、あなたに訊きたかった」

「姉が姿を消したことは知っています。姉と迫水さんが一緒に暮らしていたことも」

「誰に聞いたのですか」

「渡辺組のヤクザです」

車はふたたび、四谷四丁目の交差点に差しかかった。おれはそのまま直進させた。

「絢子の行方をご存じなんですか？　絢子はあなたを訪ねていきましたか？」

おれの質問に、秋絵はゆっくりと首を振って答えた。

「……いいえ、来ていません。姉とは数年前に会ったきり、連絡をとり合っていませんんでした」

そうだったのか。ゴールはもうじきかと思いきや、まだおれは走り続けなければならないようだ。

失望を押し殺しながら、質問を続ける。

「それは残念です。でも、あなたに伺いたいことはたくさんあります。まず最初に訊きたいのは、どうしてあなたが渡辺組に監禁されていたのかということです」

今度の問いには、秋絵は即座に答えた。

「それは、あたしが神和会に追われているからです。渡辺組はあたしを監禁したのではなく、神和会から守っていたのです。自由がないという点では、軟禁も同然でしたが」

「なぜ渡辺組があなたを守るのですか」

「それは……、そのお返事はまだ待ってください。あたしは迫水さんがどこまでご存じなのか知らないのです」

秋絵は不可解な返事をした。おれはたまらず訊き返した。

「どういうことですか。おれに話せないことがあるという意味ですか」

「姉が失踪したことは聞いています。姉は迫水さんに、何も打ち明けずに出ていったのですね」

秋絵は冷静に確認した。おれは言葉を失った。

「姉はたぶん、迫水さんにはどうしても知られたくない過去を隠すために、黙って姿を消したのだと思います。姉のその気持ちを思えば、あたしがなんでもお話しするというわけにはいきません」

「あなたは絢子の過去をすべてご存じなのですね」

「いいえ、あたしと姉は腹違いの姉妹で、別々に育てられました。気性も正反対でしたから、それほど仲がいい姉妹とは言えません。ですので成人してからは、姉がどのような生活を送っていたかをほとんど知らないのです。その点はたぶん、迫水さんの方がよくご存じかと思います」

「でしたら、あなたは絢子の失踪の理由を知らないのですか」

「知りません。でも見当はつきます。姉は自分を恥じていたのだと思います」

秋絵は、間違いようもないほどきっぱりと言い切った。おれは重ねる言葉を探せず、しばし車内には沈黙が訪れた。

車はいつしか千駄ケ谷《せんだがや》に近づいていた。おれは明治公園のそばに車を駐車し、改めて秋絵に向き合った。

「あなたの存在を知ったのは、あなたが元川育子さんを捜していたからです。どうしてあなたは、彼女を捜していたのですか」

おれは話題を変えた。自分が知っている事実を秋絵に打ち明ける前に、疑問はすべて解消しておきたかった。

秋絵は唇を強く引き結び、答えた。

「渡辺組組長狙撃事件について、詳しいことが知りたかったのです」

「それは存じています。おれはあなたの跡を追って、元川育子さんに会いました。組長狙撃についての詳細も聞きました。あなたの懸念が杞憂《きゆう》に終わったことも」

「そう、あれはあたしの勘違いでした」

「もしかしたらあなたは、組長狙撃に絢子が関わっているかもしれないと考えていたのではないですか」

「……そのとおりです」

秋絵は悄然《しょうぜん》とうなだれて認めた。おれはなおも確認を求める。

「結局事件は、元川剛生の単独犯行のようです。その裏には、まだ世間に発表されていないヤクザ同士の抗争が潜んでいたのですが、絢子はそれには関係なかったわけですね」

「そうです。あたしはてっきり、事件は姉の過激な考えが引き起こしたのだと思っていました」

「どうしてそんな勘違いをしたのですか。なぜ絢子が、渡辺組組長の襲撃などに関わらなければならないのです？」

一番の疑問だった。絢子が台湾マフィアの会長を狙撃するというのならわかる。だが、なぜ渡辺組なのか。絢子の過去を思えば、それはまったく的外れではないか。秋絵は何を取り違えているのか。

だが秋絵は、思いがけないことを口にした。

「姉は渡辺組組長である渡辺大吾を、心の底から憎んでいました。それこそ殺しても飽きたらないほどに」

「どういうことですか」

思わずおれは尋ね返した。秋絵の口調には一片の迷いもなく、ただ厳然たる事実を口にする者のみが持てる確信が滲《にじ》んでいた。

「――姉とあたしには、渡辺大吾を憎む理由があるのです。姉はたまにあたしに会うといつも、渡辺大吾を殺してやると言っていました。それは成長するにつれて本気の度合いを増すようで、あたしはいつか姉が本当にそれを実行すると思っていました。だからニュースで事件を聞いたとき、真っ先に姉が関わっていると考えたのです」

「その理由というのはなんですか。なぜあなたたち姉妹は、渡辺大吾を憎むのですか」

おれは思わず身を乗り出した。秋絵の言うことは不可解で、こちらの理解を完全に超えていた。

だが秋絵は、そんなおれの顔を見ても、ただ悲しそうに首を振るだけだった。その半分泣き顔のような表情には、どんな強固な巌《いわお》にも負けない強い意志が秘められていた。

「そのことについてはお話しできません。姉だけでなく、それはあたしの恥でもあるのです。姉はその恥を迫水さんに知られないために、あえて何も言わず姿を消したのでしょう。その姉の気持ちを思えば、他の方ならともかく、迫水さんにだけはお話しできません。姉の意志をお酌《く》みとりください」

思わず喉許まで反駁《はんばく》が出かかったが、おれはかろうじてそれを飲み下した。秋絵の顔には今や、おれが愛した絢子と同じ強靭《きょうじん》な意志が表れている。おそらく秋絵は何も話すまい。おれは長い長い試行錯誤の果てに、すべてが徒労に終わったことを知った。おれを弾きとばしたのは、絢子が隠しとおした過去ではなく、今現在の彼女の強い決意だった。おれはそれにになら負けてもかまわないと思った。

「――あなたはこれからどうなさいます。自宅に戻っても、またヤクザに捕まってしまうでしょう」

おれは諦念《ていねん》を押し隠して、秋絵に尋ねた。秋絵はしばらく考えて、答えた。

「渋谷のホテルで降ろしてください。あたしが捕まっていたのは、神和会から逃げるためです。その神和会が壊滅した今、渡辺組があたしを拘束する理由はなくなったはずです。しばらく様子を見て、ほとぼりが冷めた頃に自宅に戻ろうと思います」

「そうですか」

おれはサイドブレーキを下ろし、車を発進させた。ビクター青山スタジオ横のトンネルを抜けて、明治通りに出る。そしてそのまま、ゆっくりと渋谷に向かった。

「今はどこに住んでいるのですか」

「馬込《まごめ》です。母が死んでからずっと、そこでひとりで暮らしています」

「いつ日本にいらしたのですか」

「えっ、どういうことですか」

秋絵は首を巡らし、まるでおれが妙なことを言ったような目でこちらを見た。

「いえ、ですから台湾からこちらには、いついらしたのかという意味ですが」

「あたしは生まれたのも育ったのも、ずっと馬込です。台湾なんて、行ったこともありませんが」

怪訝な面もちで首を傾げる。おれは軽い疑問を覚えて、その点を質した。

「絢子とは腹違いとおっしゃいましたね。するとお父さんが台湾人なわけですか」

「迫水さんが何をおっしゃっているかわかりませんが、あたしの父は生粋《きっすい》の日本人です。もちろん姉も」

「なんですって！」

思わず大声を上げた。秋絵はおれの突然の剣幕に、若干恐れを抱いたようだった。びっくりしたように身を引いて、おれから遠ざかる。おれは車を真っ直ぐ走らせることすら忘れそうになった。

「絢子は日本人だったと言うのですか」

「姉は自分が台湾人だとでも言ったのですか」

逆に尋ね返された。嘘をついているようには見えなかった。おれが絢子の素性を知っていることを明かした以上、そうまでしてとぼける必要はないはずだった。秋絵は真実を語っているのだ。

すべてが今や、別の顔を見せ始めようとしていた。おれは混乱を抱えたまま、秋絵を東急ホテルまで送った。秋絵は落ちついたらもう一度連絡すると約束して、何度も丁寧に頭を下げてカウンターに向かった。

おれは車に戻って、携帯電話を手にした。一件だけ、どうしても電話しなければならない場所があった。

33

アウディを有料駐車場に突っ込み、徒歩でセンチュリー・ハイアットに向かった。車を運転したのなど久しぶりだったが、結局一度もぶつけずに済んだ。貴島の愛人にはさんざんひどいことをしてしまったが、車に傷をつけなかったのはせめてもだった。そのことで感謝してもらえるとは、とうてい思えないが。

ロビーに入ると、おれを認めて立ち上がった人がいた。麗子だ。部屋で待っていればいいのに、わざわざ下りてきたらしい。おれは頭を下げて、近寄っていった。

麗子はおれの顔を見ると、軽く息を呑んだ。

「その顔の傷、ヤクザにやられたの?」

「うん。でも大したことはないよ。指も目玉もちゃんと残っているだけ、幸運だった」

麗子は不安そうに目をさまよわせ、「よかったわ」と呟いた。おれは顎をしゃくって、部屋に行こうと促した。

「ここじゃゆっくり話もできない。女性が泊まっている部屋に入りたがるなんて不作法だけど、信用してくれ」

「別にそんな心配してないけど」

言って、麗子は歩き出した。おれはその後についていく。

エレベーターに乗ると、麗子は階数ボタンを押した。それを見て、おれは少し奇異に思う。

「あれ、この前と違う階じゃないか」

「部屋を替わったのよ。前の部屋はなんとなくいやになって」

「ふうん」

おれは頷く。エレベーターケージの中には、沈黙が満ちた。それを息苦しく感じたように、麗子が口を開いた。

「お友達が亡くなったんですってね。なんと言ったらいいかわからないけど、ごめんなさい。あたしがヤクザに捕まったりしたからだわ」

「おれが巻き込んだ。こんなことになるとは思いもしなかった。後東はただ、覚醒剤を投げ出して現場から立ち去るだけだったんだ。相手が神和会だけだったら、それでも安全なはずだった」

「どういうこと？　お友達を殺したのは神和会なんでしょ」

「違う。渡辺組だ。奴らはおれを利用するために、邪魔な後東を殺したんだ」

「そう……なの」

「君も警察に聞いて知っているはずだ。すべてを裏で操っていたのは渡辺組だった。おれは渡辺組が描く筋書に沿って、ただ踊らされていただけなんだ」

「それは警察が言っていることなの？　警察は犯人が渡辺組だと断定したの？」

「そうじゃない。警察はそこまで確信していない。今はまだ、なんの証拠もないんだ」

エレベーターが止まった。おれたちは一緒にケージを出る。麗子はルームキーを取り出して、先に立って廊下を進んだ。

「ここなの」

麗子はドアを開けて、中に入るようおれを促した。覗き込むと、そこは思いがけず豪華な部屋だった。先日まで泊まっていた部屋とは、ランクが違う。ベッドがふたつに、応接セット、隣には続き部屋があるようだった。

「お茶、淹れるわね」

麗子はすぐに坐ろうとせず、備えつけのポットの前に立った。おれは遠慮せず、椅子に腰を下ろす。麗子はふたり分の湯飲み茶碗《ぢゃわん》にお茶を注ぎ、それをテーブルに置いた。

「電話では、兄を殺したのが誰かわかったと言ってたわね」

「ああ、わかったよ。犯人は神和会だ」

「やっぱりそうだったのね。それは警察の捜査でわかったの？」

「まだだけど、いずれわかるだろう。実は、おれの兄貴は警察官なんだ。マル暴ってい う、暴力団を相手にする部署の人間でね。あの兄貴なら、いずれはっきりさせると思う よ」

「そうなの」

麗子は兄貴の素性を知っても、特に驚く様子もなかった。おれは湯飲みを口に運んでから、先を続ける。

「でも、その兄貴も首を傾げていることがあるんだ。通訳を介しているのでもどかしいんだけど、どうも台湾マフィアの言うことが腑《ふ》に落ちないらしい」

「マフィアが何を言ってるの」

「おれが君から預かった覚醒剤、あれはいったいなんのことだと言ってるんだそうだ」

「あれはあなたの奥さんが、マフィアのところから持ち逃げした物でしょう。それを知らないって言ってるの？」

麗子は小首を傾げる。おれは小さく頷いた。

「もちろん、マフィアが白を切っている可能性だってある。これ以上余罪を増やしたくないのかもしれない。でも鑑識の調べの結果、マフィアの言葉を裏づけるような事実も判明してるんだ。現場には、マフィアが持ってきた覚醒剤があった。それと君から預かった物は、まったく別の精製過程を経ているらしい」

「それは見本だからじゃないの。三年以上も前に日本に持ち込まれた物でしょう。成分が違っても、当たり前じゃないかしら」

「どうして渡辺組は、君が覚醒剤を持っていることを知ったのかな」

「それはあたしが喋ってしまったからよ。あなたがそれを咎めているのなら、謝るわ。あたしの軽率な行動のためにお友達が死んでしまったのだから、あなたが怒るのも無理はないと思ってる」

「渡辺組は君の顔を知っていたわけじゃないよな。しかも奴らは、絢子が覚醒剤を持ち逃げしたことすら知らなかったはずだ。それなのに、いきなり見かけた君を連れ去るような乱暴なことをするだろうか。奴らは君が覚醒剤を持っていることを知っていて連れ去ったんじゃない。君に聞いて初めて知ったんだろう。妙だと思わないか」

「ヤクザだから、そんな乱暴なことをするんじゃないの」

「違う。今のヤクザは、自分たちの安全を守ることに敏感になっている。一般の女性を誘拐したりすれば、どんなことになるかはわかっていたはずだ。まして君の利用価値を、渡辺組は知らなかった。理由もないのに誘拐したのは、どう考えてもおかしいじゃないか」

「その考えを警察に言ったらどうかしら。こんなところであたし相手に話しても始まらないわ」

麗子は疲れたように言って、お茶を一気に飲み干した。湯飲み茶碗をテーブルに戻す仕種には、わずかな苛立ちが見て取れた。おれは言葉を継ぐのをやめない。

「――台湾マフィアの自白していることが本当だと認めてみる。するとどうなるか。君が持ってきた覚醒剤は、どこから湧いてきたんだろう」

「どこからって、兄の手紙に書いてあるとおり、あなたの奥さんが持ってきた物でしょう。それ以外に、どうやって兄が覚醒剤なんか手にできるって言うの」

「そのとおり。覚醒剤なんて一般の人間が簡単に入手できる物じゃない。するとあれは、どこから出てきたのか。あの覚醒剤自体が、渡辺組の仕組んだ罠だったとは考えられないだろうか」

「どうして？　兄を殺したのは神和会なんでしょう。それなのにどうして、渡辺組があたしのところに兄の遺書を送れたの？　渡辺組にそんな頭のいい人間がいたということ？」

「そうなんだよ。貴島って奴は、おれなんかより遥《はる》かに頭のいい奴だった」

「ねえ、悪いんだけど、何が言いたいのかさっぱりわからないわ。何かを考えているようだけど、どうしてそれをあたしに話したいわけ？　こんな夜中にやってくるからどうしたのかと思ったら、そんな話なの」

麗子は不満そうに口を尖《とが》らせたが、おれはそれを無視した。無礼は承知の上である。

「君の兄さんが嘘をついていたのか、最初はそう考えた」

「どうして兄が嘘をついたなんて思うのよ」

「おれはさっきまで、横内秋絵さんに会っていたんだ。彼女は渡辺組に軟禁されていた。それを脱走させて、ようやくゆっくり話すことができたんだ」

麗子は驚いたように口を噤《つぐ》んだ。おれはかまわず続けた。

「彼女は何も打ち明けてくれなかった。すべては絢子の恥になることだと言って、がんとしてこちらの質問を撥《は》ねつけた。でも彼女は、ひとつだけ妙なことを言った。絢子は生粋の日本人だと言うんだ。これはどういうことなんだ」

「兄の手紙が間違っていたと言うの」

「間違っていたんじゃない。でたらめが書いてあったんだ。どうして新井は、そんなことを書いたのか。新井が死に際してまで、そんな嘘をつく理由があったのか。おれにはどうしても、その理由が思いつけなかった。だから、あの手紙自体が偽物じゃないかと考えた」

「……」

彼女は何も言わなかった。おれは先を急いだ。

「手紙が偽物だとすると、どう考えてもおかしいことがある。あの手紙はワープロで書かれていたわけじゃない。男の字の直筆だった。だからこそ、おれは疑うことなく信用したんだ。妹の君が疑ってないんだからな、他人のおれが疑えるわけがない。でも、手紙は偽物だった。それなのにどうして、君は兄のものだと認めたんだ。離れて暮らしていたから、筆跡がわからなくなっていたのか」

「そうよ。だって兄の字なんてしばらく見たことなかった――」

「筆跡なんて、そう変わるもんじゃない」おれは麗子の言葉を遮った。「字の癖なんて、だいたい高校くらいで固まるもんじゃないか。おれだってそうだ。十代の頃から変わっちゃいない。でもそんなことよりも問題なのは、なぜ君が見知らぬ筆跡の手紙を無条件に兄のものだと認めたか、だ」

麗子は答えなかった。その顔に、表情は見られない。血の気が引いた麗子の顔は、まるで生気のない人形のようだった。そんな表情の麗子は、これまで一度も会ったことのない別人のように見えた。

「君に電話をする前に、一件だけ電話を入れたんだ。絢子が働いていた、千駄ヶ谷のレストランだ。新井の従姉《いとこ》がやっているというレストランだよ。おれはレストランのオーナーに、新井には妹がいたのかと訊いてみた。するとオーナーは、怪訝そうな声で応じた。新井には妹どころか、兄弟はひとりもいない、と。これはどういうことなんだ。君はいったい誰なんだ」

麗子はなおも沈黙を続けている。おれは畳みかけた。

「君が答えられないなら、おれが言ってやろう。君は渡辺組の手先だったんだ」

34

「ずいぶんな言われようね」

しばらく間をおいて、ようやく麗子は答えた。その表情には、驚きや動揺などは見られない。それでもおれは、自分の指摘が間違っているとは思わなかった。

「すべての筋書きを考えたのは、貴島なんだろう。まったく貴島は、大した奴なんだな。組長が重態で身動きがとれないというときに、それを逆手にとって敵対する組織を壊滅に追い込んでしまうんだから。神和会壊滅におれも少なからず貢献してしまったかと思うと、あんまり愉快じゃいられないよ」

「思い込みで話を進めないでくれる？　あたしはまだ、あなたの指摘を認めたわけじゃないわ」

「白を切ろうっていうのか。貴島も最後までとぼけていたが、手先の君も同じように嘘つきってわけだ」

「最後まで？」

麗子はこちらの言葉を聞き咎める。おれは平静を装って、あっさりと告げた。

「貴島は死んだよ。おれが殺したんだ」

さすがの麗子も、この言葉には息を呑んだ。その反応は、すべてを認めたも同然だった。

「すっかり騙されていたよ。でも考えてみたら、最初に君がおれのアパートを訪ねてきたときに、ヤクザの手先じゃないかと疑ったんだよ。それなのに、そんなこともころっと忘れて信じてしまった。君たちなら、騙される方が悪いと言い張るんだろう。自分でもそう思うけど、それだけじゃ済まされないことになってしまった」

麗子はもはや、相槌さえ打たなかった。かまわずに、おれは言いたいことを続ける。

「君たちは、絢子のことを探るおれが目障りだったんだろう。貴島は再三に亘って、この件から手を引けとおれに警告を与えた。暴力、恫喝、そして懐柔すらしようとして、どうにかおれを諦めさせようとした。それでもおれが引き下がらないことを知ると、君が登場してきた。新井の偽の手紙を見せて、絢子の偽りの過去を伝えることでおれを納得させようとしたんだ。その計画はほとんど図に当たって、おれはもう少しで絢子の嘘の過去を信用してしまうところだった。青山で追いかけてきたヤクザも、君たちの一味だったんだろう。直接誰かの口から伝えるのではなく、あんなふうにすったもんだした挙げ句、新井の残した遺書という形でおれに吹き込んだのが憎い演出だった。おれはついさっきまで、手紙の内容を疑おうなんて考えもしなかった」

「……どうして、あたしに会いに来たの？　貴島さんを殺したように、あたしも殺すの？」

麗子の問いかけを、おれは無視した。

「渡辺組はおれが横内秋絵さんを捜し続けると知って、すぐに次の手を打った。おれがどうしても諦めないならば、いっそのこと利用してやろうと考えたんだろう？　おれと神和会を嚙み合わせ、両方とも一挙に始末しようとしたんだ」

「貴島さんは、あなたを殺すつもりはなかったわ。少しこちらの仕事を手伝ってもらおうと思っただけ。だからあなたが倉庫に潜入してすぐ、警察に通報したのよ。あなたが殺されてしまう前にね」

ようやく麗子は、こちらの指摘を認めた。しかしそのことに、いまさらなんの感想も持たない。おれは自分の推理が間違っていないと、ここに来る前から確信していた。

「おれが生き残ったのも、すべて計算どおりだったというわけか。ありがたいと感謝しなければならないな」

「そんな言い方はしないで。大した怪我じゃなくてよかったわ。さっき頬のガーゼを見たときは、本当にびっくりした」

「新井の手紙を疑って、そして君の正体を疑って、全体の仕掛けが見えてきた。自分が何も知らずに走り回っている、ただの道化者だったとわかったよ。でもどうしてもわからないのが、おれの存在の意味だ。この事件の中でおれが果たした役割とは、いったいなんだったんだ。君たちはどうして、絢子を捜すのを諦めさせようとしたんだ」

「知らないわ、そんなこと。あたしは命令されるままに動いていただけだもの。すべてを知っていたのは、貴島さんだわ」

「貴島は死んでしまった。代わりに喋ってくれるのは、君しかいない」

「知らないのよ、本当に。信じて」

麗子の目には、恐怖の色が見えた。おれのことを恐れているのだ。おれはこれまで、他人からこのような目で見られた経験はなかった。他人を威圧して、自分の意思に従えるような真似など、一生しないだろうと漠然と考えていた。それなのに今、おれは命に危険が及ぶことを仄めかし、麗子の口を割らせようとしている。己に対する嫌悪がむくむくと湧き起こってくるが、それを打ち消すのは胸の底に食い込んで二度と離れなくなった強い怒りだ。これがある限り、おれはためらわず進む。

「貴島以外に、誰が全体の構図を把握している？　こんな大がかりな仕掛けを、貴島ひとりで取り仕切っていたわけじゃないだろう」

「知らないのよ。嘘じゃないわ」

「殺された後東は、高校以来の友人だった。口が悪い奴でね、さんざん情けないと罵《ののし》られたものだよ。でもどういうわけか馬が合ってさ、この年になるまで、ずっと付き合ってたんだ。こんな友達は、他にいない。おれはたったひとりの親友を自分の都合に巻き込んでしまい、その上、死に追いやってしまったんだ。おれがどれだけ自分を責めているか、君はわかるかい」

「貴島さんを殺したなら、復讐《ふくしゅう》はそれで済んだんでしょ。お願い。あたしまで殺さないで」

おれの口調に、麗子は危険な何かを感じ取ったのかもしれない。震える声で言って、椅子ごとじりじりと後ろに下がった。

「本当のことを言わないなら、何をするかわからないよ。昨日までのおれと思わないでくれ。自分でも、何をするかわからないんだ。渡辺組に関わっている奴は、全員殺してやりたいほどだ」

「本当に知らないの。嘘じゃないったら」

麗子がおののきながら首を振った瞬間だった。突然、隣に続く部屋のドアが開き、女性の声が割って入った。おれはその声を耳にした瞬間、飛び跳ねるように立ち上がった。

声の主は、この場に闖入《ちんにゅう》するには最もふさわしくない人物だった。

「その人は何も知らないわ。訊きたいことがあるなら、あたしが答えます」

ドアの蔭には、絢子が立っていた。

35

「絢子……」

死んだ貴島がそこに立っていても、おれはこれほど驚きはしなかっただろう。心底愕《がく》然《ぜん》として、絢子の名を呟いたきり何も言えなくなった。絢子はそんなおれに悲しげな一《いち》瞥《べつ》をくれ、部屋の中に入ってきた。麗子が慌てて席を譲り、後ろに下がる。絢子は礼を言って、その椅子に坐った。

「驚かせてごめんなさい。こんなふうに佑ちゃんに会うことになるとは、ぜんぜん思わなかったわ」

絢子はおれを見上げて、そう言った。それはおれもまったく同じ気持ちだった。いつか会えると信じていたが、それが今とは予想もしなかった。

「――どうして君が、こんなところにいるんだ」

かろうじて、喉から声を絞り出した。自分の発する声とは思えぬほど、それはかすれていた。

「全部説明します。そうしないと、納得してくれそうにないから」

「ずっと捜してたんだ。君のことを捜して、こんなところまで来てしまった。会いたかった」

「あたしもよ、佑ちゃん」

絢子はおれのことを「佑ちゃん」と呼んだ。その呼び方は、以前とちっとも変わらなかった。それがおれにはこの上なく嬉しかったが、しかし同時に強烈な違和感を植えつけた。

「坐って、佑ちゃん。立ったままじゃ、ゆっくり話もできないわ」

言われて、おれはどすんと腰を下ろした。全身から力が抜け、何も考えられなくなる。

「麗子さんの泊まっている部屋が替わっていたことに、ちょっと警戒したでしょ。それは佑ちゃんから連絡があったと聞いて、急に移ってもらったからなのよ。もともとあたしはずっとこのホテルに泊まってたんだけど、隣で佑ちゃんの話を聞きたかったから」

「そうだったのか」

おれはてっきり、隣室にヤクザが潜んでいるのだろうと覚悟していた。そのために、いつでも拳銃を抜けるように身構えていたくらいだ。

「ごめんなさい。麗子さんも坐って。話が長くなるから」

絢子は背後を振り返って、立ち尽くしている麗子を気遣った。麗子は「はい」と短く返事をして、ベッドに腰を下ろした。

「どこから始めたらいいのかしら……。そうね、やっぱりそもそもの発端の、渡辺組組長狙撃事件から始めるべきかしら」

絢子はそんなふうに話し始めた。おれは絢子の顔を、ただ呆然と見つめる。こんな思いがけない形で相まみえていても、絢子はおれの記憶にあるとおりの絢子だった。

「渡辺組組長・渡辺大吾の体には、あるひとつの重大な秘密があったの。組の存亡にもかかわる大変なことなので、幹部クラスにしか知らされていない、神和会はもちろん警察も知らないような秘密。渡辺大吾の体に流れる血は、めったにない特別な型だったのよ」

「特別な型？」

「そう、ＲｈマイナスのＡＢ型。日本では何千人にひとりの、本当に珍しい血液型なの。日本最大の広域暴力団のトップがそんな血液型だなんて、ちょっと信じられないでしょ。でも事実なんだから、渡辺大吾は信じられないくらい幸運だったと言うしかないわ。若い頃から無鉄砲な生き方をしてきたらしいのに、不思議と大きな怪我だけは負わなかったそうよ。日本最大の暴力団を作り上げるような人は、やはりそれなりの特別な運を持っているのね。でもそんな渡辺大吾も、ついに死神に捕まった。晩年になって初めて、体に銃弾を撃ち込まれたのよ。つまりあの狙撃事件には、そういうもうひとつの側面があったわけ」

絢子はただ、既知のことをおれに説明しているだけのようだった。だが聞いているおれは、あまりにも不思議でならない。渡辺組の上層部しか知らないようなそんな秘密を、なぜ絢子が知っているのか。絢子はそこに、どう関わってくるのか。

「だから、渡辺大吾が狙撃されて、幹部たちは大慌てしたわ。何しろ渡辺組は、渡辺大吾あっての所帯だったから。今、渡辺大吾に死なれては、大黒柱が折れた家のようにバラバラになってしまう。渡辺大吾の跡目を継げるほど、突出したナンバーツーはいなかったからね。きっと醜い内部抗争が起きて、傘下の組織にも脱退するところが出てきて、そこを神和会につけ込まれ、下手をすると壊滅してしまう危険性もあった。せめて渡辺大吾の息子が生きていれば、その人を担ぎ上げて名目だけの二代目として結束することもできた。でも渡辺組にとって不運なことに、渡辺大吾の息子も一緒に狙撃されて、死んでしまった。渡辺組は四面楚歌《しめんそか》で、まったくお手上げ状態になってしまったのよ」

「……なるほど」

おれは相槌を打ったものの、まったく釈然としなかった。絢子の言葉を疑ったわけではない。おそらくそのような裏の事情があったのだろう。しかしそれにしては、おれの知る渡辺組の動きは奇妙だった。それほど追いつめられていたのに、なぜおれのような平凡な男とかかずらっていたのだろうか。

「渡辺組幹部を悩ませた問題は、もうひとつあった。それは当の渡辺大吾のこだわりだったんだって。渡辺大吾は輸血を受けなければ助からない容態だった。それなのに、血液銀行から届けられる血を、渡辺大吾は拒否したのよ。銀行の血液を輸血されるくらいなら、このまま死んだ方がましだとまで言ったそうだわ」

「どうして」

「日本の血液行政への不信」絢子は簡単に答えた。「血友病患者がHIVウイルス入りの血液製剤を投与されて、HIVキャリアになってしまったことは知ってるでしょ。日本の血液行政を司《つかさど》る厚生省と医者は、当時アメリカから輸入されていた非加熱製剤が危険だとうすうす知りながら、自分たちの利益を優先させてその危険に目を瞑《つぶ》った。患者がHIVキャリアになるかもしれないと思いながら、平気な顔で非加熱製剤の投与を勧めていたのよ。渡辺大吾は自分が特別な血液型だったから、たぶんそういう問題に関心があったんでしょうね。そんないい加減な厚生省の管理下にある血液など、絶対に信用できないと言い張ったそうよ」

「でもそんなこと言ったって、輸血を受けなければ死んでしまうんだろう。渡辺大吾は死ぬ気だったのか」

「ううん。そうじゃなくって、渡辺大吾には信頼できる血液供給元に心当たりがあったのよ。その人から輸血されるなら大丈夫という、心当たりがね」

「なるほど。で、それは誰だったんだ」

「あたし」

あっさりと絢子は言った。おれは今日何度目かの驚きを込めて、絢子の顔を見直した。

「佑ちゃんには話してなかったわね。あたしもRhマイナスAB型の血液を持っているのよ」

「……そうなのか。そんなこと、ぜんぜん知らなかった」

「わざわざ話す必要がなかったからね。あたし、自分の血液型が嫌いだったから、積極的に話す気になれなかったの」

「ああ、そうか」

珍しい血液型の人がどのような苦労をしているか、おれの想像の及ぶところではなかった。絢子が自分の血液型を嫌っていても、不思議でもなんでもない。ちょっとした怪我でも大袈裟に怖がったのは、その特別な血液型のせいだったのか。絢子の抱えていた不安を、おれはいまさらながら理解した。

「そういう血液型の人同士では、横の繋がりがあるんだな。だから渡辺大吾は、絢ちゃんの名前をすぐ思い浮かべたんだろう」

「違うわ。だって渡辺大吾の血液型は、誰にも知られてはならない秘密だったんだから。そんな横の繋がりなんて、あるわけないじゃない」

「じゃあどうして、渡辺大吾は君のことを知ってたんだ？」

おれの疑問に、絢子は一拍おいて答えた。

「それは、あたしが渡辺大吾の娘だったから」

36

そうだったのか。それを聞いた瞬間、何もかも腑《ふ》に落ちた気がした。なぜ絢子がここに現れたのか、どうしておれの前から姿を消したのか、神和会が絢子を捜していた理由、横内秋絵が絢子の行動を心配していたわけ、それらすべてが、霧を払ったようにおれの前で明らかになった。

「母は渡辺大吾の愛人だったの。といっても、特別な存在だったわけじゃないわ。大勢いる愛人のうちのひとりで、しかも短期間で捨てられたかわいそうな女。母は、年の割にはずいぶん老《ふ》けてる人だったわ。まだ五十を過ぎたばかりなのに、七十過ぎみたいに見えたくらい。それは母が、渡辺大吾に捨てられた後、まだ赤ちゃんだったあたしを抱えてものすごい苦労を重ねたからなの。母の親戚は、ヤクザの子供を産んだ身内を嫌ってなんの援助もしなかったし、渡辺大吾も経済的サポートはいっさい与えなかった。学があったわけでも、手に職を持っていたわけでもない母は、最初は水商売でなんとか生計を立てていたんだけど、そのうち年を取ってくるとそれも難しくなった。それからはあらゆるパートを転々として、なんとかあたしを育て上げてくれたのよ。その挙げ句、あたしが成人したことで安心したのか、木の枝が折れるようにあっさりと息を引き取ってしまった。母の一生は、渡辺大吾にめちゃくちゃにされたのよ」

「そうだったのか……」

絢子の述懐に、おれはそんなふうにしか答えられなかった。横内秋絵は、絢子が渡辺大吾を憎んでいると言っていた。そのような過去があったのなら、憎む気持ちもわからないではない。とはいえ本当のところは、当事者でなければ理解できないのだろうが。

「じゃあ絢ちゃんは、渡辺大吾に輸血することを拒否したの？」

それが当然だろうと思った。絢子が血を分け与えなければ、憎むべき渡辺大吾は死ぬのだ。母親の復讐を考えるなら、千載一遇のチャンスのはずだった。

「ううん」しかし絢子は、首を振って答えた。「輸血に応じたわ。だから渡辺大吾は、未だに生きてるってわけ」

「どうして？　憎んでたんだろう」

「だって、相手は死にそうだったのよ。それも、まったく情愛を向けてもらえなかったとはいえ、血の繋がりのある親なのよ。そんな人が死にそうなのに、血をあげないなんて意地悪ができると思う？　渡辺大吾は許せないひどい人間だと思うけど、あたしまで同じレベルの卑《いや》しい人格にはなりたくなかったの」

「そうか」

言われてみれば、絢子ならそうするはずだった。絢子が他人の不幸につけ込んで、自分の復讐心を満たすようなことをするわけがない。ましてそれが実の父親であれば、絢子の選択はひとつしかあり得なかった。

「手術が終わった後、渡辺大吾はあたしの手を握って、涙を流してこれまでのことを詫びたわ。あたしたち母子を冷たくあしらってきたことを、ただのひとりの老人に戻って謝り続けたのよ。自分には組を背負っていかなければならない責任があった。自分に従ってくれている者たちを路頭に迷わせるわけにはいかなかった。ある意味で組の存在は、実の子供以上のものだった。だからこそあたしたちを省みる余裕がなかった。渡辺大吾はそう弁解したわ。卑怯な言い訳に過ぎなかったけど、でもそれが彼の本音だったんでしょうね。それを聞いたとき、輸血に応じてよかったと思ったわ」

「訊くまでもないけど、横内秋絵さんは普通の血液型だったんだよな」

「そうよ。渡辺大吾の特殊な血を受け継いだのは、子供たちの中でもあたしだけ」

「神和会は、絢ちゃんや秋絵さんのことを捜していた。渡辺組の方では秘密にしようとしていても、組長の秘密は漏れていたんだな」

「そうみたい。スパイがいたんだって、組の中に。すぐにそれはわかって、粛清されたそうよ。でも組長の秘密は漏れてしまった。神和会は渡辺大吾さえ消えれば、渡辺組は瓦解《がかい》すると考えていた。そのためにも、あたしが輸血することを阻《はば》まなければならなかったのね」

「それで、君と知り合いだった新井を連れ去ったわけか。もしかしたら神和会が新井のことを知ったのは、おれのせいなのかな」

おれが訪ねていかなければ、新井が死ぬこともなかったのかもしれない。そのことにいまさら気づき、おれは居たたまれなくなった。

「さあ、それはわからない。神和会の事情まで、あたしは知らないわ」

「そうか。でも新井は、何も知らなかったんだろう」

「ええ。あたしは新井さんに、自分のことは何も打ち明けなかったわ。ただ友達の縁で、新勤め先を紹介してもらっただけ。それでも神和会は、あたしの今の居所を探るために新井さんを尋問したのね。新井さんは隠す必要もないから、すべてを話したつもりだった。でも神和会は、それを信じなかった。執拗《しつよう》に責め立てるうちに、ハプニングが起きて心臓の病気で死んでしまった。本当に申し訳ないことをしたわ」

「新井の家には、貴島の携帯電話の番号があった。渡辺組は新井に接触をとっていたんだろう」

「そうよ。神和会が新井さんに目をつける前に、守って欲しいってあたしが頼んだの。志村明代さんも同じ。お店の前で、貴島さんのことを見かけたでしょ。あれはあなたの後を尾けていたわけじゃなくって、明代さんの身を心配していたのよ」

「ああ、そうだったのか」

またひとつ、腑に落ちた。ひとつひとつの断片が今、音を立てて嵌《はま》っていき、見慣れない絵になろうとしている。

「もしもの場合は匿ってやると、貴島さんは新井さんに伝えていたはずなの。それなのに新井さんは、ヤクザと関わることを極端に恐れて、自分がなんのためにヤクザにつけ狙われているのかもわからないまま、結局どこにも逃げられず神和会に捕まってしまった。全部、あたしのせいなの」

「神和会の犬飼は、それからすぐにおれに近づいてきたよ。でもおれは、絢ちゃんがどこに行ったか知らなかった。犬飼は若干の疑いを抱いていたようだったけど、一応納得して引き下がった。同時に奴らが秋絵さんに目をつけたのは、彼女もまたRhマイナスAB型の血液だと考えたからだろう」

「うん。神和会は中途半端な情報しか手に入れてなかったのね。それでも、秋絵の身に危険が迫っていることに変わりはなかった。秋絵は普通の血液型だと神和会に知らせる手段もなかった。だから仕方なく、秋絵も強制的に匿ってもらったの。あの子はいやがっているようだったけど、秋絵のためだったのよ」

「絢ちゃんは、秋絵さんと会わなかったのか」

「ええ。合わせる顔がなかったから。あたしのお蔭で渡辺大吾が命拾いしたなんて、秋絵には言えなかった」

　では秋絵さんは、おれに嘘をついたわけではなかったのだな。すべてが偽りばかりだったと知ったおれには、それがただひとつの救いのように感じられた。

「絢ちゃん。聞かせて欲しいよ。どうしておれに何も相談せず、一方的に姿を消したりしたんだ？　実の父親に輸血するくらい、どうってことないじゃないか。姿を消す必要なんて、ちっともなかったのに」

　おれは込み上げてくる複雑な思いを懸命に抑え込み、極力責めているような口調にならないよう問いかけた。それに対し絢子は、悲しそうに首を振る。

「そんなの、言えないわ。自分の遺伝子上の父親が日本最大の暴力団の組長だなんて、言えるわけないじゃない」

「もしかして、おれと入籍しなかったのもそのため？」

「そうよ。どんな弾みであなたやお兄さんに迷惑がかかるか、わからなかったから」

「ああ、兄貴か……」

もし兄貴が警察官でさえなかったら、絢子は違う判断をしたのだろうか。おれは考えてみたが、すぐにそんな仮定など無意味だと気づく。おれはたまらなくなって、語気を強めた。

「でも、いなくなる必要はなかった。輸血だけして、すぐ帰ってくればよかったじゃないか」

「駄目よ。だってあたしの存在は、神和会に知られてしまった。あなたのところにすぐ神和会のヤクザが来なかったのは、ただあなたのお兄さんの存在があったからよ。そうじゃなかったら、きっとあなたはもっと早く巻き込まれていた」

「おれが絢ちゃんのことを捜すとは思わなかったのか」

「……思ったわ」絢子は俯いた。「思ったけど、でも途中で諦めると思ってた。こんなにいつまでも捜してくれるとは、ぜんぜん考えなかった。諦めて欲しかったけど、でも嬉しかった」

諦めるわけないじゃないか。おれは内心で絢子に語りかけた。おれがどんなに絢ちゃんのことを大切に思っているか、わからなかったのか。もしわからなかったなら、それは絢子の認識不足のせいじゃない。おれの情けなさのせいだ。おれはもっともっと、はっきりと絢子に自分の気持ちを伝えていなければならなかったんだ。

「今となっては信じられないかもしれないけど、あなたのことを守ってと、あたしはずっと貴島さんに言い続けていたの。あなたが新井さんみたいに殺されたりしないよう、目を離さずに気をつけていてとお願いしたのよ。それなのにまさか、覚醒剤取引の現場に向かわせるような、そんな危険なことをあなたにさせるなんて——。後でそれを聞いたときには、大袈裟じゃなく心臓が止まってしまうかと思った」

「ヤクザはしょせんヤクザなんだよ。信頼なんかできる奴らじゃないんだ」

「そうだったのね。いまさらそれがわかったわ」

「後東が死んだよ、絢ちゃん。殺したのは渡辺組だ」

「ごめんなさい」絢子は唇を強く噛んだ。「謝って済むことじゃないのはわかってる。でも、ごめんなさいと言わせて。こんなことになってしまうなんて、未だに信じられない。後東さんの奥さんに、どんなお詫びをしたらいいのか……」

「絢ちゃんさえ姿を消さなければ！」

おれは思わず激昂《げっこう》してしまった。後東の名前を口にすれば、おれは冷静ではいられない。

「絢ちゃんさえもっと早く、すべての事情を話してくれていれば！　そうすれば後東は、こんなふうに死ななくて済んだんだ！」

一瞬にして頭に血が上り、自分を制御できなくなった。おれは立ち上がり、無意識に腰から拳銃を引き抜いていた。絢子に銃口を向け、そしてそのまま固まる。自分が何をしているのか一拍遅れて自覚し、愕然とした。

「後東は……、後東はたったひとりのおれの親友だったんだ。口は悪いけど、いつもおれのことを心配してくれていた。後東は絢ちゃんのために危険を承知でおれの頼みを聞いて、そのせいで命を落としたんだ。それがわかってるのか……」

絢子を責めるつもりはないはずだった。叫びながら、兄貴の言葉が胸に甦《よみがえ》る。そうだ、これはただの責任転嫁《てんか》に過ぎない。的確な判断ができず後東を死に追いやったのも、絢子の信頼を得られなかったのも、すべておれ自身のせいだ。誰が悪いわけでもない。

悔しくて、涙が出てきた。どうしておれはこうなんだろう。あんなに会いたかった絢子にようやく会えたというのに、おれは我を忘れて、あろうことか銃口を向けている。こんなひどい男は、誰よりもおれ自身が大嫌いだった。おれなんか、このまま消えてなくなればいいんだ。

拳銃をテーブルに投げ出し、おれは椅子に坐り込んだ。顔を手で覆って、溢れてくる涙を隠す。自分の情けなさは承知していても、泣いているところを絢子に見られたくはなかった。

だからおれは、絢子がどんな顔をしているのか、知ることができなかった。絢子はおれとは対照的に、冷静な声で語りかけた。

「佑ちゃんの言うとおりね。あたしがもっと思慮深ければ、誰も死ななくて済んだんだわ。あたし、佑ちゃんに撃たれても当然だと思う。撃って」

「撃てるわけないだろう！」おれは子供のように、ぶるんぶるんと首を振った。「撃てるわけないよ！　絢ちゃんが悪いわけじゃない！　全部おれが悪いんだから。おれが馬鹿だったから、情けないから、新井も後東も死ぬ羽目になったんだ！」

「そんなことない」

絢子は言った。それきり、どちらも言葉を発しようとしなかった。絢子は無言のまま、おれは情けなくべそべそと泣いて、ただ時間だけが過ぎていった。

ふと、絢子が立ち上がる気配がした。絢子はおれを見下ろし、優しく言葉をかけた。

「佑ちゃん。あたしを捜してくれてありがとう。あたしと一緒に暮らしてくれて、ありがとう」

そして遠ざかっていく足音が聞こえ、ドアが閉まった。その音を聞いてから、おれはようやく顔を上げた。テーブルの上から拳銃が消えているのに気づいたのは、しばらくしてからのことだった。

見回すと、ベッドに坐っている麗子がこちらをじっと見つめていた。麗子はおれと目が合うと、痛ましそうに言った。

「追わなくていいの？」

隣の部屋に続くドアを、目で示す。おれは絢子がなんのためにいなくなったのか、その瞬間悟った。それでもおれは、立ち上がることができなかった。

その数秒後に、車のタイヤがパンクするような音が聞こえた。その音とともに、おれの心の中でも何かが崩れた。ずっと大切にしていた、決して失うまいと心にしまっていた何かが、音を立てて崩れた。

「人間の平均寿命って、男より女の方が長いっていうよね」

ある日絢子が、唐突にそんなことを口にした。おれは笑いながら絢子の顔を見たが、彼女は思いがけず真剣な表情だった。

「そうらしいね。でもそれって、すごく納得できるな。だって女の人の方が、ぎりぎりのところでは強いもんな」

「佑ちゃんは、あたしより年上じゃない。その上平均寿命が男の方が短いなら、あたしより先に死んじゃうのかな」

「そりゃそうだろう。おれはさっさと先に死ぬから、絢ちゃんは余生を満喫してよ。旦那に死なれた女の人も、けっこう楽しく暮らしてるって話を聞くよ」

「そんなの、やだ」絢子は思いがけず強い口調で、きっぱりと言った。「佑ちゃん、絶対にあたしより先に死なないでね。あたしを残して死んじゃ駄目。約束して」

「そんなこと言ったって、無理だよ。これぱっかりは、約束するわけにいかないだろ」

「駄目。約束して」

「我が儘だなぁ。おれだって、絢ちゃんに先に死なれたらいやだよ。絢ちゃんが先に死んだら、おれはどうすればいいんだ？」

「それでも、駄目。あたし、絶対佑ちゃんより先に死ぬから」

「まあ、せいぜいお互い長生きしようよ」

「約束よ。絶対あたしより先に死なないでね」

「うん。わかったわかった」

——約束は守ったよ。だから絢子、もうお休み。

本文第30章の空白は著者の意図によるものです。
（編集部）

解説

法月綸太郎

十年間勤めた不動産会社をクビになった迫水《さこみず》の許《もと》から、ある日突然、妻の絢子《あやこ》が家出する。「あなたとはやっていけなくなりました。ごめんなさい。私を捜さないでください」とだけ書いた置き手紙を残して。親友の後東に励まされ、妻を捜し出す決意を固めた迫水は、身寄りのない絢子の過去を知る歌舞伎町《かぶきちよう》のバーテン新井をたずねるが、新井は何かに脅えているようで、話をした翌日には姿を消してしまう。絢子と新井が相次いで失踪《しつそう》したことに不審を覚え、新井の身辺を探ろうとする迫水の前に、やがて暴力団関係者らしき男たちの影がちらつき始める――。

こんなふうにさわりを紹介すると、貫井徳郎のファンならおやっと思うかもしれない。前にどこかで読んだような話だな。旧作のお色直しなら、読まなくてもいいか、と。

その反応は半分だけ正しくて、半分はまちがっている。だって、お色直しの間に花嫁が別人と入れ替わっているとしたら、それはもう別の結婚式でしょう?

本書は、貫井徳郎が一九九四年に発表した長編『烙印《らくいん》』を全面改稿し、『迷宮遡行』という新たなタイトルを冠したものである。分量的には百枚ぐらい増えているが、その分だけ加筆した増補版というわけではない。作者はほとんど書き下ろしの新作と変わらない態度でリライトに取り組んでいるからだ。結果、まったく語り口のちがう長編に生まれ変わって、現時点での貫井の最新作と呼ぶにふさわしい仕上がりになっている。

わざわざそういう手間のかかることをしたのは、作者の中でよほど心に期するものがあったにちがいない。早い話がリベンジである。そしてこのリベンジの一番のポイントは、『烙印』が貫井の第二長編であると同時に、プロとしての初仕事だったことだろう。

新人作家にとって、二作目が勝負というのはよく言われることだが、華々しいデビューを飾った作家ほど、二作目にかかるプレッシャーは大きい。読者の注目度が上がっているし、プロとして先々のことも考えなければならない。しかも、デビュー作の成功がフロックでないことを証明するために、次作ではいっそう高いハードルをクリアすることを要求されるのだから。

ウェブ上に連載している公開日記「ミステリー三昧《ざんまい》、必殺三昧」の二〇〇〇年三月三十一日の記述の中で、貫井は『烙印』を全面改稿するに至った経緯を述べている。それを読むと、デビュー作『慟哭《どうこく》』が絶賛を博したがゆえに、二作目を書き始める時のプレッシャーは並大抵のものではなかったようだ。

よく知られているように、『慟哭』は第四回鮎川哲也賞の候補作となり、惜しくも受賞を逸したが、北村薫らの推挙を得て、いわば鳴り物入りで発表された作品である。幼女連続誘拐殺人を捜査する警察の活動と、新興宗教にのめり込んでいく男の物語をカットバック方式で描いた長編で、新人らしからぬ確かな筆力と見事なサプライズ・エンディングがミステリファンを驚嘆させたのは、あらためて言うまでもないことだろう。

ところが、貫井は二作目において早くも路線変更を迫られたという。『慟哭』はシリーズ化できるような話ではないし、また一作目と同傾向のトリックを用いて作家イメージが固定することは、長い目で見れば得策ではない。「『慟哭』のトリックは不意打ちだからこそ効果があるもので、いつもそれをやってくると読者に身構えられたら驚きが半減する。それに対抗するためにどんどんトリックを複雑化させていくこともできるが、その方向性では泥沼に嵌《はま》ることは目に見えていた」からである。

といって、別系統のトリックのストックもなかったので、いっそトリックを中心に据えないでプロットで意外性を導き出す話にしようと考えた。で、そのときに真っ先に思いついたのが、ロス・マクドナルドだったのである。そのため必然的に、物語のトーンもハードボイルドタッチになってしまったが、上記のとおりハードボイルドが書きたいと思って選択したわけではなかったのだ。

こうした述懐に接すると、貫井徳郎という作家の創作に対するスタンスが、新本格派の確信犯的な様式信仰より、むしろ岡嶋二人や東野圭吾のような「綾辻以前」の本格作家のメンタリティに近いことがわかる。実際、三作目以降の貫井は、積極的に「岡嶋・東野的作風の九〇年代における後継者」というポジションを選び取っていくことになるのだが、それはさておき、『烙印』を世に問うた時点では、路線変更のもくろみはかえって裏目に出てしまう。「結果的にこの『烙印』は、『慟哭』を読んで面白いと思ってくれた読者の多くを満足させられなかったようである」として、貫井は次のように反省する。

それはやはり完成度が低かったからだが、それだけでなくハードボイルドタッチであることも大きな理由だったはず。そのため、文庫化するなら全面的にハードボイルド臭を払拭《ふっしょく》しようと思っていた。さらに加えて、完成度を上げるためにはプロットの不備も繕《つくろ》わなければならない。すでにお読みいただいた方ならおわかりのとおり、意外性を演出するためにかなり無理無理なことをしているので、そこをなんとかしたかったのである。でもその二点を修正しようとすると、単なる改訂ではとても追いつかず、全面的に書き直さなければならない。そう、結論したわけ。

この反省の弁に付け加えるとすれば、『慟哭』のインパクトがあまりに強烈だったために、読者から「叙述トリック派の新人」と認知されてしまった不幸もあるだろう。物語の背景に暴力団どうしの組織抗争という題材を選んだせいで、本格ファンがアレルギー反応を起こしたという側面もあるかもしれない。しかし「トリックを中心に据えないでプロットで意外性を導き出す話」を書こうとしたのは、決してまちがった判断ではなかったと思う。瑕瑾《かきん》はあれど『烙印』のプロットはよく練られているし（題名のhomonymが事件の真相を暗示するヒントになっているところなど、心憎い趣向である）、貫井の作家的選択の正しさは、三作目以降の作品ではっきり証明されたはずである。

むしろ作者にとっての最大の誤算は、語り手の性格を、感情を表に出さない「質問者」ないし「観察者」タイプに設定したことではないか。『烙印』の語り手は、辞職した警察官という経歴の持ち主で、家出した妻は冒頭で投身自殺したことになっている。ある意味では『慟哭』の延長線上にあるキャラクターだが、妻の自殺の動機を追い求める物語は、淡々とした「私」の一人称で綴《つづ》られる。しかし『烙印』のクールな文体からは、肝心の妻への思いがほとんど読者に伝わってこないのである。これは単にハードボイルドタッチというより、もっと具体的にロス・マクドナルドの影響が悪い方に作用したと見るべきだろう。

この『烙印』に限らず、貫井徳郎の小説のほとんどは、あるきっかけで無一物に等しい境遇に陥った主人公が、失われた「何か」を再発見するために、さまざまな人や出来事に出会っていく巡礼形式の物語になっている。失われた「何か」というのは、自分のアイデンティティそのものか、そうでなければ主人公にとってごく近しい「誰か」の存在であることが多い。つまり広い意味での自己回復の物語にほかならないわけだが、こうした物語の方向性に、リュウ・アーチャーに象徴される冷徹な「外部」のまなざしはそぐわない。「質問者」ないし「観察者」としての「私」は、そうした自己回復の可能性をあらかじめ断念するところから形成されたキャラクターなのだから。

*

ずいぶん回り道が長くなったが、ここからが本題である。

全面改稿された『迷宮遡行』でもっとも目につくのは、語り手である迫水の性格と語り口の大幅な変更である。本書での迫水は、会社をリストラされた一般人（女房に逃げられた失業者）で、新たに採用されたのは「おれ」の一人称。さらに『烙印』の「私」が最後まで意固地なプライドに支配されているふうなのに対して、「おれ」は小心翼々たる小市民にすぎないことを最初から読者に隠そうとしない。

道でチンピラに因縁をつけられただけで震え上がり、貧乏で交通費にも事欠くありさま、女房に逃げられた後は、コンビニのおにぎりとカップラーメンでかろうじて生きながらえている。唯一《ゆいいつ》武器といえるのは、十年間の会社勤めで身についた営業トークぐらいのものだが、そもそも「おれ」が優秀な営業マンだったらリストラの憂き目に遭うはずもないので、それさえもあんまり頼りにならない。

要するに、非常に情けない、へなちょこな男なのである。

ところが、このへなちょこ男が「最愛の妻をわが手に取り戻す」という唯一の行動原理に従って、無一物の境遇から度重なる試練に立ち向かっていくのだから、物語が精彩を帯びてくるのは当然だろう。不完全燃焼に終わった感のある『烙印』のプロットが、今回ようやくそれに見合う主人公と文体を手に入れたといっても過言ではない。

『迷宮遡行』の語り口に関しては、もうひとつ特筆すべきポイントがある。いうまでもなく、文体にユーモアが導入されていることだ。

これは我孫子武丸が『光と影の誘惑』(四六判)の解説で書いていたことのそのまま受け売りなのだが、「真面目で筆力のある貫井に欠けているものがあったとすれば、こういうユーモアでありペーソス――つまりは〝笑い〟や〝ゆとり〟だったと思うので」という指摘がある。『烙印』を全面的に書き直すに当たって、作者がいちばん心がけたのは、そうしたユーモアやペーソスを血であり、肉とする文体を作り上げることだったにちがいない。

語り手の性格設定と相まって、この試みはかなりの成果を上げている。たとえば28章、絶体絶命の窮地に追い込まれた場面で、迫水が「あならちりゃなかったんれすか？」と口走るところなど、今までの貫井ならけっして書きえなかった文章の呼吸だろう。本書を「貫井徳郎の最新作と呼ぶにふさわしい」と評した最大の理由もそこにある。

最後に、作者がもうひとつの修正点として掲げているプロットの不備の改善について、駆け足で触れておこう。結論から先に言うと、貫井は『烙印』のハードボイルド臭を払拭すると同時に、「本格らしさ」に対する妙な気負いからも脱しつつあるように見える。それは「意外性を演出するためにかなり無理無理なことをしている」部分を、潔く削ってしまったところにも現れているのではないか。

たしかに『烙印』を読んだ時、「無理無理な」印象は拭《ぬぐ》えなかった。ロス・マクドナルド風のトリックの処理のよしあしは別としても、解決編のサプライズを偏重しすぎたために、かえって迫水の妻（『烙印』では、綺子《あやこ》）の人物像にぶれが生じてしまったからである。今回の改稿では、そうしたギミックをあえてプロットから排し、「なぜ絢子は姿を消さなければならなかったのか？」という謎に焦点を絞った結果、ストーリーの不自然さが解消されて、謎と真相を結びつける物語の骨格がより鮮明になっている。「トリックを中心に据えないでプロットで意外性を導き出す話」という当初のもくろみは、全面的な書き直しによって、ほぼ達成されたといっていいだろう。

こういうスタンスが可能になったのは、近年の「明詞」シリーズ(『鬼流殺生祭』『妖奇切断譜』)や『プリズム』といった、いかにも「本格らしい」作品を世に出したことによって、作者自身、ジャンルとの距離感を整理することができたからではないか。そういう意味でも、本書はこれまでの貫井の歩みを踏まえた作品になっている。

『烙印』の時点では、ほとんど血肉の備わっていなかった迫水の妻の描写が、スケッチ風の回想をはさむことで、具体的な顔と性格を持つようになった点についても、同様の指摘ができるはずである。これは「結婚にまつわる八つの風景」というサブタイトルを持つ短編集『崩れる』を発表した後だからこそ、書けるようになったエピソードだと思うし、いい意味での〝ゆとり〟も感じさせる。こうした人物像の変更を経た『迷宮遡行』の結末は、『烙印』のそれとはまったく別のものになっているが、いずれの結末がより深く読者の胸を打つか、ここであらためて書くまでもないことだろう。

(註)文中で引用した日記は、貫井徳郎のホームページ〝The Room for Junkies of Mystery And Hissatsu〟(http://www.hi-ho.ne.jp/nukui/)に掲載されたもの。

（のりづき　りんたろう／作家）

＊新潮文庫版に掲載されたものを再録しています。
なお（註）のホームページは"He Wailed〈Tokuro Nukui Official site〉"にリニューアルされており、当時の日記は読めなくなっています。

解説

新井見枝香

私の友人は、決して人前で涙を流さない。少女のような見た目とは裏腹に、武士のような信念を持つ彼女にとって、泣くなどという行為は、死に値するほど恥ずかしいことなのだ。それに引き替え迫水《さこみず》ときたら、最愛の女房に出て行かれたとはいえ、あっちでメソメソ、こっちでビービー泣き散らし、情けないことこの上ない。君の友人の後東くんは、確かに酒癖は悪い。酔っ払い特有の無限リピートは多少面倒くさいが、言っていることは極めて真実だ。会社にリストラされて三ヶ月、再就職の当てもなく、置き手紙を残して出て行った女房を探そうにも、行き先に心当たりもない。迫水よ、「情けねぇんだよ、お前は！」

彼らが酒を飲んでいるのは、今より少し前の時代だ。携帯電話は登場するが、迫水は電話帳を使って人探しをしているし、駅前の書店で地図を立ち読みしているから、まだスマホが普及する前だろう（立ち読みせずに買ってください！）。夫婦別姓が認められていない日本ってヤバくない？という現代ならいざ知らず、妻が名字を変えることを拒み、籍を入れずに事実婚という関係は、やや奇異に思える。そもそも迫水という、見た目も中身もパッとしない男と絢子《あやこ》が、後東くん曰く《月とミドリガメ》なのだ（ミドリガメに失礼！）。出会いはたまたま訪れたレストランだった。ウェイトレスとして働いていた美しき絢子に絡むチンピラを、迫水が一発ＫＯ――という素敵なエピソードはなく、絢子にぽーっと一目惚れして翌日もそのレストランを訪れてしまい、緊張しまくった挙げ句に挙動不審という、モテない男特有の気持ち悪さを発揮した迫水だった。しかし、どこか影のある絢子にとって、迫水の度を越えた情けなさは、明るい笑顔をもたらした。ミステリアスな絢子なら、それが琴線に触れることもあるのかもしれない。

後東くんに発破をかけられた迫水は、そのレストランで手に入れた情報から、新宿のショットバーを訪れる。マルガリータを注文した迫水になぜかイラッとしつつも、その行動力は評価しよう。ようやくミステリっぽさが出てきた。目当ての男は新井、偶然にも、私と同じ名字だ。彼となら夫婦別姓問題が生じないが、どうやら持病で長生きできないらしい。ただでさえ女のほうが寿命が長いのに、それは困る。（何の話？）

これが迷宮への入り口だった。私の解説ではなく、絢子の行方だ。そこに足を踏み入れず、少ない貯金を切り崩して、寂しい２Ｋの安アパートでゴミに囲まれてカップラーメンを啜るほうが、ある意味では幸せだったのかもしれない。絢子と暮らした二年間の思い出だけを胸に、余生を送るのだ。だが彼は、絢子のことを諦められなかった。もう一度会いたいと、迫水のくせに、ぶるぶると震えながらも、立ち上がったのだ。このアパートに連れ戻すことが、絢子にとって幸せかどうかはわからなくても。

平凡な不動産会社の営業マンだった男が、うっかり迷宮に入り込んだからとて、都合良く名探偵になれるわけもない。生憎、迷宮内でも貧乏というステイタスは変わらず、車もないし、タクシーに乗る金もないから、バーゲンで買ったママチャリと公共交通機関を使って、あちこちに首を突っ込んでいく。全く映《ば》えない。主人公だというのに、特技のひとつもないのかね。

しかし、いつしか私は、情けないけれどもどこか楽観的で、クビになるほどだから成績は悪かっただろうが、営業マンらしい図々しさと愛嬌を兼ね備えた迫水という男なら、絢子を助け出してくれるのではないか、という期待を抱いていた。絢子は彼の情けなさに三行半《みくだりはん》を突きつけたわけではない。それならそもそも、一緒に暮らしたりはしていないだろう。彼は、最初から情けなかった。ウェイトレスの絢子を意識して、右手と右脚が同時に前へ出ていたではないか。何かのっぴきならない事情で姿を消したことを、私は確信していた。そして新井というバーテンダーが、私と結婚する前にあっさり死んでしまうことも、ミステリ読みとして予感していた。ほらやっぱり!

ここからは、ネタバレとまでは言わないが、読む前に知らないほうが良さそうな内容のため、本編未読の方は、また後ほど。

だいたいこの物語、迷宮すぎてネタバレるまで語っていたら、解説者に割り当てられたページ数では到底足りない。作者はよくこれだけの入り組んだ迷宮を、この一冊に収めたなと感心する。洗濯物をきれいに畳めず、丸めて箪笥に突っ込むような私の解説を読む時間があったら、型紙をデザインして丁寧に縫い合わせた作者に任せたほうが良いだろう。つまりそれは本編だ。

話は脱線するが、売り場に立つ書店員として、世の中には小説のオチを知ってから読みたいという人が存外いることに驚く。興味を引いた本を手に取り、冒頭をパラパラと読むくらいならわかるが、その場でスマホを使ってネタバレレビューを検索し、なるほどそういう話か、と納得した上でレジに向かう。どうしてそんなことをするのかと問えば、安心して読みたいからだそうだ。続編があるものは、何があるかわからないから、全て出揃うまでは手を出さないという徹底ぶり。主人公である迫水が誰かに殺されないか、逃げた女房はちゃんと生きて帰ってくるのか、二人が本当に愛し合っていたのか、わからないうちは気が気で読めない方たちに書店員として助言できることがあるとすれば、簡単に全てをわかろうとするには、貫井徳郎の作品は最も向いていない、ということだけだ。だから小説なのである。わかってたまるか。これだけ貫井作品を読み続け、

は！と唸るのだ。

ていた一文の大事さに気付かない。あーやられた！だから油断できないんだ、貫井作品

巧妙に張り巡らされた伏線があるぞ、あるぞ、と意識して読む私でさえ、堂々と書かれ

脱線、戻る。頼みの綱の新井が死に、ヤクザの組長の狙撃事件が絡んできた辺りから、一介の元サラリーマンには手に負えない迷宮であることが明らかになってくる。そこへ登場したのは、警視庁捜査四課、通称マル暴に所属する迫水の兄。よっ、待ってました救世主！頼れるものは肉親だね！　しかし、なんだかんだと高校から付き合いを続けてくれる後東くんとは違い、すでに幼稚園の頃から弟に対する情が全く感じられない兄は、簡単に頼れる相手ではなさそうだった。実際、絢子に対する疑惑が次々と生まれる中で、正義感ではなく、彼女を取り戻したい一心の迫水は、兄に全てを話すことができない。そこで思い出すのだ。なんと後東くんも、一応警察官だということを！

迫水の兄に憧れて警察官になった後東くんは、しかし彼とは反対で情に厚く、捜査二課に配属されるも勤まらず、今では庁内の資料整理をしている。奥さんを溺愛していて、友達思いの彼と迫水とは、似た者同士なのかもしれない。つまりそんな柔なふたりが揃ったところで、情もクソもない奴らに太刀打ちできるはずもない。日本の二大ヤクザと海外マフィアまでもが複雑に絡み、一刻の猶予も許さない状況において、後東くんは一般人に毛が生えたようなレベルの助っ人でしかないのであった。

ここから先の話を私にさせないで欲しい。泣いてしまう。武士のような友と違って、職場で週に一回は泣いて、上司に「涙は使いすぎると価値がなくなるよ」と白けた顔で助言された女だ。ええい、こちとらだって泣きたくて泣いているんではない。感情が昂ぶって言葉が追い付かなくなると、いい大人なのにジャーと涙が出てしまうのである。私は後東くんと迫水の関係こそが、この物語の美点だと思うのだ。大切な人を自分の手で守りたくて、でも守れないから、くやしくてやりきれなくて、そんな自分が情けなくて涙が出る。何の価値もない、クソみたいな涙が止まらない。

もしこんな迷宮に放り込まれたら、あなたは遡る勇気があるだろうか。その迷宮の出口に、愛する人の笑顔があることだけを信じて。

（あらい　みえか／書店員）

迷宮遡行《めいきゅうそこう》　朝日文庫

2022年3月30日　第1刷発行

著　者　貫《ぬく》井《い》徳《とく》郎《ろう》

発行者　三宮博信
発行所　朝日新聞出版
〒104-8011　東京都中央区築地5-3-2
電話　03-5541-8832（編集）
03-5540-7793（販売）

印刷製本　大日本印刷株式会社

Published in Japan by Asahi Shimbun Publications Inc.
定価はカバーに表示してあります

ISBN978-4-02-265035-1

落丁・乱丁の場合は弊社業務部（電話 03-5540-7800）へご連絡ください。

送料弊社負担にてお取り替えいたします。